U0004086

Trans+

Trans+

Trans+

Trans+

Strange & Mesmerizing

靈光：美漫大師艾倫・摩爾第一本小說集（上冊）
ILLUMINATIONS

作者：艾倫・摩爾（Alan Moore）
譯者：黃彥霖、林柏宏
責任編輯：林立文
封面設計：馮議徹
電腦排版：張靜怡
法律顧問：董安丹律師、顧慕堯律師
出版：小異出版
台北市 105022 南京東路四段 25 號 11 樓
TEL：(02) 87123898　FAX：(02) 87123897
www.locuspublishing.com
發行：大塊文化出版股份有限公司
台北市 105022 南京東路四段 25 號 11 樓
讀者服務專線：0800-006689
TEL：(02) 87123898　FAX：(02) 87123897
郵撥帳號：18955675　戶名：大塊文化出版股份有限公司

總經銷：大和書報圖書股份有限公司
地址：新北市新莊區五工五路 2 號
TEL：(02) 89902588　FAX：(02) 22901658
初版一刷：2023 年 8 月
定價：新台幣 899 元（上下冊不分售）

美漫大師艾倫・摩爾
第一本小說集
(上冊)

ILLUMINATIONS
ALAN MOORE

●艾倫・摩爾—著　●黃彥霖、林柏宏—譯

目錄

導讀　他的故事近乎魔法——艾倫．摩爾

文字工作者　臥斧

二〇〇五年，《時代》雜誌選出「百大小說」（All-TIME 100 Novels）。《時代》這份書單以英文系小說為主，時間跨度從一九二三年到二〇一五年，盡力涵括了所有小說類型——冷硬派推理小說《大眠》、反烏托邦經典《一九八四》、諜報小說《冷戰諜魂》、奇幻經典《魔戒》、首先用上「元宇宙」一詞的科幻小說《潰雪》、因改編電影而廣為人知的通俗長篇《飄》等等皆名列其中，諾貝爾得主的作品沒有缺席，頗具爭議的作品沒有遺漏，啟發了無數人的《梅岡城故事》和《麥田捕手》也理所當然在列——理論上在這份書單裡看到哪個書名都不會令人覺得意外，除了一本。

這本書叫《守護者》。

讓人覺得意外的原因在於《守護者》是本「圖像小說」（Graphic Novel）——或者，以

該書編劇更喜歡的說法來講，它是本「漫畫」。「圖像小說」目前沒有非常嚴格的定義，大抵可以視為「一開始便以特定長度而非長期連載設計出完整故事、以漫畫形式表現」的作品，內容可能涉及更多諸如暴力、政治、色情或哲學之類的嚴肅議題。《守護者》不是第一本被劃歸為「圖像小說」的漫畫，不過它的確常被視為美國漫畫——尤其是涉及超級英雄題材的主流商業漫畫——宣告「漫畫」有能力處理嚴肅議題的重要作品《守護者》的編劇，是艾倫·摩爾。

摩爾一九五三年出生在英國一個工人階級家庭，從小就雜食性地大量閱讀各式書籍及漫畫，但進了中學、接觸受過良好教育的中產階級之後，他發現自己相當厭惡教育體系，並且開始使用毒品，因此被校方開除。被開除之前，摩爾已經在一些同人雜誌上發表詩歌和散文，被開除之後，摩爾輾轉做過幾份不同工作，最後自編自畫地創作漫畫；過了幾年，摩爾認知到自己畫得不夠好也不夠快，決定今後的創作要以編劇為主。

這個決定對摩爾後來的職涯具有重大意義。

八〇年代，二十幾歲的摩爾替英國幾家漫畫出版社撰寫的劇本頗受矚目，還引起美國漫畫大廠的注意。一九八三年，美國漫畫大廠ＤＣ聘請三十歲的摩爾替ＤＣ旗下的《沼澤怪物》（*Swamp Thing*）漫畫系列編寫劇本；摩爾成功地改造這個角色，寫出驚人的故事，除了在系列作裡讓許多ＤＣ的舊角色再度活躍之外，也依英國搖滾樂手史汀的形象創造了與超自然力量打交道的惡德偵探康斯坦汀，這角色後來自己成了系列漫畫的主角。摩爾的創作在銷售和評論兩方面都獲得相當好的迴響，同時刺激其他漫畫編劇——包括同樣來自英國的尼爾．蓋曼——進行更多元也更深沉的漫畫實驗；摩爾因此獲得替ＤＣ最重要的角色「超人」編劇的機會，並且在一九八六年開始連載《守護者》。

只是摩爾與主流商業漫畫大廠的關係，沒能一帆風順地持續。

《守護者》奠定了摩爾的地位，有人稱他為「英語系最好的漫畫編劇」，不過隨之而來的媒體及書迷關注也讓他感到困擾，主流商業大廠許多行之有年的行規（例如角色著作權的歸屬）以及對內容的自我限制也讓他十分反感，最後決定離開——後來某幾部主流漫畫大廠出版的重要作品當中，可以找到一些關鍵設定，與摩爾當年留在主流大廠、因種種緣由未能通過製作的提案內容雷同，但主流大廠想當然耳地否認那些創意來自摩爾。摩爾回歸獨立漫畫界，幾年後有一段時間重新與與主流大廠相關的出版社或創作者合作，可是最終仍無法忍受漫畫產業的種種問題，與主流大廠漸行漸遠，專注於自己的各種漫畫計畫。二〇一九年，摩爾編劇的《非凡紳士聯盟》（*League of Extraordinary Gentlemen*）最終卷結束連載，摩爾不再編寫任何漫畫劇本；他在二〇二二年受訪時證實：「我永遠熱愛、推崇漫畫媒體，只是漫畫工業及其附加的一切東西都已變得無法忍受。」

創作漫畫的數十年間，摩爾的作品造成深遠影響。替「沼澤怪物」等等舊角色找到新定位、使其他漫畫編劇一起深化故事內容（有人認為，摩爾是使漫畫「成熟」的重要推手），以維多利亞時期小說角色為主角的「非凡紳士聯盟」系列示範如何揉合舊典故講出新故事，《守護者》討論了政治、正義、超能力與權力之間關係，外傳形式的《致命玩笑》幾乎取代了「正史」，《V怪客》將歷史人物變成現代抗議掌權階級的代表。好萊塢和漫畫大廠持續將他的作品改編成電影或動畫（摩爾憎惡這些改編作品，平心而論，這些作品也大多遠遠不及原作的水準），倒是美國長壽動畫影集《辛普森家庭》第十九季有一集把摩爾本人畫進劇中，在二〇〇七年他五十四歲生日當天播出，摩爾十分開心——他是這部影集的粉絲。順帶一提，那一集還出現了第一本獲得普立茲獎的圖像小說《鼠族》作者史畢格曼。

而在這些時間裡，摩爾從未停止文字創作。

摩爾寫詩、散文，也寫小說，在《守護者》中還會讀到他在各種文體——回憶錄、採訪報導、專業期刊投書，甚至商業往來信件——當中自在穿梭的輕鬆姿態。這並不表示摩爾的漫畫作品當中「圖像」居於次要位置——摩爾相當嫻熟於文字與圖像相互輔助的做法，雖將繪圖工作交給專業繪者執行，不過會在劇本裡詳細指示畫面應有的元素和整體配置；那些漫畫作品叫好又叫座的原因，圖像功不可沒，但真正控制圖文如何協力敘事的主導者，就是摩爾。

因此，當摩爾完全使用文字敘述故事的時候，展現的技法相當驚人。

這本短篇集裡會讀到摩爾橫跨不同類型的書寫功力，也會讀到他將各種博雜典故巧妙織進故事的拿手絕活。〈假想的蜥蜴〉瑰麗殘忍，奇幻氛圍當中滿是虛實對應；〈冷讀〉是傳統恐怖故事在新世紀的再現，隱隱有種邪惡的幽默；越理解〈重點在地點〉裡使用的典故，讀起來就越有趣；〈美國之光〉得把作者註釋也一併閱讀，因為這篇從引言、詩作到評論全是作品的一部分，以後設手法從虛構指向現實；〈不太可能發生的超複雜高能狀態〉是繽紛吵鬧的科幻嘲諷，而篇幅最長的〈我們所能瞭解的雷霆俠〉滿載摩爾對漫畫的愛意、對漫畫工業的嫌惡，以及美國主流漫畫產業虛實相摻的歷史，甚至示範了自己編寫漫畫劇本的方式。

摩爾是個奇人。

這個形容指的不只是他混雜邋遢與神祕、詩人與暴君的形象。摩爾會寫歌、會變魔術，從不遮掩對權力階級的不信任，從不吝於公開讚頌情色，他似乎一直處在由藥物和酒精構築的幻境，但同時穩妥地佇足於堅實的現世。摩爾最奇妙的能力，是他能夠將不同領域——綿長閃亮的文學系譜、低俗笑話、與惡魔糾纏的神祕研究、科學理論、宗教典籍與商業漫畫、歷史與鮮為人知的軼事——的知識與特色全都匯為血肉，再以通俗的骨架及皮層構成故事。

近乎魔法。

1

假想的蜥蜴

她的臉有一半是陶瓷。

姍姍心不在焉地咀嚼凋萎的藍色花朵，那是她從窗臺小花園摘下的。她坐在陽臺，向下看著無鐘宅院的天井。圓形的天井中庭樸實單調。若躺在下方，看著就像一口陰暗的枯竭水井。黑色的石板被許多雙腳踩踏過，磨得泛出冷淡的光澤，從上面看更像是靜止的水面，而非石頭，貌似墨玉，原本毫無起伏、顯眼之處，只有在苔蘚細紋沿著蜿蜒的接縫穿行生長時，才看得見孔隙和裂痕，這種平靜無波的視覺印象才可能破滅。它簡直能直接化身為死水浮藻織成的細緻晶格，等待第一波飛濺、第一道漣漪使之破碎散逸……

姍姍五歲時，母親注意到她稚嫩的臉龐透露出未來令人心痛的美貌，便帶著這個懵懂無知的孩子，穿過夜間嗡嗡嘈雜、巷道複雜如迷宮的魔法都市利亞維克，前往那棟有著黑色圓形天井、色彩柔和的房屋。姍姍無法反抗被母親拉住的手，被拖著走過午夜的石板路，腳步聲在高高的弧形牆壁間圍繞著她低低迴響，圍起的中庭幾乎有四分之一被牆壁包起。無鐘宅院的內凹立面，本身即是組成這個圓圈的一部分，它寬闊的圓弧中嵌置了七扇門，每扇門的顏色都不同。媽媽敲的是中間那扇白色的。

她聽得見小心輕踩的細瑣腳步，接著是門從另一邊打開時，門閂發出的短暫碰撞。門無聲滑開，一個十五歲的女孩穿得一身白，映襯遠處的白色房間，她凝視著黑暗中的母女倆，眼神遙遠而篤定。

她穿的衣服相當合身，渾然雪白，起縐和褶痕的部分有淡淡的藍色陰影。身體從頭到腳都包裹在衣服中，僅有部分裁切的開口，露出右胸、左手和那張堅不可摧、宛如面具的臉。

姍姍抬頭盯著發出冰冷光芒的長方形框格，看那亮光方塊中的苗條身影，這女孩暴露出來的部分肉體呈現紅色。起初她以為那是上了漆或抹了粉，仔細一看才發現，皮膚上全是細小清晰的文字，密密麻麻，彷彿光滑的白布面織滿鮮豔的深紅色紋身。她看得既著迷又恐懼。措辭優美的曖昧語句，隱含幽微的雙關和暗示，從她乳頭的栗色花蕾中旋繞而出。優雅而隱祕的激情詩句，沿著她的左眼眶劃過，隱沒在顴骨的陰影下，化為完美的隱喻。那些手指有詩，滿盈欲滴。

那女孩先看了看姍姍，又看看媽媽，眼中並無指責評判的意味。她彷彿理解、肯定了什麼之後，轉過身，邁著精確的小步伐走進無鐘宅院有如極地的炫目白光中。片刻之後，姍姍和母親尾隨其後，走了進去，關上身後白門。

女孩（姍姍後來得知，她的名字是姝嫃）領著她們母女倆穿過幽靈般香氣繚繞的走廊，來到一個房間，於此空間陡然變得無比寬敞，而且亮得讓人難以睜開眼。鏡片和玻璃多面體器皿折射出的白光懸浮在空中，像蜘蛛網一樣詭異恐怖，房內的形狀和稜角都因此變得柔和。在這霧濛濛的團狀磷光中心，一位身材高大的女人斜倚在北極熊毛皮上，散在她腳邊的踏墊浮凸著複雜的冰霜紋樣。她周圍閃爍微光，使皮膚上的皺紋模糊不明，彷彿青春永駐。但是當她說話，聲音卻顯得蒼老。她名叫歐許，是無鐘宅院的老闆，掌理這裡一切的主人。

兩個女人之間的低聲談話混沌不清，姍姍幾乎聽不見。歐許夫人一度從鋪著白色毛皮的床上站起來，一跛一跛走來檢查這孩子。老太婆用拇指和食指輕捏姍姍的臉頰，轉動小女孩的頭、打量一下側臉。她手的觸感像縐巴巴的紗布，在如此神祕寒光閃晃的房間裡卻出奇溫暖。夫人顯然很是滿意，轉身對名為姝媜的少女點了點頭，再度回到毛皮的懷抱中。

紋身的女僕離開房間，片刻之後，帶著一只褪色的小皮革袋子回來。她走路時，小袋子發出輕微的叮噹聲。她把袋子遞給姍姍的母親。母親看起來有些害怕，又帶著一點猶疑。她掂掂袋子，感受到的重量似乎令她安心，當姝媜輕輕抓提母親的手臂，領著她走出白色的房間，她沒有反抗也沒有抱怨。

過了好一會兒，姍姍才明白，媽媽不會回來了。

十九歲的卡菲在這裡表演縮骨功。他趴在地上時，可以將身體向後捲曲，直到臀部舒適地坐在頭頂上，他的臉會在雙腳腳踝之間露出微笑；黛麗絲這名中年女子，靠著十四根針的戳刺，就能使人體產生不可思議的快感或痛楚，卻不會留下絲毫痕跡；莫佩特能暫停心跳和呼吸，使自己狀似屍體長達兩個多小時。而全身長滿黑色細毛的杰祖，走路總是四肢著地，不會說話，只知道對人咆哮。還有羅什西、哈塔，以及從不眨眼的洛巴．帕……

生活在這群奇人異士雜處的萬獸園中，面對再稀奇古怪的事物也不會感到吃驚，在反覆接觸中新鮮感早逐漸磨損掉，一切變得司空見慣，姍姍因此變得沒那麼主觀。她冷靜觀察身邊活蹦亂跳的稀罕怪物，度過了生命中最美好的時光，沒有歧視或偏愛，她很想知道他們之中的哪一個將會為她示範，自己究竟會變成什麼樣子。姍姍偷聽歐許夫人和她最親密伙伴的對話，耐心猜測解讀其中的停頓和強調的音節隱藏何種意涵，她確定他們為她做了一些特別的安排——即使在無鐘宅院這樣集奇特和殊異之大成的地方，仍顯特別的安排。她會像哈塔一樣，學會如何以嗓音的美妙振動讓男男女女如痴如醉嗎？莫佩特的假死能力，也會成為她的才藝表演嗎？當寵愛她的長輩遞來蜜餞和杏仁糖，她會收下並微笑，同時仔細觀察他們的臉色，內心暗自思忖。

九歲生日那天，姍姍在姝婧的陪同下來到歐許夫人令人眼花繚亂的幽密聖殿。歐許夫人乾癟的笑容中帶著異常的溫暖，卻令人感到不安，她請姝婧退下，拍了拍身邊取自獸類用來過冬的厚毛皮，示意姍姍過去坐下。無鐘宅院的老闆戴著不屬於自己的表情，看起來像是從其他人臉上移植過來。她告訴姍姍她將會在這個團體擔負什麼獨一無二的角色。

如果她願意，她會成為伺候巫師的妓女，專供他們歡愉之用。從此以後，只有那些摩娑把玩命運的狡猾之手，才能碰觸到她溫暖肉體的凹凸起伏。對於那些操縱世界祕密槓桿的人，她會逐漸掌握他們難以捉摸的慾望；她會欣然為他們獻身服務。

姍姍跪在銀色毛皮鋪成的床邊，老太婆的話在她腦海翻滾，宛如星球般巨大的玻璃珠砸在一起。她感到整個世界顫了一下後瞬間靜止。

巫師？

姍姍常因為一些差事前往巫師巷，被派去取一些輕效的催情媚藥，或者為住在無鐘宅院的一些長輩抓藥。街道本身變化無常，感覺眼角忽視處總會有些細小的動靜，她想不起這條街曾有任何清晰或一致的形象。然而，住在那一帶的一些人會讓你想忘也忘不了。他們的眼睛，他們那恐怖嚇人、能看透你的眼睛……

她想像自己赤身裸體暴露在凝眸注視下，那雙凝視之眼，洞悉機遇之海的深奧詭祕，人在其中不過隨波逐流的小魚，那雙凝視之眼看清了命運潮起潮落的祕密規律，而命運潮汐其實深不可測。在她的胃裡，某種說不清是恐懼還是興奮的模糊之物開始滋長蔓延。遠處的某個地方，一個光影朦朧的白色房間裡，歐許夫人正在詳細列出姍姍開始執行新工作前必須滿足的條件。

在操縱運氣這一行，有許多人似乎不會將自己交由機運宰割。這樣的巫師與另一個人進行完全的身體交合之前，必須嚴格奉行某些預防措施。其中最重要的措施與確實保密有關。巫師陷入狂喜狀態的一刻令人可敬可畏，在這時，他們的力量最為變幻莫測、最難收束控制。

無人施術，然而各種異象自發顯現，或者在射精的那一刻喃喃念出自己儲命之物的名字，這些都發生過。在魔法師的世界裡，這種輕率的行為可能會導致致命後果。不管是閨房情話，或是床笫調笑，儘管再怎麼單純無惡意，只要傳了出去，被冷酷無情的仇家輾轉聽見，就可能讓粗心的魔法術士落入可怕的下場。也許，他會在黑夜中被拉走，抓住他的是一雙冰冷的手，有兩隻眼睛一眨不眨地嵌在掌中；也許，他脖子上的瘡會裂開，變成紫色的嬰兒小嘴脣，時時在他耳邊低語亂七八糟的下流髒話，將他逼瘋。

觸摸不到的命運，無形的造化大陸，是危險至極的領域，專供魔法師縱慾的她，也必須獻身於**寂默無語**。

為此，姍姍將被帶到巫師巷某一間房舍，那個位置非常特別，因為只有在一週的第三天和第五天才能找到。到了那兒，他們會給這孩子一條浸漬醃泡過的小蟲子，如赭土般的土黃色，她粉灰色的靈魂之宅將會完全落入巫師巷這棟屋子的主人手中，任由這位著名的肉體改造術師操弄。到了這時，**囈語之術**便將開始施行。

大腦的左右半球僅靠著一根軟骨絲線連接，藉由這條通道，負責前語言感受和直覺的右腦葉，便能即時將神經訊息傳遞到與其對應、更加理性活躍的左腦葉。姍姍腦子裡這座精緻的橋梁將被摧毀，被一把鋒利的刀割斷。如此一來，這孩子的心靈會徹底一刀兩斷，大腦兩半球再也無法交流。

手術康復後，女孩有一年的時間來適應全新的感官經驗。她將在沒有立體視覺或影像縱深的情況下，學會平衡身體和撿拾物品。這段時間，她只能站著發抖，做出令人心酸的未完成手勢，她的身體在相互矛盾的各種衝動之間痛苦欲裂，經歷多次淚流滿面、沮喪崩潰的全身癱軟後，她終於達到一定程度的動作協調，多少重拾幾分優雅姿態。當然，她的動作總是遲緩且微微晃動，但是如果得到適當引導，這種夢遊般的效果本身也能挑動客人的性慾，未嘗不是一種加分特質。在她重新調整自己的這一年結束時，姍姍的臉會打上石膏模，之後以此模型，製作新的斷片面具，給她戴上。

斷片面具與其說是斷裂的，不如說是整齊地切成對半。陶瓷製的面具先覆蓋整個頭部，再用一把銀色的小鑿子精確一分為二，從頸背開始，畫過冰冷無毛的頭蓋骨，順著鼻梁向下，將毫無表情的嘴唇永遠區分開來。面具的左半部分會被拿走，碾成細滑石粉，然後拋撒出去，隨風而逝。

安上斷片面具之前，姍姍的頭髮會被完全剃光，再用一種散發惡臭的紫紅漿果汁液擦拭頭皮。這種汁液會破壞毛囊，使頭皮無法再度生髮。這樣子，至少某種程度，能讓她在接下來十五年內不會感到不適，這段時間裡，除非緩慢變化的頭骨形狀使她不舒服，否則不會摘下面具。當這種情況發生，面具將從她的頭上移除，並且重新打造另一副。

她的頭部右側被覆蓋著，斷片面具的表面完美無瑕，將完全阻隔任何聽覺或視覺刺激。包覆眼睛的瓷是不透明的白，保證目盲。被包住的耳朵什麼也聽不到。藏在這個殼下面的眼與耳的有機對應部分，將同樣失能弱勢。姍姍再也無法用右眼看見任何東西，右耳也聾了。只有在她沒有遮蓋的半張臉上，感知才是完好無損。

由於人體本質具有某種巧妙的顛倒鏡像對應作用，從身體左側器官一點一滴收集到的那些感官印象，將被傳送到大腦右半球。在腦子那裡，由於連接兩個腦葉的神經通道被切斷，訊息因此停滯。它永遠不會到達那些控制語言溝通的大腦活動中心，因為這部分是位於左腦，這片區域已經被手術造成的鴻溝所隔絕，無法挽回地遠離了。她目能視物，嘴唇對此卻一無所知，耳朵能收集到的談話，永遠不會從她嘴中再次複述出來，她的舌頭並不懂得該如何塑造合適的字詞。

她將會失明，但並非完全看不見。她的聽力勉強算是保留，她甚至還能說話。但她將**有口難言**。

在那閃晃著乳白光影、令人賞心悅目的房間裡，歐許夫人為這個九歲女孩描述她即將面臨的殊榮待遇，女孩聽完已經嚇傻。夫人按鈴敲響小瓷鈴，召喚姝婧來到房間，不打算聽任何申辯意見。姍姍的腳因血液一時難以循環而脹大，走起路來踉踉蹌蹌，紋身的僕人領著她，進入乍然耀眼奪目的外頭平凡日光裡。

姝婧站在門檻上，轉向身旁這個眨著眼睛的孩子，露出微笑。她臉頰上的字因笑容而起皺，暫時變得模糊不清。這不是睥睨的嘲弄。

「當你被**噤語**，且不能向任何人透露聽到的言論，我就會讓你閱讀我所有的故事。」

她的話語高頻而參差零落，好像已經很久沒有練習過說話。她舉起沒戴手套、滿是緋紅斑點的手，摸了摸額頭上的書寫紋樣，然後又垂下來，輕輕拂過胸前的抒情詠嘆渦紋。再次微笑後，她轉身走進屋子，關上身後的白門。這是一部會走動的情色作品。

這還是姍姍第一次聽見她說話。

第二天，姍姍被護送到一個忽隱忽現的隱密住所，那裡有個一頭白髮的男人，他梳理好的頭髮綁成一片，宛如堅硬的背鰭，向後延伸到他的頭骨後面，男人給了她一條棕色小蟲子咀嚼。她注意到蟲子又乾又醜，但大概活著時就長這樣。她照著別人的吩咐把它放在舌頭上，開始咀嚼。

她醒來時成了各自獨立的兩個人，彼此不說話，相同的皮相之下沒有任何協調合作，一輛鋪滿墊子的小推車將她送回無鐘宅院。她嘎嘎作響，晃動著穿過拱形入口，越過那一灘超大墨漬般的天井，所有向她保證過的事最終果真都發生了。

十二年前。

姍姍坐在她的陽臺上，她半隱半現的嘴唇咀嚼過花朵，被汁液染成藍色，她注視著無鐘宅院的天井中庭。黑色的池塘未被午後的微風吹皺，靜靜凝望著她。在深不可測的黑暗水面上到處漂浮著落葉，一動也不動的棕褐色碎片襯著黑暗。

當然，如果以緩慢優美的身姿向前翻倒，墜入下方的午夜暗影中，她不會受傷嗎？她會像鵝卵石一樣墜落，濺起水花，穿過冷淡靜止的墨玉平面，在包圍她的冰冷黑水中如一團銀光翻攪。上方，漣漪會像傷口邊緣痛苦抽搐的脈搏一樣，迅速外擴漫開。

下方的她，會以乾淨俐落的堅定動作，毫不動搖地踢水划動，游進地底，游到無鐘宅院的弧形牆垣之下，游過這座運數之城下方，進入另一邊那片堅硬厚實、更為遙遠的未知海洋。潛入深處，她會滑行在閃閃發光的礦脈之間，穿過古生物被深埋且遭遺忘的地層。向上衝刺，她會扭身擺動，通過表土溫暖的淺灘，偶爾浮出表面，在陽光下跳躍，劃出閃閃發光的弧線，一滴滴的沙土在她周圍的空氣中凝結成珠。重新潛入水中，她會堅定游向黏土與砂岩，去尋找清涼的寂靜，要奮力往下方游得好遠好遠……

有人走過黑水表面，剛才能穿透的一切物質倏然硬化，木頭涼鞋敲磨其上，清脆響亮，鞋子嘎吱嘎吱划過相當乾燥的樹葉。這樣矛盾的情況，想像的情境再也無法維持，幻覺倏地融化，立即變得縹緲遙迢、難以再尋。

姍姍的臉頰一側因為遐想受到驚擾而變得陰鬱，她有一邊眉毛緊扭皺眉，顯得任性鬧脾氣，另一半則未見波紋，漠不關心。她唯一外露的眼睛，那對寶石般明眸的其中之一，因為失去雙胞胎伙伴而獨自顯得更加精緻，瞪著從下方經過的訪客。陽臺上的她沒被察覺，於是能夠好好細看這個闖入者。她突然驚覺那怪異的步態或姿勢似乎有些眼熟。當她竭力想要看得更清楚，左眼微微瞇起，一分為二的對稱臉蛋變得像是愁苦的眨眼。

這個人的身材苗條，身高中等，從頭頂到腳踝都纏著華麗的紅色絲綢繃帶，只露出臉、手和腳。肩膀和手臂的線條柔美，看起來毫無疑問是女性。但軀幹與有棱有角的窄臀相連接的部分仍然有些陽剛。這具身影不慌不忙穿過中庭，在無鐘宅院最右側那扇淡黃色門前停了下來。那個人影在那兒遲疑了一下，轉身環視庭院，讓姍姍終於能夠清楚瞥見一張塗脂抹粉的臉。這張臉乍看格外陌生，但一眼就能認出來。

來訪者名叫珞菈．欽，她是個男的。

這些年來，在變動不停的環境裡工作，她所感知到的世界受限於她的處境，那種處境實際上造成了近乎監禁的情況。儘管如此，姍姍還是勉強達到理解能力的極限，斷片面具將她隔絕在世界之外，她在體內仍然擁有一個有利視角，能夠俯瞰廣闊的人類活動領域。這種觀察角度帶給她某些敏銳而獨特的見解。

例如，她明白，世界除了是機運漫流的無邊海洋，也是情慾翻騰的騷亂漩渦。像無鐘宅院這樣的地方，正是立於那洶湧潮流中的島嶼，人們被飢渴與孤獨的波浪衝上岸。有些人會永遠留在那兒，停留在滿潮線之上。多數人則在潮水退去時被吸走。在這些被海洋收回的殘骸碎片中，少有能夠再次抵達陸地的。即使到達陸地，也不會在原本的緯度區域。

但珞菈．欽，好像是特例。

在姍姍的記憶中，她是個骨架寬大、舉止笨拙的十四歲男孩。當姍姍在無鐘宅院擔任性招待、進入第五個年頭，這孩子也開始受雇在此工作。珞菈．欽有張缺乏立體感的大餅臉，而且笨手笨腳。即便是這樣，她卻在那時就展露某種罕見、難以形容的人格本質，使這個青少年局促不安的身子充滿活力，並且賦予她一種隱然攪擾人心的魅力。

歐許夫人能在平凡無奇的砂石中看出潛藏其中的珠玉。長久以來她深諳此道，在她決定雇用珞菈·欽那一刻，早已發覺這年輕人似有若無的殊異嫵媚。同樣注意到她魅力的還有無鐘宅院的顧客，眾多往來的商販、漁夫與軍人都特別偏愛她，每回有機會來這裡都指名要她。

那些鍾愛珞菈·欽的顧客有個共通點，他們沒有任何人能說清楚究竟她的魅力何在。她的寬闊大臉上濃妝豔抹，或許那始終成謎的魅力源頭就藏在那張臉上古怪違和的各部位中，她的嘴巴如潦草鉛筆線條，兩隻眼睛距離頗大，她神祕的吸引力也可能在嘴與眼之間某個若隱若現、實際卻看不見的焦點，它讓人感受得到，無法忽視，卻永遠無法確實捕捉。

這大宅裡有兩個人與珞菈·欽關係密切，姍姍是其中之一。珞菈·欽焦慮緊張又優柔寡斷，姍姍總是比較願意相信這小伙子的魅力源自於她自己的深層情感，而非某種偶然顯露的體格或面相。

這年輕人從姿勢到梳理頭髮的方式似乎都透出一種不安的憂鬱。她的頭髮又長又軟，金黃發亮，幾乎像是白的。那雙眼睛偶爾也流露出恐懼，閃爍著冰柱般的寒光。她兩眼之間的距離太大，談不上漂亮，但又恰到好處。這些截然不同的個性特質，絲絲縷縷織成一幅深植人心的圖像，一種柔弱的樣貌。至於這種柔弱特質的真相是什麼，姍姍全無所知，就和珞菈的痴情恩客中最倉促來訪、最漫不經心的沒兩樣。

她經常來姍姍的陽臺上坐坐，和她一起喝茶，打發接客服務之餘的時間，無鐘宅院許多居民都喜歡這樣消磨時光。由於姍姍特殊的殘缺，他們可以毫無忌憚吐露自己的渴望或怨恨。珞菈．欽會在漫長而沉悶的早晨前來拜訪，能嗅聞淡淡花香，且有夥伴願意聽她一個勁兒傾訴，她似乎樂在其中。

她們聊的經常是相當私密的事，姍姍則感覺自己幾乎沒什麼發言，因為她沒有可以分享的私密心事。她大腦中控制言語的那一側多年來僅有一片黑暗寂靜，在對話中，它頂多只能提供對應不上且無法連貫的隻言片語、記憶模糊的印象，以及關於姍姍被**噤語**之前所知世界的種種軼事。

更令人困惑的是，姍姍掌管語言的大腦區域聽不見，她只好在不知道對方是否已經說完的情況下插話。因此，當珞菈．欽在聊自己結束無鐘宅院的工作之後，對於未來有何願景，描述得精采鮮活時，姍姍會突然來一句「我記得我媽是個不太討喜的女人，她四處瞎忙，都是為了早點耗掉她這一輩子。」或者一些同樣晦澀難懂的話。而珞菈．欽會被嚇到，然後兩人又沉默好一會兒。在這段安靜的時間裡，姍姍會斯文友善地盯著珞菈．欽看，並用左嘴角啜飲花香茶液。

雖然起初被這些隨意發出的語音弄得暈頭轉向，珞菈．欽還是逐漸習慣了。她會等姍姍將那些不合邏輯的話說完，再繼續下去。即使古怪發言持續胡亂冒出，珞菈．欽還是很享受她們對話中的這些插曲，興致似乎絲毫未減。姍姍認為，光是在場作伴就是自己對於聊天的真正貢獻。

姍姍的功能，正是收容他人的渴望和焦慮，而且從不帶給人壓迫感。她享受這些專屬於她、對日常生活的特殊感受。事實上，人們會向她訴說即使是對自己愛人也不會吐露的私事，這使姍姍對人性的看法比許多聖人和哲學家的觀點更真實、更全面。

這賦予她個人某種能力，讓她感到自豪的能力，能夠揭開呈現在她面前的眾多不同人格角色，使隱藏在矯揉造作和自欺欺人之下的性格要素，赤裸裸顯現出來。唯一讓姍姍無法看穿的是珞菈．欽。就像其他人一樣，她無法辨識那謎樣誘人的少年賴以建立自我特質的珍貴稀有原料。

另一方面，雖然珞菈．欽所厭憎和企盼的一切，姍姍都能相當完整地描繪出來，不過這些看起來依然膚淺，因為她更根本的動機還是難以理解。

例如，姍姍知道珞菈．欽並不打算終生幹賣淫這一行。雖然姍姍聽無鐘宅院大多數住戶信誓旦旦說過類似的話，但她感覺珞菈・欽身上有一種堅如磐石的決心，使她對未來的規劃想像，全然不同於偏向悲情感傷的其他夥伴，那些人總是空談幻想，老調重彈。

珞菈・欽常向姍姍保證，自己總有一天會成為偉大的表演者，會環遊世界，加入著名的劇團，如「破襪子劇團」或「迪墨帕帕的記憶強人們」，讓大眾欣賞她的藝術。她每天回應要求，在無鐘宅院那扇淡黃色門後表演低俗不入流的鬧劇，不過是為了那些在未來某處等待她的無數優秀戲劇，進行笨拙的排練。

這棟房子那扇淡黃色門後的部分有種浪漫氣質，似乎有意呈現更強烈的戲劇性，四層樓中，每層都有一位肉慾巧藝能手，由屋子外曲折向上、平滑拋光的木頭階梯相連，從中庭地面直到屋頂的灰色傾斜石板。

最頂樓的房間住著屍體啞劇演員莫佩特，住在她下面那層的是洛巴・帕，她的肉體有種非比尋常的稠密度，使她能夠調整自己的容貌，幾乎能裝扮十四到七十歲的各種女性外表。珞菈・欽住在二樓，為熱切的男性客戶扮演種種平凡乏味缺乏想像力的角色，但她的魅力彌補了那些缺點。而在一樓，打開淡黃色的門，就直接來到弗若・亞特的空間，這位外型引人注目、個性激情狂放的男演員，許多女性顧客都喜歡有他作陪，他的才華在她們力捧之下變質，成了玩物。而和珞菈・欽陷入情感糾葛、牽纏不清的，正是弗若・亞特。

洛菈．欽和姍姍在陽臺談話時，茶碗上方飄浮的熱氣靜止如霧，她們經常聊到弗若．亞特。當洛菈．欽講得滔滔不絕，姍姍會坐下傾聽，時不時打破沉默，說她記得自己還是嬰兒時，祖母為她縫製的被子顏色；或者一個她再也記不起名字的兄弟，有一次打翻鍋子，腿嚴重燙傷。

對於弗若．亞特的感情令洛菈．欽痛苦，關鍵似乎在於，她知道如果要實現抱負，朝著更大成就邁進的同時，她就必須離開這個性格強烈而黑暗迷人的年輕演員。她老實向姍姍說過，雖然她和弗若．亞特會私下擬定計畫，好像他們真的會一起離開無鐘宅院，到外面的世界一起打拚演藝事業，一同發光發熱，但洛菈．欽知道那只是想像罷了。

儘管弗若．亞特與生俱來的天賦使她相形見絀，但他既沒有洛菈．欽那種無法形容的吸引力，也缺乏果決的動力推動他穿過淡黃色大門，前往充滿起伏跌宕、更精采美好的生活。除了痛苦之外，這個寬臉男孩還感到不安，因為她近乎受虐狂般譴責自己，利用親近弗若．亞特的機會，仔細研究他的高超技藝，將他塑造人物的每個細微差別，將每個令人嘆為觀止、舉重若輕的低調手勢牢牢記住，期待在她未來的職業生涯可能派上用場。當這番告解暫時化解自己的罪惡感後，洛菈．欽會一臉悲慘地盯著姍姍，等著別人認同她的困境艱難。然後，不管無鐘宅院用的是什麼計時單位，經過很長一段時間，最終姍姍會微笑開口，「下午下雨，我差點被卵石絆倒，」或者「她的名字可能是茉或者媚，我猜她是我妹妹，」聽完這些回答之後，珞菈・欽會先喝完自己的茶，多少感到幾分滿意地離開。

儘管痛苦掙扎了很久，珞菈・欽最終還是積聚了足夠的堅毅勇氣——或者說是足夠的冷酷——鼓起勇氣告訴弗若・亞特，自己將離開他，因為有個商人客戶提供她機會，進入一個規模不大卻廣受好評的巡迴表演團。這個團體長期仰賴這位客戶贊助，才能生存。

姍姍仍記得珞菈・欽離開的那天早上，這兩個感情已然變質的戀人在大宅中庭上演難看的戲碼。兩個演員在平坦的黑色舞臺上來回踱步，憤怒飆罵和陰沉否認的聲音在庭院牆壁弧面間迴響，似乎沒注意到那些在陽臺上看得無趣或被逗得很樂的觀眾。

弗若・亞特可憐兮兮跟著珞菈・欽在中庭繞圈。出乎意料的可怕背叛令他不堪負荷，他幾乎步履蹣跚。這個高䠷精瘦的男人有著美麗的手臂，當他跟在珞菈・欽身後時，深陷的黑眼睛裡盈滿淚水，宛如一顆被遺棄的衛星，仍然被她不可抗拒的神祕引力困在圍繞她旋轉的軌道。他工作時為了滿足顧客需求，得頻繁更換假髮，所以整顆頭剃得只剩緊貼頭皮的髮茬。此刻，這只讓他的神情顯得更加淒涼。

當他咆哮，因受傷而語無倫次，因憤怒而無法理解這一切，珞菈・欽一直在他前方相隔幾步的距離，偶爾轉頭發出一些苦惱的批評，但是仍保持自尊。姍姍懷疑珞菈・欽這樣虐待前情人是以某種間接的方式自娛，她任由他砲火猛烈長篇大論，當作是自己令他痴迷到無法自拔的證明。

最終，當絕望使弗若．亞特無法顧及尊嚴，他威脅自殺。煩亂焦躁的年輕演員從繫在腰帶上的小袋子裡拿出一樣東西，高高舉起，在早晨的陽光下閃閃發光。

那是一顆微型人類頭骨，由綠色玻璃製成，只盛裝了一口帶有甘草味的清澈液體，它是專為容納這液體設計的。只需要一口就夠。這些自殺用的小飾品很容易購買，無須躲躲藏藏，而且無法確定在利亞維克這地方，有多少更絕望悲觀的市民帶著相同的死人頭，期待生命終於無法忍受的那天到來。

弗若．亞特的聲音因激動而變得沙啞粗糙。他發誓，絕不讓自己被如此隨意遺棄。他向珞菈．欽保證，如果不拿起行李，並且帶它走過淡黃色的門，回到他們的房間，他就會結束自己的生命。他們注視著對方，當珞菈．欽的目光從弗若．亞特的臉轉移到他手中的骷髏頭小瓶，姍姍感覺自己似乎發現，她間距過寬的雙眼中閃爍猶疑的光芒。這一刻，寂靜充盈，如膨脹得不能再大的氣球，被庭院出入口拱門外突如其來的馬蹄聲和車輪聲一下子刺破。這些聲響意味著要載珞菈．欽加入劇團的馬車來臨了。她看了弗若．亞特最後一眼，拿起行李，轉身穿過拱門走了出去。

弗若．亞特呆呆地站在巨大的黑色圓盤中央，仍然舉著一隻完美無瑕的手臂，緊握著拳頭大的冰冷綠色致命物質。他茫然盯著拱門，彷彿期待她再次出現，並告訴他這一切都只是她設想不周的惡作劇。環繞的圍牆外傳來轠繩的叮噹聲，接著是緩慢的咔嗒和木頭與皮革的吱吱，馬車沿著運數之城蜿蜒的街道行駛。這男演員僵立了一會兒，彷彿他再也不會動彈，才慢慢顫抖地放下手臂。

在他上方三層樓處，無鐘宅院某位居民發現，被情人拋棄的他並沒自殺，便不滿地抿抿黑亮的嘴唇，咯咯叫了一聲後躲回自己的房間。聽到叫聲，弗若．亞特向後仰起他滿是灰色髮茬的頭顱，驚訝地抬頭，望見那些看好戲的人，好像之前完全沒有意識到他們的目光。他的眼中充滿痛苦的不解，視線低垂到腳邊的黑色地磚，慢慢穿過院子，走向淡黃色的門，這讓姍姍鬆了一口氣。他已經完全忘記手裡的玻璃骷髏頭了。

不到幾個月的時間，有關珞菈．欽出人頭地的種種耀眼事蹟就開始傳回無鐘宅院。她難以捉摸的魅力似乎一如以往，就像令她的恩客痴迷一樣輕易吸引觀眾。她在莫索克的劇作《小窩》中扮演悲慘且不育的戈爾達皇后，精湛的演出已成為利亞維克知識分子圈的熱門話題。而且有傳言說，劇團正在籌備讓她為腥紅主教殿下進行御前特演。

在悲傷的弗若．亞特面前，人們通常避免聊這些話題，但珞菈．欽在一年之內已聲名大噪，因此這位滿心淒楚怨懟的年輕演員就和其他人一樣，得悉了珞菈・欽的成功。當初分離的悲憤從他身上漸漸淡化，他似乎沒有如人們預期那樣，對她躍升成巨星的消息忿恨不平。事實上，除了在聽到她名字時眼中會閃過一絲冷酷，弗若・亞特對前情人的命運漠不關心。他從來沒有提起過她，那些洞察力不如姍姍的人可能會認為弗若・亞特已完全忘了她。

而今，五年後，她回來了。

在姍姍陽臺下方的中庭，珞菈・欽轉向淡黃色的門，低垂的肩膀顯得溫順。她舉起一隻手敲門，那手指霎時有一陣耀眼的閃光舞動其中。姍姍過了一會兒才意識到，珞菈・欽的指甲貼了一些反光碎片。午後靜悄悄，彷彿正屏息聆聽，珞菈・欽白皙的指關節敲擊淡黃色木頭的聲音，格外響亮。

姍姍坐在高高的陽臺上，發現自己很想大聲喊叫，想警告珞菈・欽，告訴她不該回到這個地方，應該立即離開。寂靜──巨大且壓倒性的寂靜包圍著她，不允許她發出任何一點聲音。她沉浸在寂靜中，好比一顆微小的意識泡泡，牢牢嵌在無邊無際的沉厚岩石中。沉默、灰色、漫無邊際的岩石。她與它對抗，希望自己的舌頭能發出有警告作用的關鍵詞，即使她知道這種努力只是徒勞。

下面，有人從淡黃色的門內側打開門鎖，門咿呀一聲打開，發出悅耳的聲音。來不及阻止了。

姍姍的陽臺位於三樓，相鄰的起居區位在無鐘宅院凹形正面最左側紫羅蘭色的那扇門後，是這大宅的四個起居區之一。因此，當她坐在陽臺上，低頭看著珞菈．欽，她看不到是誰開的門。可是她覺得應該是弗若．亞特。

一陣出奇輕柔的低聲交談之後，這位演藝巨星裹著深紅色衣服的身影走進屋子，超越姍姍視線範圍。淡黃色的門關上，發出像是有什麼東西咬牙切齒的聲音。

再之後，就只有寂靜。姍姍仍然坐在她的陽臺上，低頭盯著淡黃色的門，露出的那隻眼睛有著無聲的痛苦，而她身後的天空逐漸變暗。終於，當她迫切需要發出聲音的時刻早已過去時，她開口了。

「我拚命跑，但當我跑到媽媽住的地方，那隻鳥已經死了。」

自從黃色的門關上，門後的房間裡就沒有人說過一句話。弗若．亞特坐在壁爐旁邊的一張硬木椅上，瘦削的臉龐一側閃爍著琥珀色光芒。珞菈．欽站在窗邊，在外面昏暗的光線照映下，一身鮮豔的緋紅色逐漸變暗，轉為暗沉如結痂的紫紅。她不確定如何拿捏兩人之間的隔閡，看著火光在他如天鵝絨的細密短髮上晃動，直到她忍不住要開始談話。

「我帶了禮物。」

弗若・亞特慢慢地轉頭，面向她，火光脫離臉頰，轉而有陰影滑過，讓人再也看不見他的表情。珞菈・欽一隻粉筆白的手探進隨身攜帶的黑色毛皮袋子，從袋子裡伸出來時，晶亮如鏡的指尖夾著一粒小銅球。她伸手要將球遞給他，他等了一會兒才接過來。

「這是什麼？」

她都快忘了他的聲音有多麼迷人，沙啞、低沉、帶有渴望，與她自己的完全不同。他語調雖然調整得平靜鎮定，仍然有某種警戒和兇猛的東西潛伏在話語之外，在聲腔後面靜靜踱步。珞菈・欽舔了舔嘴脣。

「是玩具……益智玩具。有人告訴我這有助於放鬆。我認識的很多經商的大忙人都發現，繁忙的買賣交易工作後這能使他們平靜下來。」

弗若・亞特在指間轉動光滑的銅球，讓它映著爐火閃晃紅光。「和一般玩具有什麼不一樣嗎？」

珞菈・欽走了一步離開窗戶，然後停住。這是她進屋後第一次試探性朝他走去。她鬆手讓黑色毛皮包落在房裡另一把椅子的空位上，發出一聲輕響，像一隻巨大蜘蛛的屍體墜地。

這個手勢像是占據某塊領土，珞菈・欽希望自己這樣不會顯得過度急切。弗若・亞特的臉仍然埋在陰影中，在壁爐前打瞌睡的袋子只是她更進一步的前奏，但他似乎沒有對此表達反感。由於沒有遭到直接斥責，珞菈・欽放心了點。回答他時微笑著，儘管有些緊張。

「這球裡面可能有隻蜥蜴在沉睡，也可能沒有。這是讓人猜不透的地方。」

他保持沉默，似乎在鼓勵她講得更詳細。「傳說有一種蜥蜴能夠在沒有食物、空氣或水分的情況下冬眠數年——甚至數百年，這會減緩其生理發展過程，因此它的每一次心跳之間可能會經歷十幾個冬天。有人告訴我它是一種非常小的生物，當它蜷縮起來，不會比我拇指最底部的關節大。

「據說製作這些漂亮小玩具的人，會在每個球密封之前將一隻這種熟睡的爬蟲放進裡面。仔細看，中間有一道縫。」

弗若・亞特不肯看，他仍然坐著，背對火堆，右手拿著球轉動，讓熔化的熾熱火光在它的表面滾動。雖然他的表情依舊掩蓋在無法穿透的陰影下，但珞菈・欽查覺到，他的沉默已經不太一樣。她覺得自己方才獲得的任何優勢都開始溜走。他為什麼不說話？她無法抑制自己聲音中的不安，繼續她的獨白。

「打不開，而且，還得想想裡面是不是真的有蜥蜴。這與我們如何看待周圍的世界有關，當你思考這個問題，你會發現裡面有沒有蜥蜴並不重要，然後你就會思考什麼是真實、什麼不是，而且……」

她的音量越來越小，彷彿突然意識到自己語無倫次。

「而且聽說這樣對於放鬆自己相當有幫助，」在一陣沉悶洩氣的停頓後，最後這句話講得十分無力。

「你回來做什麼？」

「我也不曉得。」

「你不曉得。」

她的話彷彿擊中一面鏡子，在注滿新的意義和暗示後，再度反彈、回到自身，因為玻璃鏡面有些古怪而扭曲了真實樣貌。珞菈・欽勉力維持的脆弱矜持，在那個平淡、冷漠的嗓音面前開始崩潰。

「我……我的意思不是說我不曉得。我只是想講……」她低頭看著自己保養得很好的蒼白雙手，發現它們正擰在一起，看起來就像在黑暗中放置太久的螃蟹。「我的意思是，並不是真有什麼原因促使我回到這裡。我的工作，我的事業都太完美了。我很有錢，也有朋友。我才剛在《運命匠》這齣戲扮演波羅瑪的大女兒，大家好幾個月的話題人物都會是我，我可以休息一段時間不用工作，我想做什麼都行，不是非得回到這裡不可。」

弗若．亞特依舊默不作聲。火光從後方照亮他剃得極短的頭髮，他的腦袋邊緣鑲金，穿透髮茬閃耀，彷若模糊的磷光。銅球在他指間轉動，一顆微型行星從白天旋入黑夜。

「只是……這地方，這棟房子，有某種東西。這房子裡有東西，真實的東西。算不上是好，但就是真實，我不知道怎麼稱呼它，我甚至不喜歡它，但我知道它是真實的，我知道它就在這裡，而且我感覺……我不知道，我覺得自己必須回來看看。就像是……」

珞菈．欽的手似乎就在她面前撥弄、擠壓空氣，好像她需要的詞語隱藏在空氣表層下，只要探挖一下，她就可以摸索出它們的形狀。雙手現在分開了，這對臉色蒼白、宛如甲殼動物的戀人仰面向上，在看不見的海岸線上呼氣，無力地揮動雙腿。

「這就類似我看過的一場意外事故……有個農夫被他的馬拉貨車壓住。他還活著，但肋骨斷了，從他的身體一側戳出來。起初我不知道那是什麼，因為情況一團糟。周圍聚集了很多人，但只要一移動貨車就會傷到他，甚至讓他已受的壓傷痛苦加劇。

「那時候是夏天，蒼蠅很多。我記得他尖叫著叫人幫他把蒼蠅趕走，一個老婦人出來幫他揮趕蒼蠅，但在那之前沒人有動靜，一直等到他對著他們尖叫才有反應。那實在太慘了。我盡可能快速從他身邊走過，因為他很痛苦，除了那個用圍裙把蒼蠅趕走的老婦人外，也沒有人能做些什麼。

「不過我回頭了。

「我走了一小段路就停下來，然後回去。我忍不住。那個男人躺在那兒，承受著可怕的重量，尖叫呼喊著他的妻子、他的孩子。太真實、太痛苦了。那真實到將世上其他一切都斷絕，將我身邊由運氣和金錢積累起來的所有東西都隔絕開，我知道這其中有某種意義。我回到那裡，看著他渾身淌血，那老太婆告訴他不要擔心，他的妻子和孩子很快就會過來。

「這就是為什麼我回到無鐘宅院。」

沉默有如一個長長的連字符號那樣拉開。一個沒有面孔、沒有答覆的神，指間轉動著一個銅色的世界。

「而且，我仍然愛你。」

有人在淡黃色的門上敲了兩下。一時間，除了火光產生的晃動幻覺外，房間內一切靜止。弗若·亞特從硬木椅上站起來，仍然背對爐火，臉色黯淡。他穿過房間，低頭彎腰，從支撐著低矮天花板的發黑橫梁下走過，他走路時離她夠近，她舉起手就能擦過他的手臂，這樣就會像是不經意擦過身。但她沒有這麼做。

弗若·亞特將門打開。

門檻另一邊的人影大約四十歲，一個身材高大、骨骼粗壯的女人，臉頰粗糙，只套著一件長袍，像一頂煙灰色毛皮帳篷。袍子連她的頭頂都覆蓋住，只裁掉了一個洞讓臉露出來。然後，它醒目的極簡線條垂墜到地板。毛皮袍子上沒有開口可以讓她伸出雙手，這讓珞菈．欽覺得這女人必須有僕人為她打理一切，包含餵她吃飯。即使珞菈．欽過去五年的見識經歷已不少，如此傲慢炫富還是令人印象深刻。

當這位來得不是時候的訪客仰頭說話，閃爍的黃色光線照在她臉上，珞菈．欽注意到這個女人有一塊琥珀色的瘢疤，看起來毛茸茸的，有點噁心，幾乎覆蓋了她整個左臉頰。這位女士顯然曾經試圖用一層厚厚的白色粉末遮掩瘢塊，但效果不佳。變色部分穿透了妝，仍然可以看到，就像一條薄如紙的比目魚游過皮下組織，黑色身形在她渾濁的臉龐表皮下清晰可見。

她說話的音量大得擾人心神，語氣刺耳，不知為何帶有侮辱人的意味。

「弗若．亞特，親愛的弗若．亞特，多久了？我上次見到你到現在已經有多久了？」弗若．亞特的回答專業有禮，冷冷靜靜、客客氣氣，但是相當大聲，儘管珞菈．欽站在他身後幾步遠的地方，還是不由自主畏縮了一下。她突然想到，這個披著毛皮的女人一定是聽力有問題。

「你來這裡已經兩天了，布蕾羅夫人。我很想你。」

珞菈．欽渾身一陣發熱，幾乎立即冷卻成胃裡重重的一塊鉛錠。弗若．亞特有客人，她必須放他去工作。她失望到無以復加，甚至無法承認自己會這麼失望。她決定立即離開，希望能將那沮喪的情緒留在一步之遙的身後，直到回到這座運數之城另一頭屬於自己的賃居房間。一旦她能安全地躲在緊閉的門後，她就會讓它隨心所欲釋放，然後流淚。當她正要伸手去拿那睡在椅子上的包包，弗若．亞特再次開口說話。

「不過，今晚我不方便見您。我有位家人來訪。」說到這裡，他回頭對著目瞪口呆的珞菈．欽做做樣子，打了個手勢。「很遺憾你我對彼此的渴望還得繼續，無法稍加撫慰，必須再多醞釀一天。請耐心等待，布蕾羅夫人。當我們終於見面，我們的結合將會因為這延遲而變得更加甜蜜。」布蕾羅夫人轉轉頭，目光越過弗若．亞特，凝視著被火焰照亮的房間，這裡面站了個苗條、穿著一身深紅的人影，那身影在華麗的衣物包裹中幾乎就像一團火焰。貴婦人的目光冰冷而無情，盯著珞菈．欽看了很久，然後她再次轉向弗若．亞特，表情柔和了下來。

「太糟了，弗若．亞特。真是太糟了。但我不生你氣。我還能怎麼辦呢？」

她露出微笑，也露出發黃牙齒。她的嘴脣實在拉得太開了。

「那明天呢？」

「就明天吧，我親愛的布蕾羅夫人。」

女人從門口轉過身。當她走回黑色中庭，珞菈．欽聽到她的木屐發出沉緩傲慢的敲擊聲，彷若嘲諷。弗若．亞特關上門，拉上插銷。插銷滑動的聲音，金屬摩擦金屬，有種令人振奮的暗示，珞菈．欽在聲響振動共鳴中顫抖。演員轉身離開緊閉的大門，盯著她看，他的臉在火光中染成黃銅色，似乎沒有她記憶中那麼輪廓分明、滄桑憔悴。相反地，他的眼睛是如此的迷人和灼烈，於是她知道自己的回憶全然失真。房間裡處處是暗影光斑搖曳閃晃，看起來就像一座影子的舞廳，在房內兩側的他們凝視著對方。沒有說話。

他朝她走去，只有短暫停下來將小銅球放在他的拋光白木桌上，然後繼續前進。他的步伐如此從容，讓珞菈．欽確信，他一定有所自覺，知道這樣微妙拖長的緩緩靠近會在她內心點燃緊張感。由於無法直視他的目光，她垂下睫毛，房間裡抖動的光線變成不連貫的光采條紋。她的呼吸變淺了，她顫抖著。

他皮膚溫暖乾燥的氣味籠罩著她。她知道他就站在自己面前，距離不超過一段前臂的長度。然後他摸了摸她的臉。身體接觸的震撼，幾乎使她突然要把頭往後仰，但她壓抑住衝動。當他的指甲劃過她下巴邊緣，她的心像鐵砧一樣砰砰作響。

珞菈．欽的服裝是經過巧妙設計的繃帶組合，只靠一處裝置固定，隱藏在她戴在喉嚨右側的花絲鑲邊三角形黑色寶石後面。當弗若．亞特將扣針從血紅色的纏捲布料中抽出來，針刺傷了她的脖子。即使這樣，在這種疼痛又異常刺激的狀態下，她也覺得幾乎是愉悅舒服得無法忍受。她抬眸，他的目光將她整個人吞沒。他的雙手好整以暇而且充滿自信地劃著圓圈，開始解開那條染得鮮豔無比的長繃帶，從她的頭開始，迴繞盤旋而下。

擺脫了纏綁束縛，她濃密的頭髮披散在雪白的肩膀上。她倒吸了一口冷氣，左右搖頭，這並非表示拒絕。隨著她越來越多皮膚暴露在房間的氣流中，一股令人毛骨悚然的涼意從她的身體裡爬過。它穿過她的腹部，向下移動到稜角分明的突出臀部，越過剃光的陰部，越過抽動不安、微微勃起的陰莖。它繼續沿著她的大腿向下，一直延伸到燈心草地墊，散落的包裹衣物在她的腳旁聚集成一灘越來越大的紅色水坑，彷彿她赤裸的肉體被開了幾個難以察覺的傷口，血汩汩流出。

他向她點了一下頭，仍然一聲不響，她跪在他腳邊的地板上，膝蓋壓著亂七八糟的繃帶，它們在她的皮膚上留下微弱的格紋印痕。閉上眼睛，她讓自己的頭向前傾，直到它靠在椅子上。她把包包放在那裡，那好像是很久以前的事了。它柔軟綿密的深色皮毛和堅硬的木頭貼在她灼熱的臉頰上，感覺同樣涼爽。

在她身後，一聲簡短的金屬撞擊聲響，弗若．亞特的腰帶釦毫不客氣地掉到燈心草蓆上。她一時衝動睜開了眼睛，雙眼的目光在整個房間裡飄過，沉浸在這一刻的所有細節中。在房間的另一邊，銅球放在弗若．亞特剛剛擺放它的桌面上。它就像剛從銅雕頭像挖出來的眼球，據說巫師巷的某些名流要人擁有這種會說話的銅人頭。

它也凝視著珞菈．欽，晃動曖昧的閃光，淡黃色門後發生的一切都縮小，映現在那個死氣沉沉、不露聲色的球體凸面上，完美如實。

一會兒之後，她趴伏地上，他們混融的汗水在她後背的凹陷處慢慢乾掉，珞菈．欽讓她的意識掛在清醒的邊緣飄浮，而弗若．亞特赤身裸體蹲在火爐旁，過去這一個小時，爐火已變得昏暗低矮，他正在消褪的一團火紅中加入新煤塊。空氣中瀰漫著精液氣味，濃得令人陶醉，她的每一塊肌肉都因極度疲憊而鬆弛下來。

儘管如此，即使她在飽滿饜足後極度委靡慵懶，還是有什麼東西在困擾著她。他們倆之間還有一些懸而未決的事，不管方才交歡感覺多麼酣暢淋漓，一如滔滔不絕的雄辯。這根本也不算是真實的東西，與其說是侵擾人的存有物，不如說是一種令人不安的缺席，她大可忽略它。然而，這終究還是超出她所能忍受的範圍。這是她內心的空洞，必須先填滿，她才能完整。儘管不願在兩人結合後的平靜餘暉中再生風波，但她最終還是發出自己的聲音、講了出口。

「你還愛我嗎？」遲疑停頓一下後，她又加一句「就算我曾經那樣對你？」

她轉過頭，右臉偎靠在密密交織的燈芯草上。他蹲在火爐前，背對著她，小心翼翼把涼冷的黑色團塊擺放在明亮的餘燼上。他的皮膚閃閃發光，像一抹明亮的黃色水彩畫從他身側流向火堆。她貪婪飽覽他的身體，目光順著他的脊椎線條，一直延伸到將硬挺臀部一分為二的筆直凹痕。他答話時沒有轉過來面向她。

「那顆球裡睡著一隻蜥蜴嗎？」

弗若・亞特被煤灰熏黑的手又拿了一塊煤炭，壁爐裡那縮小版的黑暗金字塔上面加了一塊頂石。那天晚上，淡黃色的門後，兩人都不再說話。

第二天早上，珞菈・欽拜訪了姍姍，和她一起喝茶，就好像她們五年來都未曾中斷過這儀式。她講述了自己職業生涯中一連串軼事，然後停下來啜飲，而姍姍告訴她，母親曾經關上一扇門，周遭一下子就全暗，還有一次她咳嗽咳個不停。珞菈・欽順利地重新進入兩人奇怪的談話節奏，這大大消除了在這分別的五年裡，兩人之間可能滋長的任何生疏感。即便如此，還是要等到插曲接近尾聲，這位藝人才覺得夠自在，能自然地提到她與弗若・亞特重修舊好。

「當然，我不會永遠呆在這裡。再過一個月左右，我就必須開始考慮我下一次的演出角色，而這件工作不可能在這裡執行。但這一次，當我離開，我相信我會帶他一起走。我有足夠的錢留住他，直到他找到自己的工作。現在這樣很荒謬，像他這樣有才華的人，卻把自己的天賦浪費在……」

她做了一個奇怪的動作，像是戲劇性的誇張手勢，也可說是真的出於她不由自主的反感。就好像那雙手正劇烈痙攣且作嘔，纖細手腕彷彿喉嚨，痙攣的顫抖從這裡開始，一直傳到指尖，那裡有十面鏡子在清晨寒冷的陽光下瑟瑟發抖。

「……像布蕾羅夫人這麼醜陋病態的老太婆。他值得更好的。我可以照顧他，我可以幫他找工作，然後也許我們都再也不需要回到這個地方，甚至連看它一眼都不必。你不認為這是個好主意嗎？」

姍姍從嘴角吸入花香飲料，不發一語。

「我想我們能辦到。我認為我們可以彼此相愛並且和樂融融，不會再出現任何問題。以前分開只不過是因為我的夢想，現在我已經實現了。生活可以回到以前的樣子，只是到別處，到比這裡更好的地方。」

珞菈·欽看起來若有所思，吮吸著右手食指亮晃晃的指尖，吸到她將食指從雙唇間拉出時發出像泡泡的細小爆裂聲。她這樣做了兩次，在她身後，鳥兒在利亞維克紛雜多樣的天際線上方盤旋。當她再次開口，語氣不是那麼肯定。

「當然，他變了。我想我們兩個都變了。他現在話很少，而且非常……非常有威嚴。嗯，這樣說沒錯。非常有威嚴。

「太好了，我一點怨言也沒有。畢竟，那是他的房間，他對我很好，讓我在接下來的幾個月裡住在那裡，這樣我就不需要保留租屋的房間了。

「他想要我怎樣我都不介意。我想你懂的，我認為這在某種程度上對我有好處，對我做人處事有幫助。自從我的演藝事業破繭而出，就沒有人告訴我該做什麼。我覺得那把我寵壞了。不知道為什麼，感覺總是不對。當人們一直順著我的意思時總覺得不太對。我想我需要有人——」

「一顆黏糊糊的頭從母牛的兩腿之間探出來往外看，我大叫了。」

姍姍的插話太令人吃驚，就連聽慣她這樣講話的珞菈・欽，一時也不知所措。她眨了眨眼，等著看那半蒙面女子有沒有要多說什麼，才繼續將自己的話題講下去。「我正把我的衣服從租屋那兒寄過來。我有那麼多美麗的好東西，這似乎不公平。弗若・亞特說他會放衣櫥給我用，但他不希望我和他在一起的時候穿那些太有異國情調的衣裳。他比較喜歡簡單樸素的東西。」

珞菈・欽低頭看看自己的穿著。她穿了一件簡單的灰色棉質襯衫和一條類似材質的裙子，淺金色頭髮披散在窄窄的肩膀上，與暗色的布料形成鮮明對比，更顯得活潑有生機。那披散的金髮在她的灰布襯衫上，就像在潮溼的灰色鵝卵石上反射出蒼白的火炬光芒。顯然，讓自己的服裝出現罕見的節制低調風格，她對此感到滿意。她揚起睫毛，隔著茶碗對著姍姍微笑。

「好了，我的瑣事聊得夠多了，不想再往自己臉上貼金。這五年來，你自己過得怎樣，走什麼運呢？」

那張分裂的臉用一隻活潑的眼睛回瞪著她。沒有人說話。在這座運數之城的上空，巨大的食腐鳥禽俯衝而下，放聲尖叫，聽起來就像地面上有嬰兒遭到撕扯，被拖到低沉的天空中放聲哀嚎。

★

她來到大宅後的第五天，珞菈·欽出現在姍姍的陽臺上，她穿著皮革馬褲，腰間繫著一根粗粗的繩子做為腰帶。她沒有提到為何改穿男裝，讓自己有這種大轉變。但從那以後，姍姍再也沒有看過她穿裙子，她認為這是弗若·亞特偏好樸素打扮的影響。這位藝人似乎也放棄臉上彩妝，不再佩戴珠寶，除了一條未經修飾的簡單鐵環，她戴在左手最小的手指上。那小鏡子般的十片碎裂薄片早已消失。

回到這兒的兩個星期後，弗若·亞特說服珞菈·欽剃掉頭髮。

隔天早上和姍姍坐在一起時，她每隔幾秒鐘講話就會中斷，用一隻手掌從太陽穴向後撫過髮茬。她的談話聽起來像是勉強裝出興高采烈，她的眼裡有一種緊張和迫不及待的感覺。姍姍驚訝地發現，珞菈·欽似乎不再有吸引力。就好像她的魅力已經從身上漏光，或者像頭髮上翻動的陽光一樣被無情地剪掉。

「我覺得，我覺得這樣子比較好看，你覺得呢？」

姍姍什麼話也沒說。

「我的意思是說這，嗯，這樣讓我做出了改變。而且我想，在我頭髮重新長出來後對我也有好處。染色使它變得好脆弱，一頭新頭髮會讓人感覺清新舒服。當然，弗若．亞特喜歡我這樣。」

隨意補上的最後一句話顯得太刻意，被她迴避的目光和局促不安的神情所掩蓋。

「我的意思是，我很清楚自己現在看起來是什麼模樣，也明白在不認識他的人眼裡看來一定是怎樣。但是……」一隻手向後輕輕撫過她的頭顱。「……但是我的穿著打扮對他來說很重要；他非常在意我的模樣、我們做愛時我的模樣。」

姍姍清一清嗓子後，告訴這位演藝明星自己從前住的那條街的名字，她一直住那兒，直到那天晚上她媽媽牽著她的手，穿過吵嚷喧囂，走向**噤語寂靜**。珞菈．欽沒有理會她的插話，繼續自己的獨白，珞菈．欽的眼睛空洞且睡眠不足，目光仍然動也不動地盯著骯髒的瓷磚。

「他不一樣了，你知道的。他現在想要不同的東西。而且我不介意。我愛他。我不介意他要我做什麼。我甚至喜歡這樣；有時是我自己喜歡，而不僅僅是為了他。事實上，是我自己喜歡這麼做，這樣的情況讓我害怕。但也不算害怕，真的，好像一切都在我腳下變換滑動，好像我也在改變，我覺得自己應該感到害怕，但我沒有。這並不難，只是讓自己滑下去。放任它發生很容易，我並不在意。我愛他，我無所謂。」

從環形中庭那放大的瞳孔中，有人喊著珞菈．欽的名字。姍姍的目光轉向下方的石板，看著站在那裡的陌生人疑惑了片刻，才有辦法將熟悉的面孔與無法歸類的步態舉止對應起來，最終將這些截然不同的印象，融合成弗若・亞特。

洛菈・欽說的沒錯，弗若・亞特不一樣了。

他站在她們下方，抬起一隻手遮擋陽光往上看，覆在他臉上的陰影並沒有掩藏住五官上的變化。這位演員似乎沒那麼瘦了。姍姍認為這部分是由於經濟寬裕的洛菈・欽補貼了他的收入，使他能夠吃飽喝足。

他以往似乎偏好肅穆樸實且實用耐穿的衣服，現在也明顯不同。弗若・亞特身穿一件束腰外衣，藍色濃烈、充滿活力，甚至有彷若彩虹的錯覺。一條橙色的寬腰帶在他的腰間纏了兩圈，下面穿的那條波浪般鼓動起伏的褲子也是橙色，是一種斑駁不純、淡淡的橙色，有些部分幾乎像是白的。他裸露的赤腳很嬌嫩，比姍姍想像的要小得多。那兒似乎有什麼東西閃閃發亮，腳趾周圍有一團閃爍星雲。

「洛菈？準備吃飯囉。」

他的聲音也不一樣：變得更輕盈，穩重的音調上多了潤滑的旋律。還有些別的，導致他樣貌神態大大轉變。那變化的主因毫不掩飾，實在顯得太理所當然，竟然讓姍姍完全忽略了。洛菈・欽在準備離開時喃喃說了幾句道歉，沒多花工夫為她與姍姍未聊完的話題好好收尾。

她一如往常，伸出手捏捏姍姍的手腕，讓她那半邊看不見也聽不見的大腦知道客人要走了。半遮面的女子會抬頭仰視回應，直到與珞菈．欽的目光相遇。說話的時候，她的聲音裡充滿了悲傷，似乎與她說話的內容並不協調。

「我不覺得那時候的食物有那麼好吃。」

珞菈．欽的嘴唇抽動了一下，像是隱隱然的無奈苦笑。然後她轉身跑下狹窄的木樓梯，一下去就來到下面的中庭。弗若．亞特在那裡等著她。

她在那兒和他會合，他們簡短對話一會兒，音量非常小，姍姍聽不見，然後他們就走向淡黃色的門。姍姍伸長脖子看著他們離開。就在他們從她的視線中消失之前，她發現了這位年輕演員身上有個難以忽視的詭異之處，讓他幾乎完全不像是從前的他。

沿著他的額頭，拉出一條起伏不平直的雪線，到了耳朵的最頂部邊緣捲曲起來，弗若．亞特的頭髮開始長出來了。

在珞菈．欽來到無鐘宅院後的第十五天晚上，淡黃色的門後面發生了一些事情，讓她第一次瞥見了五年來一直等著她的黑暗。正當太陽在西方的地平線上肆虐，她回到室內與弗若·亞特一起用晚餐，而在早晨來臨前，她已經看到了深淵。接下來大約三天之內，她還無法理解等著吞噬她的虛空是多麼浩瀚無際，但那第一眼令人心力交瘁的眼神才只是開始。就好像她把一顆卵石扔進等待她的深淵，期待聽見濺起的水花。三天過去，水花還沒有出現，她知道那黑暗無底，毫無希望。

然而，在早些時候的傍晚，當她背對夕陽，走進那扇淡黃色的大門，迎面而來的是濃郁的鍋煮料理香氣，那闇影還未落下。對她來說，所有的焦慮都是可以忍受的。

他們很快吃完飯，兩人隔著褪色發白的木頭桌子面對面，然後珞菈·欽清理掉剩菜廚餘，弗若·亞特則回到他的臥室，為隔天晚上的工作做準備。珞菈·欽將一塊黏得很牢的乾硬豆渣從他的碗口刮下，同時漫不經心想著今晚這扇淡黃色門後並不需要她出現，她該在這段時間找什麼事來消遣。

前幾天晚上，她一直走到港口。看著鐵綠色水面上的月亮倒影，試圖從自己的處境中硬是汲取一些不再熱烈的浪漫餘情，像擰毛巾淌下幾滴涼冷殘液一樣。

痛苦和驚訝的短促慘叫傳來，她低頭發現摳著乾硬食物殘渣的指甲裂開了。她心想，指甲毀了。所有的指甲都有缺口，而且參差不齊，指甲的裂痕不少，有些周圍露出粉紅嫩肉。真不知道需要多長時間才能恢復它們昔日優雅，想這件事的同時，她用另一隻手撫摸已被夷平的無毛頭皮，卻沒有意識到自己正在這麼做。

弗若．亞特在臥室裡叫她，她走過去看看他想要什麼，她一邊吃力地邁步走過燈心草蓆子，一邊在襯衫粗糙的灰布上擦擦手。穿過門進入房間，她有點懵，她發現弗若．亞特已經打算上床睡覺，而不是在為晚上的工作做準備。他躺在粗糙的棉布床單上，眼睛半閉，看似無力的雙手擱在縫縫補補的染色麻布被單上。

「我病了，今晚無法上工。」

珞菈．欽皺起眉頭。他看起來並沒有不舒服的樣子，聲音依舊篤定專橫，沒有虛弱顫動，卻說他病了，好像故意要讓她明白這是一個謊言，卻要她當成鐵一般的事實來回應。在內心深處尋思一陣子後，她發現，吃驚或失望的痛苦僅轉瞬即逝，她自己並不介意。她接受捏造的事實，因為選擇接受最是容易。

「但是歐許夫人那邊怎麼辦？你最近已經好幾個晚上都沒有去工作。一個沒發揮功用的房間對她來說就是資源浪費。過去就有人因為這樣被解僱。」

歐許夫人雖然早已失明、垂垂老矣，仍是無鐘宅院的主宰者。就連五年沒有在這裡工作的珞菈．欽也對這位老婦充滿了敬意和畏懼。在那張充當病榻但演得一點也不像的床上，弗若．亞特再次開口。

「你說的沒錯。如果今晚沒有在這裡工作，我就會有麻煩了。」

他原本低垂的眼皮掀起，直視珞菈．欽的眼睛。他露出微笑，儘管知道微笑也不會造成他們之間任何改變。關於這種扮裝演戲，雙方都有默契。他繼續說下去，聲音乾澀而慎重。

「所以呢，你必須代替我做我的工作。」

珞菈．欽的大腦彷彿突然發生某種功能障礙，無法從弗若．亞特的話語中獲得任何意義。「所以」、「必須」、「做」、「工作」——這些聽起來全都很陌生，以至於她幾乎相信是這演員當場編出來的。這句話一遍又一遍地在腦中回放。「所以呢，你必須代替我做我的工作。」「所以呢，你必須代替我做我的工作。」這是什麼意思？

接著，從這句話造成的衝擊中清醒過來，她懂了。

她搖搖頭，自己的脖子卻感覺不到柔軟的頭髮擺動，這又使她的驚恐加劇。她說「不」，聲音幾乎聽不見，但意思不是「我不要」，而是「請不要」。

但他就要。

布蕾羅夫人拉起她的手（他的手？）將它拉進那一身毛皮帳篷下面，讓它停在這醜惡女人粗肥雙腿之間的潮溼地帶。渾身僅披著這一件袍子，袍子下的貴婦赤身裸體，肉體溼漉漉，像麵團一樣沉甸甸。

稍後，當布蕾羅夫人仰面躺在桌子上，像厚木砧板上的魚一樣無聲喘息，珞菈．欽將自己埋在女人的身軀裡，低頭看著她，看到了深淵。繫著鈴鐺的灰毛皮大衣已經往上拉起，露出下半身。現在，布蕾羅夫人的臉、胎記等等都被蓋住。有那麼一瞬間，這女人就像被命運之海沖上岸的溺水者，一張被魚咬爛的浮腫臉龐已經蓋上了白布。

珞菈．欽強忍作嘔，將視線轉移到自己身上，汗水閃閃發亮，單調如機械般用力向前衝刺，又猛地向後拉出，像被別人操作的手套人偶一樣抽插進出。她看著自己腰胯間突出的硬挺玩意兒——為什麼自己此刻正在做這檔事？她感覺迷失困惑。這個聾女人和她拚命弓背晃動的姿態，她無法產生任何渴望，沒有任何慾望。除了羞恥和恐懼，她什麼都感覺不到。面對這麼令人厭惡的噁心事物，自己的身體怎麼可能有辦法表現得這樣熱情？

更晚的時候，布蕾羅夫人吻了珞菈．欽就離開，關上她身後那扇淡黃色的門。這名藝人赤身裸體坐在一張木椅上，手肘擱在她面前的桌上，臉埋藏在雙手中，彷彿躲在教堂緊閉的門後。那老婦人親吻的濃濃餘味仍然殘留在她嘴唇上，好像一隻令人不快的肥軟爬蟲試圖爬進她嘴裡，在她的下巴留下閃閃發光的唾液痕跡。這個意象從她腦海中滑出，順著她的喉嚨滑落，直到落入胃中。有一種不懷好意的微弱痙攣，更火上添油的是，珞菈．欽竟然想起那晚早些他們匆匆吃完飯的畫面。半融化的一圈膠狀脂肪從灰粉色的肥手指下垂滴落……

她默默努力不讓自己嘔吐，直到弗若．亞特都站到了她身邊，她才發現他已經離開臥室。

「嘿，真的有那麼糟嗎？」

珞菈．欽被他的聲音嚇了一跳，移開遮住半邊臉的一隻手，睜開眼睛。她低頭看著地板，若頭不動，就看不到弗若．亞特膝蓋以上的任何部位，現在那似乎是她難以忍受的景象。

他的雙腳蒼白宛如杏仁果仁。

每片腳趾甲上都有一面小鏡子固著其上。珞菈．欽的倒影懸浮在十個閃耀的微小水池表面，她的倒影凝視著她，就像淹沒在水銀中的昆蟲。

珞菈．欽從座位上搖搖晃晃站起來，從弗若．亞特身邊擠過去，步履蹣跚走向那個專門用來洗澡如廁的房間。熔岩湧入她喉嚨，淹沒她的嘴，她一邊抽泣一邊大聲地把自己清空，把自己倒進破爛發黃的洗手盆裡。吐到整個人彷彿乾掉，空蕩蕩的身子還在乾嘔，直到腸裡的痙攣平息。然後她抬起頭，透過顫抖的淚珠看著周圍的房間。

某個東西引起她的注意。在弗若．亞特放肥皂、香水和精油的櫃子上方有模糊的綠光閃爍。珞菈．欽用手擦擦眼睛，專注地看那使她分心的祖母綠亮光。一個靜止不動的點，可以穩定住她的感知，自己在噁心的餘波中不再暈頭轉向。這個物體在潮溼陰暗的洗手間中漸漸清晰可見。

小小的玻璃眼窩一眨也不眨直盯著她。在兩個小凹窩後面，半透明的綠色頭蓋骨內，散發甘草味的腦汁浸漬著匪夷所思的神祕夢境。

珞菈．欽盯著盛滿毒液的頭骨。它回望她，以毫無掩飾的目光。

時間在無鐘宅院裡流逝。在她回來後的第十八個晚上，珞菈．欽陷入黑暗。那個先前只舔過她、淺嘗她滋味的東西，現在張開齒顎，狠咬她一口。

她喝醉了，就算不是遇上這種情況，她還是會喝醉。她在餐桌上感覺很淒慘，於是喝多了，希望能麻痺對自我的厭惡。酒精只是將她的焦慮攪得更亂，使它們變得捉摸不定，更難以理解。她站在敞開的門口，一隻手放在淡黃色的木頭門框上，望著外面空無一人的庭院，呼吸不勻、大口大口吸進秋天寒涼的空氣。對於平息她腦中響個不停的嗡嗡聲，這樣子一點幫助也沒有，在她兩耳之間某處好像有座悽愴陰森的蜂巢。看著冷漠的黑色石板，她明白自己必須離開了。離開弗若．亞特，馬上離開，回去聽那些管戲服的童僕七嘴八舌，有助於她舒緩身心，回去努力將無止境的臺詞都背起來，那工作沉悶卻令人欣慰。如果她不立即離開，她將永遠被困住，被壓在笨重的農用馬車下，尖叫著要人將蒼蠅趕走。如果她不馬上動身……

從她身後的房間裡傳來聲音，弗若．亞特在喊她名字。

她抬頭讓視線抽離寬闊的黑曜石池塘；拱門就立在那裡，拱門外面就是利亞維克。

弗若．亞特再次喊叫，從聲音可以聽出他越來越不耐煩。

她轉身走回屋內，關上身後淡黃色的門。他在臥室裡，自從珞菈．欽被要求去接待布蕾羅夫人之後，這就成了常態，那是她第一次認識女人的身體。她猜弗若．亞特召她來是為了讓她重演那情境，有那麼一瞬間，她幻想自己拒絕他，但這幻想僅維持了短短一刻。

「親愛的？你可以幫我把燈點亮嗎？這裡太暗了。」弗若．亞特的聲音在珞菈．欽到達那地方後發生了變化，已經進入型態轉變的另一階段。它軟化為深厚天鵝絨，像是在引誘而不是命令。她用手指拿著打火石，努力嘗試了一下火種才被點燃，然後再將火焰靠到燈籠的燈芯上。一顆硫磺色的黃光泡泡在房間內膨脹收縮，搖擺不定，直到火焰平靜穩定，光線變得清晰。珞菈．欽從燈前轉過身來，她帶來的光使白熱的殘影如一條條蛆印在她的視網膜上。弗若．亞特側身躺在拼布床單，用一隻手肘支撐自己，指尖淹沒在太陽穴處密實的金色鬈髮中。一道寬闊的藍色妝影呈對角線橫過他的臉，覆蓋他眉毛的左側，掃過左眼、鼻梁和右臉頰。一條較窄的紅色，差不多只有單一筆畫，沿著臉的上緣畫過他光滑又立體的臉部突起與凹陷，終止在右耳下方。

他正穿著一件她的衣服。

那是一件紫羅蘭色的長袍，肩部有華麗的褶邊，讓手臂完全露出。領子很高，一直延伸，剛剛好到弗若・亞特喉嚨隆起處上方，領子以下的材料是扎實不透明的，直到胸骨下方的分界線。從那裡開始，這件連衣裙似乎被裁剪成長條，一直垂到腳踝，紫色緞帶每隔一條就被剪掉，取而代之的是珊瑚粉色的編織飾條，打結成雪花圖案，透過它，可以看到下面的皮膚。他的腳趾和手指上都貼著小鏡片。

從牆上縫隙吹進來的微風發出聲音，像小孩子對著狹窄的瓶罐細頸吹氣，擾亂了芬芳的空氣，使燈籠的火焰斷斷續續搖曳著。一時間，光影大軍來回奔波，明暗之間迅猛交火的邊界紛爭。弗若・亞特眼窩內聚集的陰影像溢出的柏油一樣流過他的臉頰，然後又縮回眉毛下的池塘裡。他用精心染成濃郁靛藍的嘴唇對她微笑。

「我不能不回來。我不能把你丟在這兒。」

每句話的第二個字都以一種誇張做作的方式特別強調，所以當珞菈・欽費力理解這演員所講的話，還要努力解讀那怪異的語調變化，聽起來實在太耳熟，熟悉到令人抓狂，她卻怎麼也想不起來。

「這……你是什麼意思？你根本沒離開過。你……」

珞菈．欽能感覺到有什麼東西壓在自己身上，以一種可怕的速度向她襲來，快到使意念凍結，毫無躲避的可能。她聽過人們對日食的描述，巨大的月球陰影覆蓋過一大片土地，急速向他們衝來，一波星球大的黑暗巨浪輾過渺小的田野和牧場，疾速無可比擬。站在散發著香味的房間裡，她明白了人們當時的恐懼。陰影世界幾乎壓到她身上。再過一會兒，那無邊無際、無法逃脫的巨物就要將她壓得粉碎。

在床上的弗若．亞特又開口了。講話時那加強的語調持續起伏，充滿嘲諷意味，高高在上的語氣讓人完全無法辨識。

「我離開了你。你不記得了嗎？我離開你是因為這對我來說太重要，人人都應該認識我。我知道這對你來說一定很不公平，但你只是凡夫俗子，而我是與眾不同的。我身上藏著一種罕見的東西，一種無法用言語形容的獨特魅力，雖然我深愛著你，但我身上的寶藏、天賦必須讓全世界、讓所有人看見。你一定能理解吧？」

弗若．亞特使用的聲音──珞菈．欽突然間知道自己曾在哪裡聽過了。黑暗星球墜毀在她身上，她迷失了。

「不過這些現在都已達成。現在，全世界的人都知道我的名字，他們像飛蛾一樣，痴痴地撲向我獨有的絢麗火焰，它的光輝本質只有在我身上才能綻放。現在我完成了夢想，我可以隨心所欲再愛你一次。我仰慕你，崇拜你。我好愛你，除了名聲之外，愛你勝過世上的一切。只不過……」

這樣的戲謔模仿簡直惡毒得無法形容，卻又準確得無可否認。辨認出聲音後，珞菈．欽只能接受伴隨它的面孔，如鏡像般的殘忍臉孔。她被暗黑沉重的月球幻影釘住、無法動彈，只能眼睜睜看著弗若．亞特將她真實性格的種種虛矯自負、空洞虛榮和小小的逃避心理都暴露出來。那年輕男子懶洋洋躺在床上，指尖如碎鑽星雲輕輕撫觸藍色下脣，彷彿演啞劇一般，表現出焦躁憂慮和優柔寡斷的神情。他抬頭望向珞菈．欽，長長的睫毛一閃一閃，打出懇求同情的緊急信號，他的下巴承受著嘴裡滿滿未說出口的話，因而顫抖。最後，當他把猶豫神情誇大拉長到近乎荒謬的臨界點，這些話才如瀑布傾瀉而出，沒有停頓喘息的間隙，一瀉千里。

「……但你還愛我嗎？」

他停了一下，眨眼兩次。

「就算我曾經那樣對待你？」

房間某個角落裡，傻孩子開始對著瓶罐細長的脖子吹氣，房間裡的光影圖像都開始痙攣抽搐。

洛菈．欽漂浮在怒海汪洋般的洶湧夢魘中，聽到遠處有聲音在說話。

「那顆球裡睡著一隻蜥蜴嗎？」

聲音低沉而陽剛，她以為這一定是弗若．亞特的聲音，但弗若．亞特的聲音不再是那樣了。那麼，它可能是誰的呢？當答案來臨時，她飽受震驚摧殘的感官只能發出最沉悶的絕望之聲。是她的聲音。當然是她的聲音。

床上的弗若．亞特笑了笑，無精打采地翻身，慢慢仰面躺下。他臉上的笑容發自真正的弗若．亞特，而不是他對洛菈．欽刻意裝出來的那種怪誕尖銳的訕笑，當他說話，卻帶著她的口音。

「也許我就是一顆球。也許人們在我身上感覺到的那種深不可測的特質是一隻蜥蜴，盤繞在我體內，它的實體非常可疑，它對心靈的影響卻毫無疑問。」

他們的目光相互緊鎖，兩人的意識定格於彼此心意相通的那一刻，就像是一直存在於蛇和兔子之間的那種相互理解。弗若．亞特舔著他的靛藍嘴脣，品嘗恩典來臨之前的漫長瞬間，沉醉其中。

「你想知道我這隻蜥蜴的名字嗎？要不要我告訴你是什麼使我脆弱，使我受愛慕、被崇拜、讓人稱讚力捧呢？」

洛菈・欽早已知曉那個答案，她猛力搖頭，卻連一絲絲聲音都發不出來。

「罪惡。」

是了。早有人說過。他知道。燈籠的火焰顫抖著。影子湧上又後退，為下一次衝刺攻擊重新集結。

「你看，全靠它，我才能成為今日的我。是傷害驅使我，沒有它，我什麼都不是。噢，親愛的，我為我給你帶來的所有痛苦感到愧疚。」

晚餐喝的酒此刻在肚子裡變得苦澀，洛菈・欽站在床腳邊，渾身輕飄飄晃動，感覺非常困惑，因為諸多層次的意義開始相互折疊，像巧妙的摺紙玩具一樣綻放出新的形狀。弗若・亞特是在描述他自己的感受，還是在模仿、扮演她，講出她內心的那些痛苦？他是真心為自己剛剛這樣裝模作樣的傷人惡搞感到懊悔嗎？恐懼和疑惑像颶風一樣席捲洛菈・欽整個人，在其中心，怨恨如一塊堅硬金屬開始形成，在靜止的暴風眼，冰冷而明亮。

他竟然還有臉道歉？在這場令人難以忍受的損人鬧劇之後，他怎麼敢求她諒解？當洛菈・欽冷眼看著床上的身影，憤怒在她心中滋生，條狀剪裁如百葉窗的紫羅蘭色長袍下，那屈服順從且毫無防備的身體線條逐漸變得令人惱火，就像用小女生娃娃音說些甜言蜜語一樣逼人抓狂。

「你能原諒我嗎？噢，親愛的，你看起來好嚴厲。我真的太不小心了，這樣糟糕，這樣隨便傷害你。」

弗若·亞特坐起身來，手臂伸向珞菈·欽，作勢求饒，從演員肩部皺褶露出的那雙手臂像天鵝的脖子一樣，顯得非常蒼白。他顯然正痛苦地苛責自己，正以眼神乞求從這種痛苦中解脫，他講話含糊不清，像是要解釋或道歉那樣吐出殘缺不齊的字詞，噘起藍色的嘴唇，彷彿在等待一個赦免之吻。

珞菈·欽使盡全力，用手背往他的嘴甩一巴掌，藍色的唇膏沾染在他的臉頰和指關節上。清脆的打擊聲和男演員痛苦的嚎叫在冰冷的石牆間迴盪。弗若·亞特向後倒去，摀住臉翻身側躺，蜷縮在拼布床單上，背對著珞菈·欽。

透過淩亂長袍上的紫羅蘭流蘇，她看了他彎曲的脊柱，一時突然感到震驚，珞菈·欽發現心中憤怒暴漲，同時，自己下身頓時湧生壓力，她正迅速勃起，那件馬褲塵灰色的皮革被頂起來。弗若·亞特在床上疼惜地摸著嘴唇，正在啜泣。珞菈·欽突然感到手指麻木腫大，且幾乎像有自我意志一樣，自動移向繩帶上的結，那打結的地方壓在她肚子上，像個麻製的堅硬拳頭。

她粗暴蠻橫地強暴了他兩次，而且沒產生任何快感。

完事後，她明白對自己造成了什麼傷害，她開始像男人一樣無聲抽泣，坐在床單邊緣，肩膀默默顫抖。弗若．亞特躺在她身後的床上，盯著遠處的牆壁，他右膝上方雪花石膏一般的腿肉方才經過一番拉扯摩擦，現在上面有珞菈．欽乾掉的精液，形成不規則的小橢圓形，那薄而透明的清漆下有皮膚緊緊皺起。弗若．亞特用光亮如鏡的指甲摳著，一副冷淡無所謂的模樣，什麼話也沒說。

燈籠裡，燈芯燒得越來越短，終至熄滅。因此，在無鐘宅院裡，時間的流逝還是可以測知的。

「是我的錯。我不應該那樣對你……」

「拜託。別提了。」

「你會留下來嗎？你願意和我一起留在這兒嗎？」

「我沒辦法。」

「可是……如果你走了，我該怎麼辦？你沒有理由離開。」

「我還有工作。我的工作和事業。」

「那我呢？難道你就不管我死活，讓我被困在這裡嗎？我永遠不會再離開了。我求你。

你想要我做任何事我都照辦，不要把我丟在這裡。」

「你在報復我之前就沒先想過這一點。」

「喔，拜託，我說過我對不起你。你就不能想想我們對彼此有多麼重要，原諒我嗎？」

「太遲了，親愛的。太遲了。」

「我不會讓你走。我不會再讓我們倆分開了。」

「我拜託你。我不想要再丟人現眼了。上次鬧成那樣真的很尷尬。」

「不，別擔心。我絕對不會大吵大鬧。」

「那好。我要在大宅這兒找個流浪童僕，派他去預約馬車明天早上來接我，還得安排將衣物搬回租屋處。」

「你什麼都不留給我嗎？拜託。讓我留著紫羅蘭長袍。」

「不行。」

「你對我做的是什麼，你不懂嗎？你這是要把一切都帶走！到底為什麼會這樣？」

「別傻了。這裡可是運數之城。」

「你現在跟我說運氣？我再也無法確定真的有所謂的運氣了。真的有運氣嗎？或者只是沒有形體、沒有模式的情勢？像無情無知的波浪，只會將它前方的一切都抹殺？」

「球裡有睡著的蜥蜴嗎？」

姍姍心不在焉地咀嚼凋萎的藍色花朵，那是她從窗臺小花園摘下的，她坐在陽臺，向下望著無鐘宅院的天井。

不久前，一輛馬車在黎明的第一縷曙光中抵達曲面圍牆外。半遮面的女人意識到，一定是珞菈．欽要離開了，要走出這色彩繽紛的七道門之外，回到外面的世界，回歸她在那兒神話般的存在。

由於珞菈．欽原本就提過，她會留在大宅幾個月而不只是幾星期，姍姍以為她這次無預警走人，是她和弗若．亞特兩人之間暗潮洶湧的緊張關係又起風波。她不知道這位演藝明星離開前會否記得來找她道別，想到這裡，她感到一陣心痛悲傷。

與這種遺憾相互抵銷的，則是大大的放心解脫。姍姍很高興珞菈．欽沒有讓自己被無鐘宅院的可怕引力禁錮綁住，那些彎曲的牆壁像是要將人牢牢擒抱的灰色雙臂一樣，光是想到這點，她就希望好運能讓這位演藝明星走出這些牆，離得遠遠的。

淡黃色的門打開，在幽靜晨間發出的響聲像寶石一樣刺眼尖銳，姍姍從陽臺探出身子，注視纏著深紅色綁帶的優雅身影踏上冰冷的黑色石板，夜晚的寒冷已在石板上敷了一層淡淡的霜。

對於從九歲起就失去視覺縱深的姍姍來說，她好像看見一滴血液從房子皮膚上的淡黃色傷口滲出，自動前進，滾過結霜的黑圓盤庭院，慢慢流向對面的拱門。偶爾的視角變化能讓她看得見一隻白色手臂的平面圖像，一枚奶油花瓣在紅斑表面短暫擺動，然後再次消失。

血紅的珠子逐漸穿過院子，它漸漸變化，沒有她那種殘缺的正常人會看出這東西其實是人類。那人影剛越過一半的庭院就停下腳步，轉過身來，仰頭直視姍姍，彷彿從剛才一踏出淡黃色的門，就察覺到半遮面女子的審視。從那一片朱紅色中，浮現出一張臉。

弗若・亞特抬頭，注視姍姍的眼睛，會眨的眼睛和那隻不眨的眼睛都被他盯著。有那麼一瞬間，那人的表情似乎有些鬼鬼祟祟，隱約有種作賊心虛的神情，姍姍覺得眼熟，又感到不安，然後他笑了。漫長的幾秒鐘過去，他們一直緊盯對方，然後那人轉身，繼續走過寬闊的墨玉圓盤，穿過高高的石拱門。

片刻之後，韁繩猛扯的劈啪響聲傳來，接著是馬蹄踩在鵝卵石路面上的咯咯嘎嘎，馬匹振邁開腳跑起來，沿著利亞維克蜿蜒的街道輕快駛離。一百種熱騰騰的早餐香味正瀰漫在擁擠的建築物間，聞起來舒服極了。

姍姍坐在自己的陽臺上，動也不動，視線仍釘在弗若．亞特轉身看她時所站的地方。他的笑容還留在那裡，在她的腦中留下殘影。姍姍以前見過這種微笑，她一眼就認得。

那是巫師的微笑。是煉運師的表情，拖了這麼久終於達成目的的心滿意足。不知過了多久，姍姍一直僵住沒動。面無表情的樣子凝固在她的臉上，那些分裂的五官又幾乎恢復了一致，她腦子一片混亂，原本活潑有生命的那半邊臉也化成陶瓷。

她突然站起來，椅子翻倒在身後的陽臺地板上。她動得很快，同時有些不協調地抽搐。她跑下狹窄的木頭臺階，穿過圓形庭院，所有用來掩飾她行動困難的儀態訓練和動作守則全都顧不上。

淡黃色的門沒鎖。

珞菈．欽坐在一張直背椅上，筆直、僵硬。她似乎正盯著白木桌面上的兩個物體，在霧影重重的黎明光線下幾乎看不出來是什麼。姍姍走向桌子湊近一點看，瞇著那一隻還能瞇眼視物的眼睛。

其中一件是普通的銅球，對她來說毫無意義。另一個看起來比較像是一顆頂部被整齊切掉的雞蛋。

只不過它是綠色的。

只不過它有盯著人看的空洞眼窩，以及欠缺嘴唇的微笑。

她發現有甘草的氣味，同時也意識到，珞菈．欽自從她進到房間後就不曾有過呼吸。姍姍踉蹌倒退，穿過淡黃色的門，像是被裡面的巨大事物推到院子裡。使她跌跌撞撞、大口喘氣的並不是身體上的恐懼，也不是對於死者的厭惡忌諱。這位專門服侍巫師的妓女，在工作過程中見識過更慘不忍睹的事情，單純死亡已算不上什麼，無鐘宅院裡的自殺事件頻繁到讓人感覺稀鬆平常。她的顧客有時會在高潮至樂的時刻變成不同物種，或有白色蒸汽翻騰繚繞的實體，死亡對她來說早就習以為常，不至於引起如此強烈的反應。

這既不完全是一種攫住心靈的恐懼，也不完全是一種精神上的排斥。它沒有形狀，不管從什麼面向，她都沒辦法確實掌握，這正是它最可怕的地方。一場駭人聽聞的罪行已然發生，是程度和規模都令人震驚的暴行，卻仍舊抽象難解又無形莫名。無跡可尋，其怪異醜惡無可估量，正是這一點讓姍姍再也站不穩，向後退到外面冰冷黑暗的中庭。

她想對著無鐘宅院那一扇扇冷漠的窗戶尖叫，晨光煦煦，而這些窗戶仍舊緊閉，窗裡的人還享受著前一晚賺到的一夜好眠。她想大聲喊叫，直接喚醒運數之城，提醒它有這麼一件可憎的事發生了。一樁罪行，而利亞維克卻假裝沒看見，毫不猜疑。

但當然，她什麼也沒辦法講。曾存在此世間的極惡兇邪一直深鎖在她內心裡，盤據她腦中，化為一種帶有鱗片、令人厭惡的寒涼之物，永遠看不見，永遠摸不著，也永遠不會對別人說起。

在陶瓷面具後面遙不可及的深邃黑暗中，它蜷縮著，窩得舒適暖和，無法檢驗證明，無法反駁否認。簡直，就不存在。

2 一點也不神奇

以我的經驗來看，凡是牽涉到轇奇（jilky）的事件，通常會被歸結為水電管路爆炸。

當梅瑞妲終於來到 CSICON 的聚會場地，大呼小叫高調入場——她剛剛先把車停在舊的頂棚市場旁，氣喘吁吁跑過一整條費特街，才想起存放所有提議事項的活頁夾還留在車後座上，這是她做事的一貫風格。其他人早就在那兒了。房仲公司面街的這扇門已關，但沒鎖上。她摸黑穿過沒開燈的前半部辦公室，來到後頭較大的會議室，接著便全神貫注投入開會前的暢談閒聊，花了五分鐘愉快地以飛吻向每個人打招呼。

中央桌另一頭，她瞧見焦躁不安且鬍子沒刮乾淨的馬庫斯・克拉克，他是「宣稱非異常現象之超現實面向調查委員會」（the Committee for Surrealist Investigation of Claims Of the Normal，簡稱 CSICON）的創始人。他正熱情地對愁眉苦臉的大衛・沃特金口沫橫飛。在這個超自然現象研究團體兩週一次的會議上，沃特金總是穿著最樸素，他是查坎布與班泰房地產（Chalcombe & Bentine）的分公司經理，就是因為這樣，CSICON 這群人才能在非上班時間進入這個場所。梅瑞妲尷尬地脫下沾了雨水的外套，對著亦師亦友的艾瑪揮揮手。艾瑪坐在大衛和馬庫斯對面，她對神祕生物十分著迷。皮革氣味的空氣中飄蕩各種笨拙談話，有如無調性的風鈴樂音一樣嘩啦嘩啦噹啷噹。高個兒布萊恩。布萊恩・艾波比正在洗腦阿德芮娜，想說服她相信世上有鬼。阿德芮娜是搞媒體研究的講師，一副哥德風打扮，大概幾週前才加入的吧。小不點布萊恩。布萊恩．泰勒，都來第三次了還是沒能好好融入團體。後來梅瑞妲想起，他和他老婆——應該叫珊卓吧？——還在適應家中有新生兒的生活。

所以大概來了十個人。算不錯。厄羅．米克斯和大家分享了關於他家新熱水器的小趣事，把每個人都逗笑了，大家也因此想到團隊成員中黑人稀有，因而感到微微慚愧。有著外國姓氏啥啥維奇的卡爾坐在離門最近的地方，一臉不爽。不知為何，他身邊的空椅子上墊著一塊捲起的地毯。梅瑞妲想到他好像說過他很快就要搬家。出現地毯大概與此有關。另一方面，他悶悶不樂的表情則可能與艾莉森．麥克雷迪有關。艾莉森坐在大衛和馬庫斯那一側，正惡狠狠盯著他，她正和史蒂夫．丹頓、希拉．丹頓擠在一起，丹頓夫婦是她朋友，也是樓上鄰居。卡爾和艾莉森在過去的十八個月左右還一直維持情侶關係，這意味著他們在前次會議上提分手已讓氣氛不太對勁。真不舒服。但現實人生就是會遇上這種事。

梅瑞妲像鬥牛士一樣將大衣掛在前臂，走走停停繞了桌子一圈，和每個人都聊了一、兩句，才走到艾瑪旁邊的空位。其實，今晚可能會非常熱鬧，因為馬庫斯已經安排了重大討論議程，是針對發展方向的調整，無論是整個 CSICON 組織，還是他們的小眾季刊《趣味時代》都要做出改變。她坐在朋友旁邊，問這位年輕老師對馬庫斯的「未知水域」計畫有何看法。艾瑪說自己沒有把握是否真的弄懂了，隨即轉移話題，拿手機給梅瑞妲看一張據說拍到了卓柏卡布拉[1]的模糊照片。周圍交談的嗡嗡私語音量急遽下滑，就像在電影院裡，正片開演前燈光變暗，梅瑞妲猜想會議就要正式開始。她等不及了。

我盡可能離它遠一點，然後找藉口脫身。當我到了外頭，踏入斜風細雨，我聽到身後有人喊道，「嘿，等一下。你忘了你的……東西。」從兩週後我聽說的情形來看，這將是輟奇往兩側漫開溢出的地點附近。當然，沒有人能確認它究竟是什麼，但他們會有一點時間——最多一、兩秒鐘——恍然大悟原來它並不是什麼，每人各自的理解都不同。你可能會認為我在如此激烈的清理行動中，冒了相當大的風險，但根據我的經驗來看，其實並沒有。

大衛點點頭，對馬庫斯所說的一切有一搭沒一搭、嗯嗯回應，因為他喜歡這個多年熟識的小伙子，但老實說，他對這整個所謂「新方向」有疑慮。這個組織現在這樣肯定沒什麼問題，雖然他不覺得自己可以直接出來這樣講。大衛不安地意識到，自己是 CSICON 最年長的成員，他不希望讓其他人覺得他不能接受新想法，一點也不想顯得守舊保守或像個「老古板」。大家還用老古板這個詞嗎？他不知道，又悲哀地承認自己這樣反而更加老古板。

現在馬庫斯的超短小平頭正在激動搖晃，為他的主題開講暖身，「我的意思是，通報有特殊現象的人通常會以現有分類來回報。但是，如果有人遇到我們沒有設立類別的東西，那怎麼辦？甚至是還沒有詞語能形容的事物？你會怎麼通報呢？你就不通報了吧？對嗎？這樣的案例一定不下上千個……」大衛將注意力轉移到其他超現實面向調查員身上，他們正在熱切討論，拋光平滑的會議桌散布著東一叢西一叢的嗡嗡私語聲，這張漂亮桌子平常聽的都是查與班房地產公司井井有條的房地產市場評估。門口傳來一陣騷動，是一向口齒伶俐的梅瑞妲．雅各布，她大聲嚷嚷地衝進來，抱怨自己把東西留在車上，不得不「冒著大雨」走回費特街去取東西——嗯，該怪誰呢？進房間後的正對面方向，就在卡爾．瓦索維奇和他那疊搖搖晃晃的舊報紙對面，布萊恩．艾波比顯然想和新來的女孩阿德芮娜搭話聊天，他碩大的喉結有如溜溜球，詭異地上下滾動。大衛在心裡嘆了口氣。

也許馬庫斯是對的。也許 CSICON 早該進行某種程度的重組。他回想他們倆什麼時候搞起這一切？大概是，三年前的現在，二〇一六年？那是在安妮離開後，大衛心裡正難受的

---

1 chupacabra，中南美洲傳說中的吸血怪物，會襲擊牲畜，吸牠們的血。名字是由西班牙語的 chupar（吸）和 cabra（山羊）兩字合成。

時期。她是離開的人，留下的是他。那時他才意識到自己的朋友那麼少，他開始把握任何與人交談的機會。他從千禧年代那會兒就認識馬庫斯了，當時這個年輕人是他的客戶，他們發現彼此都是《奇異時代》雜誌[2]的忠實讀者。安妮離開後，馬庫斯每個禮拜可能會來找大衛兩次，喝一、兩瓶啤酒，陪陪他。有一次也是這樣的情況，馬庫斯「半開玩笑」提出了成立超自然研究小組的想法，醉醺醺的大衛建議可以在寬敞的會議室集會工作。於是三年後，就有了現在這裡的一票人。大衛想，如果要他誠實講心裡話，他一直暗自希望能靠這個團體藉機結交一些符合他擇偶條件的女人，但事情沒有如他所願。他曾對長腿的希拉·霍爾寄予厚望，結果她嫁給了完全不知從哪裡殺出來的史蒂夫·丹頓。歸根究底，大衛自問，當布萊恩·艾波比喋喋不休，高談恩菲爾德騷靈[3]來掩飾內心孤獨，自己又比他好到哪兒去呢？

在他旁邊的馬庫斯叫大家稍安勿躁，揮舞手臂，呼籲大家一起「探討現象學中的負空間」，不過實在沒什麼人明白那是啥意思。今晚才剛開始。

正如我之前所說，私語彼得的情感生活需要一些時間來適應：雖然在那晚之前我沒有見過她——顯然她不喜歡我——就我而言，滿腦子想的都是我們將要發生的所有性愛活動，她的眼睛多麼漂亮。而且是的，我對她感到內疚。為他們這群人的命運感到抱歉。我知道這樣想實在沒道理，畢竟這是我第一次看到他們，但這是他們最後一次看到我，這是他們很多事情的最後一次。雖然我承認這對我來說幾乎是不可能，但我試圖從他們的角度看事情，這就是為什麼我會那麼為他們感到難過。當我在兩週前見到他們，就知道接下來會怎樣，這似乎並沒有那麼糟糕，但我還是想多給他們一些時間，畢竟今晚，從他們的角度來看，是他們的最後一晚。我沒有馬上起身離開，這就是我要表達的。我不是冷血無情的怪物。

這絕對是阿德芮娜最後一次來參加會議。那個布萊恩怪咖黏著她嘮嘮叨叨，說什麼活死人不安分的蠢話。當他提到有一部電影，提摩西・司伯在裡面演得超好，問她有沒有看過，就讓她下定決心不再來。怪咖說他家剛好有這部電影的光碟，如果阿德芮娜有興趣的話可以過來看……

2　*Fortean Times*，英國的科幻獵奇月刊，專門報導各地發現的異常現象。刊名來自美國作家查爾斯・霍伊・福特（Charles Hoy Fort, 1874-1932），他挑戰公認的科學知識底線，倡導研究超自然異象。

3　一九七七年，英國有一位單親媽媽和子女住進恩菲爾德小鎮的房子，不久屋中便發生如物品亂飛、發出莫名噪音等種種詭異現象，當時媒體爭相報導，調查研究也未得到科學解釋，議論者歸咎為騷靈（poltergeist）作祟。

現在她想了想，整個 CSICON 的運作設計並不是她真正想要的。基本上，她想在這兒為自己的碩士論文〈超自然次文化與新右派〉找題材。她承認，問題出在自己身上：她加入時並沒有對他們坦承自己的目的。她讓他們認為她在研究通靈現象，而實際上，她研究的是那些研究這些東西的人，也就是像他們這樣的人。

在會議桌最底端，一眼就看得出是同性戀的禿頭英語老師繼續他精力充沛的獨白。如果阿德芮娜的理解沒錯，目前爭論的重點是：與其搜尋吸血鬼、飛碟、雪怪、尼斯湖水怪和許多其他可能並不真實的東西，還不如去找打從一開始就沒人說過存在的事物跡象。「我的意思是，每個人都知道鬼是什麼。」嗯，不，實際上，他們不知道。「我們應該找的是前所未見的東西。」如果你仔細想想，這顯然包括鬼魂。這根本算不上是學術研究。

阿德芮娜小心翼翼，避免目光接觸到她左邊活像站立摺疊桌板的瘦長傢伙，假睫毛快速刷過視野中其餘人士。滔滔不絕、比手劃腳的老師旁邊坐著房地產經紀人，年紀可以當她爸爸，模樣卻比她爸更消沉，而且一派忿忿不平；再往下，她對面，那個波蘭人正在確保每個人都看到了他顯然剛買的閃閃發光高科技音響系統；而在桌子的另一端，那個遲到的五十多歲紅髮大媽在那兒小題大作，誇張地翻動她的活頁夾，還大聲嘖個沒完。她旁邊坐著一個嬌小的金髮女孩，總是穿著有如從北歐暗黑犯罪影集借來的套頭衫。阿德芮娜猜她可能也是老師。然後是厄羅，就在阿德芮娜的右手邊隔了幾個空座位。CSICON 在支持種族多元方面僅有的表現，就是讓厄羅加入，他碰巧也是她唯一記得名字的人。

他們對於阿德芮娜想完成的事都沒有多大幫助，因為這些人都不是特別偏右翼。她若想做得更好，應該換個方向來處理這個題目，並滲透進入英格蘭護衛聯盟[4]，聽到亞特蘭提斯或地球空洞被提及就特別留心。嚼口香糖讓阿德芮娜彷彿惜字如金，她將口香糖從臉頰內一側挪到另一側後決心更加強烈。現在她毫無疑問，知道當這群人在兩週後再次聚會，自己絕對不會出現。

無論如何，那個一臉睏樣、窩得舒舒服服的蘑蘑林（mormoleen）先前一邊愉快回想，一邊對我講的那件事。當十月到來，終於等到他所講的那一晚，我去做了那件事。當然，從蘑蘑林的角度來看，那早已經發生過：我刻意早一點到那個時髦的辦公室，在那裡，我發現那隻轇奇在管領街附近的小巷裡等我。陰影中有個蓋得好好的下水道人孔蓋，我猜那隻轇奇剛才是從裡面爬出來的，等事情結束後，它還會利用這個通道離開。我以前沒到過這區，但

4　English Defense League，簡稱EDL，二〇〇九年成立於英國的極右派仇外組織，尤其排斥伊斯蘭文化。

是到了後天，在當地報紙上有一張街道圖，我早將它剪下來。顯然，在過去的三年裡，我會經常來這裡。斷斷續續的降雨意味著幾乎沒有人會待在附近，不過從我剛剛提過的演化心理對人的影響來看，就算有人在，那也沒有什麼不同。我的意思是，當我帶著轇奇走到辦公室，我們遇到一個髮線後退的人，他似乎認識我。一定是我將來會結識的熟人。他瞥了轇奇一眼後，面帶同情地笑了笑，說：「今晚還要上洗衣店啊？哎呀，那個我知道啦。」真的就是這麼簡單。

結果，除了那個禿頭的傢伙，以及另一個似乎在那兒工作的人之外，我們是最早到的。我們進去找了兩個相鄰的座位，這麼一來，開會的生面孔三三兩兩出現時，我就能向他們點點頭。有個時刻比較棘手，一個髮色頗深的迷人女子穿著緊身牛仔褲和人造皮草外套——雨珠掛在塑膠纖維上彷彿鑽石。當她和兩個朋友走進來，幾乎要朝我吐口水，我露出一個態度曖昧的微笑回應。她一言不發，大剌剌轉身離開，與和她一起來的那對夫婦去坐在大房間最遠的角落。我推斷這一定是艾莉森。自從我在每晚寫的日記中得知她這個人，我就一直期待見到她。因此我前一天就讀過這情況了。在她看來，兩週前，我無緣無故結束兩人持續了一年多的甜蜜戀情，所以她這麼討厭我我完全能理解。兩週後，我會讓她另眼相看。

老實說，厄羅也心不在焉，他並沒有將全部注意力放在馬庫斯試圖鼓舞人心的發言上，即便如此，這整個所謂的「新方向」聽起來也不太像會對他胃口。厄羅留在 CSICON 的唯一原因——好吧，可能不只「唯一」原因——是這裡幾乎所有人都非常友善。但是主要原因在於：這個團體發行的小刊物《趣味時代》為他的插圖和漫畫作品提供了發表機會。好吧，雖然三年內才發了四期，但是所有的封面和內頁插圖都是厄羅畫的。他一直在進步，甚至可能很快就能嘗試轉為職業畫家，再也不需要在護理之家輪值打工。問題是，厄羅為《趣味時代》畫的所有作品，都是以大家熟悉的刻板印象為基礎——吸血鬼、食屍鬼和眼睛全黑的外星人——尤其是漫畫圖像。如果 CSICON 現在放棄研究人體自燃現象，也不談外星人綁架戳肛門事件，而是要轉向以前從未想像過的東西，那麼他該怎麼畫？

讓厄羅分心的事不少，排第一位的顯然是他家熱水器櫃裡還擺著塑膠洗碗盆。擺在那裡是為了接住新熱水器緩慢而穩定滴漏的積水，得撐到禮拜五，到時候他的伴侶，管子保羅，會過來幫他看看。盆子就這麼大，大約四個小時後就會滿溢。厄羅一直訓練自己半夜醒來，將滿盆的水倒進浴缸，這樣他早上下來的時候，廚房的天花板就不會滴瀝瀝撒尿。大約在出發去查與班的一小時前，他就先這麼做過了，而且認為應該能一直撐到他稍晚回家，但你永遠不知道可能發生什麼事。回家處理大淹水的樓下廁所，是厄羅所能想像這個週四之夜的最糟結尾，所以這種可能性在他的腦海裡揮之不去。

其他讓他分心的事相對而言沒那麼嚴重，主要與他在 CSICON 的同伴有關。那個新來的女人，阿德芮娜，就坐在他的左邊，身上散發某種令他厭惡的氣味，一種濃厚到令人窒息的薰衣草香，讓他既想打噴嚏又想睡覺。然後，就在桌子對面，是卡爾帶來的那幅金框圖畫。這幅畫坦白說滿可怕的，很像是一匹嚴重變形的馬的照片——或者其他東西。然而，說到分散他注意力的事物，比這兩者更糟糕的是梅瑞妲·雅各布，她在桌子最底短邊那側不斷大驚小怪，擺弄著她那該死的活頁夾，稍有小小的麻煩或者一不順手，她都要低聲咕噥，一如往常把整個晚上的焦點都往自己身上攬。甚至連她的名字都讓厄羅反感。

他試圖專注於馬庫斯自嗨的長篇大論，此時他正認真談到「我們的分類使我們看不見某些事物」。馬庫斯對「分類」的理解讓厄羅不太有信心，也不明白我們看不見的事物要怎麼畫成像樣的搞笑漫畫。

轉念一想，它看起來更像是一張沙發，而不是一匹馬，但畫得四不像，實在讓人看不出來是啥。梅瑞妲·雅各布先發出了一聲惱怒的嘆息，接著是一整串，在他的腦海中，洗碗盆裡的水悄悄湧向塑膠邊緣。

這並不是說我的生活缺乏意想不到的驚喜。例如，在跌跌撞撞度過二〇二〇年之後，在經歷了多年的封鎖和混亂之後，一到二〇一九年聖誕節，我高興、激動得飄飄然，我狂喜的狀態真的連自己都嚇到。其他人都對十二月大選和保守黨大勝的結果感到悲痛，我卻瞪大了眼睛，彷彿剛剛踏入仙境，對一切嘖嘖稱奇。單純看到握手和擁抱的人或在公共交通工具上粗魯擁擠的人群，都出奇地令我感動，我根本不是這樣子的。

老實說，在那段漫長無聊的隔離期之後，我也非常期待再次發生性關係。正如我說過，我們私語彼得活著主要是為了性愛，如果我消失的日記是可信的，接下來這段時間，我的慾望會不停得到滿足，這會是一段成果豐碩且持續很久的時期。等到一九八〇年代，那時我就會變成一個經驗異常豐富的少年。不過，為了展開我的性愛菜鳥時期，我勢必不得不先在市中心經歷這令人沮喪的一切無聊，就如我剪貼簿裡的剪報所報導，那本剪貼簿的空白越來越多。從日記中可以看出，十月的最後一週，我會在十七號星期四去找我朋友楚蒂，到她家和她聊聊我正要做／已經做的事。當然，楚蒂自己也是隱祕人種。楚蒂是個蘑蘑林；她的行為舉止完全就像個蘑蘑林。

而且，我不得不說，我每次都像著魔一樣：我在萬聖夜上床睡覺，整晚睡不著，好像我在就寢前嗑了一塊安非他命混咖啡的三明治。三十號早上醒來，我一整天都昏昏沉沉，疲憊又躁動，感覺有點像嚴重時差，直到傍晚時分，我按計畫去那個蘑蘑林住的地方。她的房子位於卡得福德區西邊的格蘭比規劃住宅區，是一棟骯髒又不起眼的住宅，而她鄰居的前廊看起來很狂，應該是自己動手做的成果，乾脆整個打掉還比較好，完全就是蘑蘑林的隔壁住戶該有的樣子。楚蒂一如往常，帶著夢遊般的神情，露出得意微笑，邀我進屋。

根據日記，我已經知道那裡會有一個轇奇，所以我知道有什麼是我該注意找找看的。而且，在二〇三五年的時候，我已經因為認識米拉（當時還不是我老婆）而有機會碰過一個轇奇。當我進入楚蒂的客廳，我看到了吉他盒，立刻就知道自己注視的是什麼：別告訴我蘑蘑林會有興致花精力去學樂器。我對著吉他盒親切點頭，得到短暫一小波顏色變化做為回應。沒有人知道轇奇是什麼，因為沒有人真正見過。人類感知進化的方式，總是為了生存價值犧牲準確性，因此我們看到的，大部分都是簡化後的符號圖像，而不是真正存在的事物。轇奇將這一點善加利用，它們無法被簡化忽略，當人類的頭腦無法解讀它們，腦子會在迫切無望的瞬間，製造其他東西來填補現實中突然出現的空白。就目前大家所知，轇奇以分子鍵斷裂時釋放的能量為食。雖然我不是專家，但這個特殊的吉他盒攤平躺在楚蒂的沙發上，看起來異常飽滿且心滿意足。我在對面的扶手椅坐下。

這個蘑蘑林立刻開始無精打采地向我保證，我所做的事情是必要的。幾乎可說是英勇義舉。她說，我在九月告訴過她，我負責監視的研究小組如何開會討論，決定將現有類別之外的奇怪現象也納入考察，因此有必要解決掉他們。她呼嚕呼嚕講得很高興，說整個隱祕人種社群都很感謝我帶著輕奇成功執行這次行動，問我有沒有讀過《啥啦噗先驅報》上的這則報導？我提醒她，在接下來的幾十年裡，我一直都在我的剪報蒐集簿中看到它，儘管我猜它會在過去兩週的某個時候消失。她懶洋洋地笑了笑，說我是個奇葩。和往常一樣，我聽了這討好的話術，很快就精神振奮，並對接下來（早已經）圓滿達成任務一事充滿了信心。這就是蘑蘑林。他們就是這樣運作的。每個人都喜歡他們的陪伴，因為他們會讓你充滿活力，情緒高昂，事實上，他們正在吸取你冷靜和放鬆的能力。好像他們吸走別人的血清素，然後沉迷其中，總是帶著昏昏欲睡的笑容。這就是我前一晚沒睡的原因，但一直到從楚蒂那兒邁著大步走回家，我才想到這一點。此時我精力充沛，自傲值爆表。他媽的蘑蘑林。

至少她提早兩週給了我關於我肯定要經歷的事情細節，但要說我在回顧複習它，其實也不太對。

……然後，真是夠了，好像故意要惹火她似的，他還帶了灌氦氣的氣球來。以為他自己在辦小孩子的生日派對，好像在慶祝什麼一樣，而且還是在禮拜二她才飽受震撼之後。馬庫斯還在胡扯著要大家思索不可思議的事物，但她想尖叫、她想痛哭、她想站起來，想走到房間另一邊，直接打斷這混蛋的鼻子。她想不通他們倆是怎麼走到這一步的。

早在二〇一八年春天，她加入這個團體時就認識他了。不久之後，她搬進了一棟公寓的一樓，就在史蒂夫和希拉樓下，他們夫妻倆在結婚前就迷上了這個團體，建議艾莉森晚上和他們一起來。她認為他們的本意良善，因為知道她單身，也許希望她能多認識一些人，遇到某個對象。當然，她遇到了。此刻史蒂夫和希拉坐在她和馬庫斯之間，手牽著手公開晒恩愛，她斜眼瞥向他們。她還沒有告訴他們自己驗孕的結果。她好想吐。

十八個月前，兩人的第一晚，他如此溫柔體貼。即使是初邂逅的情感急速升溫期，他的氣質也隱含某種惹人憐愛的悲傷。他既熱情又專注，幾乎有種兩人正分手道別、而非初識打招呼的感覺。和他做愛美妙得令人難以置信。從一開始，就讓她感覺自己第一次遇上對她的身體及需求這樣熟悉的愛人。她喉嚨緊緊的，她承認：她以為他就是那個人。即使有時會看見他痛苦又內疚的表情。現在她想了想，那比較像在兩人關係結束，而非戀情初始時出現的神情。她想，那可能是婚前心情緊張而沒當一回事。兩週前，當他說有事想找她談談，她猜想他可能會求婚。結果沒有，不過是她可悲的一廂情願。然後，雪上加霜，兩天前發現讓人高興不起來的驚喜。

她不知道自己該怎麼辦。關於生小孩、關於任何事。她甚至不知道該不該告訴他。她想過上演肥皂劇一般的實話攤牌，但這樣做又能達到什麼目的？她進來時，他向她打招呼的方式就好像他們從未見面，彷彿他們一同度過的美麗時光從未發生，那每個令人屏息的時刻是多麼美好……或許只有她才這麼覺得。他們現在就像陌生人，這就是他想表達的嗎？好吧，好。我收到了。她想，至少，她現在對於自己處在什麼情況是夠清楚了。

只不過那些氣球還是讓人莫名其妙。

這意味著，我也是與普通人類共同生活在地球上的隱祕人類。就我的時間來說，大約十八年後，有個名叫唐納．倫斯斐[5]的人會說這世界上有「未知的未知」[6]，我們顯然就是這種存在。我們不會出現在民間傳說中，因為我們全都有不同的策略來避免自己受到關注，這

5 Donald Rumsfeld（1932-2021），美國內閣官員，曾兩度出任國防部長。

6 unknown unknowns。二〇〇二年二月，美國國防部部長倫斯斐被記者問及美國是否有證據證明伊拉克政府擁有大規模殺傷力武器時，倫斯斐的回應中提到「（世界上）也同樣存在著『未知的未知』——有些事，我們不知道我們不知道。」

很可能是我們能夠存活這麼久、讓人無法發現、而且連做夢也想不到的原因。世界上各類型的隱祕人類大概有二、三十幾種，不過在英國只有劈啪夾克、轆奇、蘑蘑林和私語彼得這一些。我不知道有哪個劈啪夾克能談得上話。老實說，它們令人厭惡，是小蟲與蔬菜的雜交產物，幾乎能夠偽裝成任何東西，還會吃家裡養的寵物。而蘑蘑林和轆奇，我發現只要數量不多，還是可以忍受的。我們都有某種共識，我們不會與其他隱祕人類往來鬼混，蘑蘑林生性懶散，它們其實也樂得輕鬆。

至於私語彼得呢，之所以沒人知道我們的存在，是因為從生物學的角度來看，我們完全是普通人。只不過我們在意識中反向穿越時空。這不是時時刻刻持續進行，並不是說我們在早上七點上床睡覺前，會把牛奶和玉米片吐進麥片碗裡——我不認為我們的運作機制是那樣。而比較是以一天一天為單位。我們在星期天早上醒來，過正常無異狀的一天，晚上睡覺，但是當我們第二天醒來時，已經是星期六。如果將我們的生活比喻為一本書，你會先讀最後一頁，然後是倒數第二頁，以此類推。這樣過的優點也不少，只是要發展人際關係很困難，至少光是要開始就很不容易。這問題可能必須好好重視，因為私語彼得這種生物幾乎滿腦子想的都是親密關係。劈啪夾克完全順從生存本能，所以他們連獵犬都吃得下去；轆奇會攝取一種特定的能量維生；至於蘑蘑林，我不知道，大概算專門吞噬睏倦之類的；而我們私語彼得活著主要是為了尋求性愛。

為什麼我們叫做私語彼得，完全沒有人知道，特別是我們不太竊竊私語，而且和任何其他人種社群比起來，名叫彼得的似乎也沒比較多。再強調一點，我們之中大約有百分之五十八的人是女性。有一種說法是，我們在遙遠的未來，可能是二十三世紀的某個時候得到這個稱號，形成口語習慣，通過正常的私語彼得系譜代代相傳，進而流傳到了過去。

舉個例子，就我自己而言，最初的記憶是在二〇五九年夏天自己臨終時，一個昏昏沉沉、身上滿是插管注射藥物的八十二歲老人，被自動維生裝置包圍著。另一方面，我第一段清晰連貫的回憶好像是自己待在亞伯丁某個平靜而陽光充足的單人病房。坐在我床邊的，是一位七十多歲的黑髮美女，和一位看起來不超過三十歲的英俊青年。兩人都對我微笑。「歡迎來到這個世界，」她說。「你是卡爾．瓦索維奇，你是個私語彼得。」這是我的妻子，我親愛的米拉，還有我們的兒子楊恩，他的記憶可以回溯到二十二世紀。他們兩個也是私語彼得。這樣子返生感覺很不錯。

那些人生早年的年老歲月真是無憂無慮。我們所有人每天都感覺自己更年輕、更強壯，只不過進入童年時代的楊恩生活經驗比我或米拉還豐富，似乎還是讓人感覺怪怪的。而且到了此時，我們三個人都知道所有的事情會怎麼發展。我記得有一次，當時楊恩正是一個身材健壯的六歲孩子，米拉盯著他，難以置信地搖著她可愛的小腦袋。「看看你！他們要怎麼將你放進我身體裡？」

楊恩在二〇二八年回到未出生狀態，膨脹如氣球的孕肚突如其來，讓米拉感到非常不愉快，但是在接下來的九個月裡，肚子逐漸縮小到幾乎不見任何起伏。我們在餐桌上做愛，沒有任何避孕措施，當作某種守靈儀式。到了兩年前，是時候讓我和她見面了，我們在二〇二六年一場慶祝疫情大流行結束的街頭派對上碰頭。不過，米拉和我並沒有狂歡。我們哭了一會兒，做愛，在彼此旁邊的枕頭上盯著對方的眼睛直到睡著，接著我們都在前一天早晨的空床上醒來，那是我們最後一次見到彼此。

在那之後，我經歷了一段悲慘的封城隔離、空歡喜的失望時光、暴動和混亂，我的戀愛生活僅止於對外送食品雜貨過來的超市女孩做些猥褻想像。在那段時期，我大部分時間都忙著翻閱自己的許多日記和剪貼簿，看看到了二〇二〇年開始爆發疫情的這一切終點時我為自己準備了什麼。有時我甚至也會為自己的日記感到困擾：一開始有幾十篇，全都是我的筆跡，描述我還沒經歷過的事情。我所做的就是每天晚上寫下我度過的那一天。當我醒來，剛寫的這篇就已經不見了，連同它前面的那篇一起消失。直到後來的那天晚上，我才會再寫下那篇。其中大部分內容我都約略讀過了，一直往回讀到一九七〇年代那個一切動盪期間，我在格但斯克的童年時代。那時期的生活有不少變故。後來大概再往前過了十年，我見到了我的父母，二〇〇九年的高速公路車禍將他們帶來給我。

然而，最耐人尋味的其中一件事，也是我在封城期間最常思考的一件事，來自二〇一九年剪貼簿中的一張剪報，它在我四十幾年來不斷減少的剪報收藏中泛黃的情況逐漸逆轉。它是從十月十九日星期六的《啥啦噗先驅報》剪下來的，標題為「市中心離奇慘劇造成十人喪生」。

這篇報導談到一個已遭消滅的超自然現象研究小組，我似乎將成為其中的一員——文中提到，我因為偏頭痛而未出席，因此躲過這場重大災難。二〇一九年的這個我擺明說謊不打草稿，因為我沒有偏頭痛。這表示我會捲入將要在那時發生的事情，但看看這場災難的規模，我應該不是獨自行動。現場景象的描述並不是很劇烈，看來我似乎會帶著一個轇奇出席。

交叉比對二〇一九年的日記之後，我能掌握更多訊息。似乎在二〇一六年到來之前，我都會在這個團體裡，這個研究團體顯然正考慮要開闢全新的研究領域，這麼做可能會威脅到隱祕人類，害他們曝光。這似乎就是我害十個人粉身碎骨的動機。至於良心譴責——嗯，對一個私語彼得來說，沒有這種東西。只有我們肯定會做的事，而我們對此有何感受，並沒什麼影響。這就是我們存在的方式，逆向體驗一本已經寫好的日記，從談戀愛到大屠殺，沒有任何選擇，或者說沒任何處境可言。

「所以，總而言之，希望我說的這些已讓各位開始思考大家可能忽略的事情。一些奇妙的事很可能就發生在我們的眼皮底下。」馬庫斯斜眼偷瞄了大衛一眼，有點擔心被發現自己話中有話，而他有沒有聽懂一點點？馬庫斯很想知道。「我只是認為這點值得強調，我們每個獨立個體，都該超脫出我們強加給自己的限制和分類框架，自由自在地探索。」喔，老天。他聽起來難道還不夠對著某人打情罵俏嗎？在場的每個人一定都明顯感覺到了，就只有那傢伙沒在聽，這些話原先設定的目標聽眾就是那傢伙。「一個從未如我們所願的過去，我們應該停止沉溺其中，要敞開心扉，接受新的體驗。」可是大衛只是坐在那裡，悶悶不樂，眼神放空，這樣一番言詞暗指他為安妮鬱鬱寡歡，但他顯然沒聽進去。

「只是，我認為，對我們所有人來說，總有一天我們必須繼續前進，這也許，我不知道，也需要，呃，嘗試一些新東西？」從其他成員臉上的懷疑表情來看，馬庫斯能猜出他們不太喜歡他講的這個改變路線的想法。不過他沒有因此不開心，他自己也不是真的喜歡。講這些只是為了偷渡他忍不住想對大衛說的話。自從二〇〇七年大衛介紹他買下現在住的房子，馬庫斯就對他產生某些曖昧情愫。脫歐公投之後，大衛那個可惡的右派老婆晃著她的豬腿大搖大擺離開，馬庫斯就一直陪在他身邊表示同情。在大衛家的那些單身漢之夜，兩人喝啤酒，聽大衛收藏的10CC樂團沉悶音樂，聊聊《奇異時代》雜誌。不知有多少晚上，馬庫斯都確信兩人會發生些什麼，但是從來沒有。

「總之，就是這樣。希望你們都已振奮起來，想嘗試一些新的可能。如果有什麼想對我說的，請來找我，我來看看可以排出的會談時間。」這樣不會太像是在模仿肯尼斯．威廉斯[7]嗎？不會，顯然對於大衛來說不會。他仍然憂鬱盯著天花板。天啊，馬庫斯你在想什麼？期待每個人回家之後你們倆就在會議桌上搞嗎？

然而，每個人都只是坐在那裡，看起來有些尷尬。艾莉森．麥克雷迪似乎想說些什麼，但隨後卡爾．瓦索維奇站起身來，低下頭，彷彿有點不好意思或感覺不舒服。馬庫斯的談話有那麼糟嗎？瓦索維奇說：「抱歉，各位，我得走了。我期待認識你們所有人。」誰來解釋一下這話是什麼意思？沒人來得及開口問，坐在門邊的卡爾就直接奪門而出，他帶來的那堆五顏六色的衣物還留在椅子上晃動。查與班面對街道的大門被打開，顯然該上潤滑油了，吱吱呀呀的聲音傳來，厄羅．米克斯一臉困惑，他喊道：「嘿，等一下。你忘了你的……東

7　Kenneth Williams（1926-1988），出身威爾斯的英國喜劇演員。

西。」但沒人回應。

馬庫斯能通過穿著打扮來判斷一個人，那堆搖搖欲墜的衣服卻令他不解。那些紛亂不一的圖案顏色雜七雜八，現在他更仔細研究，有……從側面露出來，看起來像是內裡外翻的口袋垂掛下來，內面的襯裡有細緻的佩斯利渦旋花紋。然後——這是怎麼回事？——有東西正從這些花俏的織紋小孔中溢出，像是某種金屬細絲，除了——

我叫卡爾，我是所謂的私語彼得人。

3

重點在地點

貝德福[8]近乎完美。

安琪看了儀表板的時鐘確認一下。最後一個禮拜天的早上，時間還不到十點半，街上沒有人，也看不到其他行駛中的車輛，除了她自己的車。大致說來，是個異常美麗的八月天。

車子沿著空無一人的米爾街向東行駛，Astra[9]的低沉引擎聲嗡嗡作響，打擾了原本完好自足的恬靜街景，幾乎令駕駛感到尷尬，好像她犯了傻，帶吵鬧屁孩去參加喪禮。在看見聖卡斯伯特教堂若隱若現的尖頂之前，她右轉進入城堡路，打了方向燈——只是習慣——後面根本沒車也沒人。

當她經過右手邊的約翰・班揚博物館，陽光如神殿列柱般傾注而下，斑駁光影貼在人行道和博物館外的成排車輛上，顯得典麗雅緻。這是世界最後一天的大氣狀態造成的光線斑紋。安琪的天氣應用程式就這一次講得神準——「天空將變成平滑如鏡面、透徹似玻璃的寧靜之海，宛如水晶，其中將有七盞燭臺顯現。」她試著開車畫出一條平滑的曲線，彎進城堡路的主要路段，她數了數，應用程式講的東西目前只見四根：雕飾華麗、飄浮在空中的龐然大物，看了就教人胃袋翻攪。不過她相信其他三個不在她的視野中，應該只是被聳立的高大樹木擋住，可能在紐納姆路這一側的樹林後面。

她努力不去理會天空中有什麼，同時竭盡全力，想將那個多事週末其他所有煩心雜務都暫擺一旁。只要先一心一意、專注做好慈善信託基金的執行工作。這個遺產受益人有很長一段時間都不在城裡，現在終於回來，幾分鐘後將在房產那裡與她見面，他們要清點財產，並移交鑰匙和必要的文件。辦完這些之後，她對自己接下來的職涯發展就一無所知了，也不曉得十二個月後的自己會流落何處。

安琪在離奧巴尼路的交叉路口不遠處停好車，注意到馬路對面的紅磚排屋中，有一棟樓下的窗戶上還掛著一張英國脫歐黨海報，被太陽晒得褪色泛白。這些真的都是去年年底才發生的事嗎？那時候有一半的人滿心期盼著世界末日，而另一半的人都在為上天堂做準備。南邊的古堡小丘和隱密伏流上方，有一隻長著獅子頭的野獸，還有六隻翅膀，翅膀上布滿了眼睛，每隻眼睛都眼皮下垂又百無聊賴的模樣。所有可能發生的結果之中，現在這個肯定最糟糕。這結果證明每個人——毫無例外——想的都沒錯。她無奈嘆口氣，慢慢下車。

燦爛明亮的一天。空氣乾淨清新，微風吹來，有一種薄荷醇的芬芳，她猜是熏香，或者

8 Bedford，位於東英格蘭，是貝德福郡的郡治，也是大貝德福區的行政中心，一六六〇年，英國布道家約翰・班揚曾在貝德福監獄中被囚禁十二年，並在這裡寫出《天路歷程》這部基督教寓言文學作品。

9 德國汽車公司 Opel 推出的小型家庭掀背車款。

是尤加利樹的氣味。此外，一下車走出 Astra，她就發現充塞周遭的寂靜中隱然有遠處的鳥鳴聲點綴，接下來的重大任務彷彿不那麼嚇人——不過也只是一點點。往東邊望去，遠遠在城堡路的盡頭，第二隻高聳的顯赫神獸盤踞在那兒。這隻長了一顆牛頭，但同樣有六隻翅膀，像巨大的扇子一樣折疊好、收在身側，翅膀上成千上萬隻眼睛一眨也不眨，眼神一樣冷淡。還好，至少聽見鳥叫聲感覺不錯。

離奧巴尼路的轉角還有幾碼遠，此時她看到這位客戶，第一眼就讓她嚇了一跳。她原本正在看與轉角屋子相接的方塊狀水蠟樹籬，卻不經意瞥見他。客戶就站在他剛入手的房子前方，他在路中間背對著她，看著奧巴尼路另一頭遠處的幾片市民菜圃，似乎陷入沉思，那菜圃就在他的庭園大門和白色前門的正對面，這兩道門他暫時都無法開啟。儘管她已努力讓自己不要先入為主、懷有任何想像，但這客戶與她預期的完全不同。首先——沒那麼高。比較胖一些。穿一件鏽紅色的薄外套，搭配成套的休閒褲以及看起來像 Air Max 的運動鞋。灰褐色的頭髮留到衣領那麼長，髮尖帶著金色挑染，有點像胭脂魚髮型。他正在抽電子菸，用一支造型奇特的金色鋼筆一小口、一小口啜吸著，同時仔細打量零零落落的菜圃園地。

安琪現在確信自己的海軍藍衣褲套裝、近乎無感的淡妝是正確的決定，她輕手輕腳，三、兩步走進奧巴尼路這一帶的荒涼寂靜，一派輕鬆地打招呼。

「嗯……嗨。我想你是和約我十點半要看房子的先生？我是卡爾斯卡德法律事務所的安琪。不好意思讓你等這麼久。」

他轉身朝面向她，臉帶笑容，將那管電子菸放進胸前口袋裡。

「喔，不，才幾分鐘。總之是我自己來得早了，想留點時間好好懷舊一下，我猜是這樣，感受一下這個地方現在的樣子。很高興見到你，安琪。」

他伸出手來和她相握，他握起來就和一般人沒兩樣。堅定、乾爽、有自信，沒有觸電感，她輕微的坐骨神經痛也沒有明顯好轉。從正面看，他長得不算醜，但和一般的公開形象完全不同。一方面沒那麼年輕，也許年近四十或者四十出頭？他的臉就和剛才從背後看起來的印象一樣，有一點圓鼓鼓，鬍子刮得乾乾淨淨，只有下巴下面有一小片鬍子，修剪得像膏藥貼布一般整齊。他赤褐色運動外套裡面的T恤上寫著：「長輩一枚，神級天團我全沒錯過。」勞力士。一隻耳朵有穿孔，耳洞上掛了一小顆鍍金耳環。

「那麼，我應該怎麼稱呼您呢？有沒有什麼合乎體統的用語，像是『殿下』或『陛下』？我對這方面不太懂。我不希望你感覺受冒犯。」

他自嘲地低頭看看自己，開始大笑。

「好吧，我想我這身打扮一定很痞（Jez），對吧？」

安琪自己也笑了起來。她開始喜歡這傢伙了。

「嗯，很**痞配**啊。我們進屋去吧？」

他們轉身背對柵欄圍起的大片發黃土地，從容不迫朝轉角的房子走去。門牌號碼十八號。石板屋頂在凸窗上方擎立而起，化為莊嚴的塔樓，讓他們倆都讚嘆欣賞，但塔樓上方另有一頭高壯神獸，那巨大身軀沒入晶瑩剔透的渾然青空，兩人都認為很煞風景，該對它視而不見。這一頭，除了鑲滿眼睛的三對翅膀外，還有著一顆男人的腦袋。它後退的髮線和無精打采的樣子，讓這位律師想起前夫德里克，有那麼一瞬間，她想知道他現在和其他人在哪裡。然後痞子拉開鍛鐵大門的門栓，他們沿一條磚鋪小路走了一小段就到前門，門就在內嵌式門廊下，門廊上簷用整齊的黑色字體浮雕了「方舟」二字。她在包包裡摸索一下，把進天國的鑰匙遞給他，塑膠鑰匙圈上有卡與卡法律事務所的專屬標誌，他們挨著彼此走進去。

在走廊裡，陽光穿過樓梯中間的一扇窗斜射而入，塵埃微粒躍進光束中閃閃發光，飛舞旋轉，一座落地式古董大鐘一公厘、一公厘緩緩搖擺，發出沉悶磅磅聲，彷若正不慌不忙計數著永恆的時間。這樣的第一印象，新主人似乎不在意，至少沒有感到不悅，他停下來仔細端詳一幅鑲框的印刷品，掛在壁紙服貼沉穩的左側牆上，下方有一張精緻的小桌子，桌上的花瓶裡插著人造假花。在客戶身後，越過他剪裁俐落合身的肩膀望去，安琪辨認出畫中是一位身穿白色長袍、頭戴舊式軟帽、臉型有點像鳥類的老婦人，她坐在肅穆的棕色背景前，膝上放著一本厚重的聖經。嘴唇噘起，幾乎像是在微笑，但上了妝的眼睛透露出某種深思熟慮的憂心神情。就在這時，未來要入住的這位先生回頭看了安琪一眼，又對圖畫點點頭，表現出憐愛之情。

「是喬安娜・索斯科特[10]，老天保佑這個小可憐。我想她這一路走來真是辛苦了。」

安琪困惑皺眉，坦承自己孤陋寡聞。

「不好意思，老實說我完全不曉得這號人物。她是發起救世靈藥運動的四位女性之一嗎？我記得讀過，這個運動的領導人來自貝德福。這就是她嗎？」

他搖搖頭。他的眼睛和她記憶裡的差不多，有點像她小時候還在上主日學校時看過的樣子，雖然明顯更為淡泊無奈。溫暖的棕色雙眼，與其說飽含著痛苦與悲愴，不如說蘊藏了一些長期累積的失望或沮喪情緒。

「不，喬安娜是德文郡來的姑娘，在吉蒂軒村莊長大。那是——呃，十八世紀中葉，大概那左右的事吧？那時候她還在有錢人家裡幫傭，有個輕佻的男傭向她求歡，結果她完全不

10 Joanna Southcott（1750-1814），英國神祕主義者和宗教狂熱者，自稱先知，預言日世界末日。

買帳，悍然拒絕，這男的就認為她心智不正常。結果她徹底受到誤導，對自己產生懷疑。後來她加入約翰．衛斯理[11]在艾克希特[12]的工作團隊，聽信他們的說法，相信自己是女先知。接下來的事情你都知道了，她開始告訴大家自己就是《啟示錄》所描述的光明婦人[13]，一個沐浴在陽光中的懷孕女子。她隨意兜售保證書，蓋印的一張紙賣十二先令，限量十二萬多張，拿到的人能經她批准在天堂獲得一席之地。從威廉．布雷克到狄更斯，每個人都曾經刻意亮出她的名號，想拉關係好抬高自己身價。」

這時，這位初次入手房產的菜鳥，目光又轉回到索斯科特的肖像畫上，一派同情，一邊聊八卦軼事，一邊撓抓手掌，神情有些恍惚。

「當她六十四歲──那應該是一八一四年左右。喬安娜對外宣稱自己懷孕了，腹中胎兒正是示羅，也就是《創世紀》所說的救世主。她的預產期在十月，可是到了十月──嗯，很明顯什麼也沒發生，而她陷入支持者所說的迷夢狀態。我想，他們的意思應該是昏迷狀態。無論如何，她在我生日當天或在前後去世。然後，幾乎剛剛好一百年後，出現了梅葆．巴爾卓普[14]和她那群單身富婆筆友，就在第一次世界大戰氣氛正低迷的時期，她們依據索斯科特的訓示，自己弄出了個『救世靈藥協會』。我敢肯定，大多數人都認為索斯科特和救世靈藥協會只是一群有妄想症的老太婆，但我們這就來看看吧。」

他不好意思地聳聳肩，彷彿有某種心照不宣的默契，安琪打開走廊左邊的第一扇門。這棟排屋邊間的前廳保存完好，他們一起走進去，感受封藏其中的平靜肅穆氛圍。

上過漆的亮面地板鋪著深綠色地毯，幾乎一直延伸到客廳的邊緣，地毯上布滿對稱的蕨葉圖樣與花體字紋飾，它們給安琪的感覺像是嗡嗡響陀螺和水母海蜇的混合體，看來並不和諧。不久前才洗過的網眼窗帘和絲絨窗簾被繫在兩旁，框出一格風景，望向對面的市民菜圃，菜圃現在看起來並不像她第一眼印象那樣焦枯荒蕪。在高度齊腰的柵欄另一頭，能看到綴滿嫩芽的樹苗，還有一叢灌木，上面垂掛著碩大肥美的黑莓，只不過那長著牛頭的龐然大

11　John Wesley（1703-1791），十八世紀英國國教神職人員和神學家，基督教福音派循道教會（衛理公會）的共同創始者之一。

12　Exeter，英格蘭西南部德文郡郡治。

13　Woman of the Apocalypse，《啟示錄》第十二章紀錄了使徒約翰看見一位形象光明的婦人逃避撒旦迫害的異象。

14　Mabel Barltrop（1866-1934），救世靈藥協會的創始人，自稱是「上帝之女」。她在貝德福建立了這個基督教神祕主義團體，發起女性主導的宗教運動，信奉喬安娜·索斯科特的教義，致力於將她封存預言的箱子打開。

物仍舊矗立在東方地平線上，讓她很難不分心留意它。痞子正在巨大的馬鬃布沙發上試坐，檢視裝有玻璃門的瓷器櫃，裡頭的古董紀念瓷盤上有英王愛德華時代的仕女正向外凝視，平滑的臉蛋泛著上釉光澤。正當她把他的注意力引到掛畫基準線上方的裝飾板條，她的眼角瞥見一些動靜，於是再次轉身看向窗外。

房子外面，奧巴尼路上有某種可怕的東西正在碎步快跑。

她畏縮後退，感官被迫承受她察覺到的景象，腦子試圖將她所看到的東西當作機械。可能是某種工程車輛，鉸接組合的方式很巧妙，移動不靠輪子，但是……不、不、根本不是這樣！它是活的。那是一隻昆蟲，一隻比公車還大的巨大蝗蟲，正朝著河流的方向移動。那令人作嘔的粗腿，動作宛若敲擊打字機一般精確，讓安琪反胃想吐。肥厚的後肢上長著無線電天線似的直立毛髮，奇形怪狀，翹起豎著。先前，當她望著晶瑩天空，以及上頭擾人心神、雲氣鋒面般的超大怪獸和燭臺，她就說服自己那是電腦視覺特效。但現在，即使想將這頭生物的煤煙灰色軀體解讀為電腦視覺特效，它的重量和質地——閃閃發光的軟骨、亮面的甲殼角質——也實在太恐怖逼真了，令她自欺欺人的最後嘗試破滅。這毫無疑問是一隻巨型大蟲，就如它大搖大擺經過的市民園圃柵門，或那後頭的藍色廚餘回收箱，它是真實存在，且形體俱全。她倏地顫抖了一下，意識到即使對這可怕現象進行這般分析思考，也不過是設下一層自我保護的屏障，努力想阻止自己認清那玩意兒的真面目。那不是隻大蟲——或者至少可以說：不完全是。這比那要糟糕許多。

在怪物的身體後段末端，收折的翅膀邊緣宛如黑色蕾絲花邊，從那摩擦得沙沙作響的織網毛邊中伸出來的是一根致命的毒蝎尾巴，彷彿勾引人的彎曲手指，一截接著一截，粗胖豐滿，末端是上了指甲油膠的銳亮利爪，黏稠的毒液從尖端流淌而出，凝成液滴。然而，更令人不安的是大蝗蟲前肢上多出來的東西，安琪直到這一刻才完全清醒，並注意到：它在面前舉起兩支甲殼類的大螯，像一隻求饒乞討的狗。兩支大螯之間，大蟲的胸部長出一顆人頭。漆黑的頭髮垂下，彷彿平順無光澤的布簾，向後甩開時就露出蠟黃的容貌。這隻恐怖怪物伸長脖子，左看右看，掃視前方空蕩蕩的街道，正在偵測障礙物或獵物。下顎恍若脫臼或變形，好似一個由超大牙齒組成的散熱器格柵，裡頭滿是飢餓叢林掠食者的染血利牙。暴怒、無情的眼睛轉動著，為自己生來如此可憎而憤恨發狂。安琪意識到自己開始過度換氣。

當她看著這可怕的東西從山坡上往河堤爬去，也注意到痞子正站在她身邊，和她一起觀看這東西。他從上衣口袋取出電子菸，吸了一口，又顯得心事重重，將目光轉向已經嚇傻的律師，眼中流露的關切似乎相當真誠。

「對不起。我沒考慮到這一切在普通人看來會是怎樣，對吧？你都來到了這兒，必須硬撐過這場嚴苛吃力的簡報，這種敬業精神我真是難以想像。你一定嚇壞了。請別害怕。表面上看起來的這些樣子都不是真的。」

安琪任憑自己被他帶到棕褐色的古董皮革沙發坐下，他坐在另一端等她停止顫抖，又將那管電子菸收回胸前口袋。

「聽著，我知道這不關我的事，我不想踩線、插手太多，但如果它實際上不是看起來的樣子，那又是什麼呢？你難道想說剛才在奧巴尼路上爬行的不是長著人頭的超大蝎尾蝗蟲？」

救世靈藥信託產物的唯一受益人盯著深翡翠色地毯，上頭的盤結花飾有如腔腸動物。他稍微挪動身體，沙發皮革吱吱作響。他的表情似乎有些尷尬。

「不，我的意思是，沒錯，那是隻大蝗蟲。是真的大蝗蟲。這一切都是真實的，但……好吧，你沒必要害怕，不用怕那一大堆長著獅子頭的玩意兒和任何你見到的東西。它們只是按一定順序顯現的符號，就像一個詞或一個句子中的字母一樣。這只是一套語言。」

安琪開始覺得自己很渺小，為自己難過。然而這又讓她很生氣。

「好吧，如果那是符號，就是一種難以理解的語言，是故意發明出來恐嚇人用的。」

她相信自己講得太過火。她沒有立場批評客戶，尤其是這一位客戶。她內心焦急，覺得自己的猛烈責罵會讓他眉頭深鎖，她等著看他臉色陰沉下來，卻驚訝地發現他只是滿面笑容，一副開心的模樣。

「沒錯！就像你講的那樣！你身為律師，你懂我想表達的那種語言。」

她仔細想了一想才開口。

「你指的是契約用語？」

他高興極了，興致高張，雙手用力拍打大腿。這個姿勢看起來早過時了，幾乎是狄更斯那年代的人才會做——或是一九四〇年代的公立小學學生模仿拉丁文老師才會這樣。

「說的一點都沒錯！契約用語，就是這個，故意搞得神祕兮兮、令人畏懼。人頭蝗蟲和牛頭人，長著七隻眼七支角、被宰殺的羔羊——這些都是法律文件中的條款、子條款和免責聲明。是的，我知道，這些陳舊的東西老早就沒啥意義，應該要修改更新，才比較平易近人，才能跟上時代。這套術語中有一些，像圖像和符號，是蘇美古文明時期之前就有的。現代企業不是這樣運作。我一直這樣告訴大家，但是……」

他的聲音越來越小，悶悶不樂地凝視壁爐周圍裝飾的牽牛花。在外面的走廊裡，古董大鐘持續沉悶讀秒，停頓時的沮喪氛圍更加磨人。安琪回想他所說的話，決心保持原本的敬業態度，不讓自己再次因為恐懼而什麼事都沒法做。聽到七眼死羊，她大吃一驚，那只是因為她還沒有親眼目睹那種特殊的天象，也不太願意去想像。同樣教她不安的還有她心中產生的猜想，她懷疑客戶剛才所說的『企業』指的是『宇宙』，這樣的比喻使她感到腳底發麻刺痛，感覺就像看到電影角色在高處窗臺上搖搖晃晃、想保持平衡。你很容易就會往這方向想，而且一陷進去就永遠沒完沒了。他仍然盯著壁爐周圍的花飾磁磚。她覺得自己應該說些什麼。

「這份契約……成立已經有一段時間了，現在才執行生效？那麼，它的條件是什麼？內容與什麼有關？如果這些都是機密，您不想談論也沒關係。只要說是機密，我就閉嘴不談。」

他以淺淺的微笑回應她，安琪看到他眼中淨是疲憊。

「不，老實說，有人抱怨真是太好了。我不太常有機會上傳。要說這份契約是關於什麼嘛……全都是些交接工作的瑣事細節。我們的法務人員一直為了一些用字爭論不休，吵了──唔，大概有五十年或更久？『那邊要加一個逗號；這裡應該來一部巨大的葡萄壓榨機噴血；那兒還要一隻人頭蝗蟲。』真是夠了，五十幾年，對你來說比對我們來說更久，但總之是這樣。半個多世紀以來，在沒有適當管理的情況下，我們一直困在企業營運泥沼中，不上不下，而且這還沒將之前將近兩千年毫無作為的裝死狀態算進去。我們做為公司，這樣子看起來就是停滯不前，對吧？這不是我們該傳達的訊息。」

安琪有點跟不上他講的這些。

「抱歉，我還是不懂您剛剛提到的交接、要移交的是什麼。而且要移交給誰？」

他看起來很吃驚，好像認為這事實太明顯好懂，根本不需要再提。

「嗯，就公司。這企業。前任執行長去世，所有的事情都落到我這兒了。你不知道我等了多久，老覺得自己像個不好好找正當工作的迌迌仔，但現在終於有了……我不知道。這責任很重大，我希望自己扛得住。」

「所以，前任執行長……？」

「我爸。」

過了好一會兒，她眼睛都沒眨一下，終於開始理解剛才聽他講的事情，然後她很驚訝。就在內心深處，她頓時有種荒涼孤寂的感受。她一直以為自己是無神論者。

「他過世了？」

客戶嘆口氣，點了點頭，一臉憂心地抓抓手掌。她明白，他正面對的事情、這一切的一切，對他來說都還很陌生，讓他心情仍難以平復，在他先前待的地方，五十多年可能就像一、兩個星期而已。他低頭看自己的運動鞋輕踩在紋路翻攪的翡翠色地毯，用一種帶著疑惑又冷淡疏遠的語氣繼續說下去，好像在自言自語，而不是和安琪談話。

「有趣的是，事發幾個月後，他們就在《時代》雜誌上刊登這頭條新聞。我的意思是，我現在明白這只是巧合，是統計數據僥倖猜中的結果，但這消息嚇壞大家了，每個人都一樣害怕。當然，幾百年來，我爸，他一直處於最末期的狀態，沒有終結，只是持續惡化，你知道那是什麼感覺。不知道為什麼，你總認為會一直這樣子下去。」

安琪覺得自己應該拍拍他的肩膀，但她猶豫太久，決定還是不拍。

「那樣的話，所謂的永恆不朽的存在……？」

痞子不以為然地哼一聲。

「嗯嗯，顯然沒有這種事。你怎麼知道自己是不朽的？除非你活到時間都終結了還沒有死？你大概只是很長壽，不是嗎？當然啦，老爸就是老爸，就算都大出血、噴流星，還咳出暗黑物質，他還是認為自己會永存不朽。過去那一千年不是開玩笑，他幾乎連從王位上站起來都辦不到。我們告訴他，他應該去做點檢查，但他根本不理會，他就是那種自以為無所不知的傢伙。結果他走了，這下子輪到我負責處理……呃，每一件事。」

他彷彿注視內心的空虛一般，滿臉憂愁地發呆一會兒，然後似乎又恢復清醒，平靜下來後，表情有些痛苦地對安琪微笑。那其實有點像扮鬼臉。

「喔，嗯，我講太多了。請帶我繼續看看這房子好嗎？」

接下來在走廊左側是用餐空間，比客廳大，不過陽光的直接照明可能沒那麼強。有一張抛光的硬木桌子，表面光滑到能反映出你的臉，還有成套的平直靠背椅，安琪猜大概是攝政時期[15]的設計風格，座墊上重複鋪排著鳶尾花飾紋圖樣，白色搭配金色的地毯看起來像被壓路機輾平的幽靈。

一個大小接近石棺的餐具櫃靠在北側牆上立著，櫃子裡的小陶瓷擺設都被擠在兩旁，好容納擺在中央的貨品包裝箱。箱子很破舊，且邊角都磨鈍了，大約三英尺長，兩英尺高，一英尺寬，木板斑駁汙損，感覺若沒有捆綁箱子的兩圈麻繩，就好像要散掉一樣。那上頭貼著一張皺巴巴且發黃的行李標籤，標籤上似乎寫了什麼，寫的人好像手在顫抖，而且字太小，讓安琪看不清楚。幾乎像布朗尼古董相機拍出來的照片一樣黑，原本應該是整整齊齊、無可挑剔的一方空間，現在讓人看見的只有盒子破舊的外觀。她的客戶輕輕撫摸這物體飽經風霜的表面，玩鬧似地撥彈繃緊的繩子。

「就是這個了。救世靈藥協會的靈藥，可用來對抗罪惡和盜賊，消除悲傷和疑惑。拉近

15 Regency，一八一一年到一八二〇年間，在位的英國國王喬治三世因精神狀態不適於統治，因而他的長子，當時的威爾斯親王，被委任代理攝政。

距離一看也沒什麼，對吧？」

事實上，安琪不太願意承認，但貝德福大概是不可能再發生任何犯罪或竊盜事件，這裡的人全都消失了，但她並不特別難過——也許是因為她的醫生大概在去年這個時候開抗抑鬱藥給她。但當然她還是一頭霧水。

「這是什麼？」她記得《啟示錄》中提過一本有七道封印之類的書，但不記得有什麼地方講了用繩子捆起來的箱子。痞子咧嘴一笑，朝大廳方向點點頭。

「這是她的，喬安娜·索斯科特的箱子。她過世的時候，要人將它封起來，並留下指示說，只有在國家面臨最嚴重的危急情況下，才能由二十幾位主教一同打開。梅葆·巴爾卓普、瑞秋·福克斯、凱特·佛斯和海倫·艾希特，這些人從一九二〇年代開始就不斷請求政府召集二十四位主教，好讓她們能符合指示，打開索斯科特的這口藏寶箱。我不太確定英格蘭教會當時的主教是否有二十四位，但梅葆她們這夥人對這種實務細節不太在意。」

講到這裡，房子的新主人用雙手舉起裝貨箱，掂掂重量，然後再放下。看起來厚實笨重，但顯然並不重。儘管不難想到答案，安琪還是問了那個問題。

「那有沒有人知道裡面裝了什麼？」

從暗沉的包裝箱轉身朝向房間朝西的窗戶，這位律師的最後一位客戶揚起眉毛，像是思考著什麼事情，又嘟嘟嘴，表情看來有些疑惑。

「這要看你相信誰說的。救世靈藥協會的人說，這是喬安娜・索斯科特對二〇〇四年世界末日到來的預言——好吧，差了十六年，但你想想這是幾個世紀前的預言，準確度還算不錯。不過呢，一九二七年有一位所謂的通靈調查員哈利・普萊斯，讓事情變得更加混亂，他聲稱自己找到了這口箱子，並將它打開，還說除了一些不重要的證件、一把騎兵短槍和一張彩券外，裡面啥也沒有。協會當然出面表示普萊斯打開的箱子是假貨，或者他搞錯了。她們堅稱，她們在貝德福持有的才是真品，而且將會繼續向政府請願，好揭開它的神祕面紗。這件事你必須交給她們，讓她們堅持自己的信念，不是嗎？我的意思是，這個團體幾乎完全由富裕的單身女性組成，在她們生活的那年代，英格蘭簡直像《使女的故事》[16]裡的世界。」

他們倆正站在窗邊，目光越過這房子寬闊的後花園，遠望紐納姆路那側圍欄後面、屬於救世靈藥博物館的土地。他們身後是那個餐具櫃，以及裡面不曉得是瑣碎廢物還是神奇預言的藏寶箱。安琪轉身面對她的客戶，一臉難以置信。

---

16 *The Handmaid's Tale*，美國科幻電視影集，改編自加拿大作家瑪格麗特・愛特伍的同名反烏托邦小說，在故事中的世界裡，女性為男性的附屬品，僅是負責家務與生育的奴隸。

「你知道《使女的故事》？」

「喔，只看了第一季。」他有些不好意思。「我沒讀過原著。」

外面，陽光擴散出怪異的氛圍，灑在十八號這棟房舍的後草坪上，這是一塊明亮的長方形，周圍環繞著高大的利蘭地樹，一片修剪整齊的銘綠色樹籬。越過樹籬之後，除了博物館的後面和紐納姆路上的樹叢，安琪受限的視野中沒有太多東西，幾乎看不到天空，不過她覺得長著六隻翅膀、頭部很像她前夫德里克的那個龐然巨物應該還在西邊，依舊陰沉憂鬱，俯臨末日審判下的貝德福。安琪最後終於點出這種情況下相當困擾她的一件事。當然，真要說是什麼讓她心神不寧，其實每樣事情都是。

「我想，這裡有些事我真的不懂。你怎麼有辦法這麼若無其事？我不是說『喔，你是個大名人，但你的行為平凡又親切，一點也不會擺架子。』我不是在稱讚你平易近人。我是說你會看整季影集，你會穿運動休閒鞋和老土的T恤，你講話甚至還有貝德福口音。而你實際上又是什麼超凡入聖宇宙造物主的兒子，但我竟然和你站在這裡聊《使女的故事》，這到底怎麼回事？」

他看起來很難過。

「你覺得我的T恤很土嗎？」

安琪得絞盡腦汁才能想出不立刻幹譙大罵的回答方式。

「你聽好了，這件T恤沒啥問題。我弟弟克雷格有一件一模一樣的，但這正是我想不通的地方。為什麼你穿得像可能會在電玩賣場出沒的人？你為什麼要管我喜不喜歡你的T恤？不可能又說是為了我著想吧。如果你穿著先前穿的長袍和涼鞋出現，我也不會不開心。我知道你可能不是故意的，不好意思，但這真的有點令人困惑，而且感覺很不對勁。」

這位客戶的飽滿臉頰開始顯得嚴肅，點點頭表示他懂了。

「噢，你說的沒錯，你現在看到的這副模樣並不是我真實的樣貌，不過長袍和涼鞋版的那位也不是——不是說我是某種催眠屏幕的投射影像，或某種製造出來的幻覺，好讓你不會對我的真實狀態感到莫名恐懼。那樣做實在太狡猾。認真說起來，這只是人類的生物進化效果。人類的知覺感官一直都朝有利於實際生存的方向發展，而不是讓自己越來越準確，這是很明智的。比方說，如果能對兇猛美洲豹進行真實又全面的解析，人類見到牠第一眼就立即逃跑的能力很可能會變弱，這麼一來，這種完整的感知能力反而有效地從基因庫中被排除掉。你的視覺和聽覺所接收的有點像簡化的數位圖像，或者像你查看倫敦地鐵路線圖所見的：你知道這張地圖與任何地貌實景一點也不像，但只要遵循上面那些彩色線條的簡便構圖，就能到達目的地。這就很像你觀看我的情況。你的同胞看一切事物的方式也是如此。」

安琪盡其所能想將這番話好好理解吸收，但她已經開始後悔自己提出這問題。

「所以，一切都和我們想像的不一樣，你想說的就是這樣？當你在我眼中看起來像個穿著一般現代服裝的普通人，只是某種簡略的表示型態，某種我沒有適當語言去想像或描述的型態？當我聽到你用現代英語談論日常事物，還帶著貝德福口音，那只是我自己編一些嘰哩呱拉、胡言亂語，好維持住我的現實世界假象？」

痞子再次點點頭，接近脖子的鬍鬚隨著晃動。

「是的，差不多是這樣。只不過不是胡言亂語，而且不是你編造出來的。比較像是對正在發生的事情取近似值，翻譯成人類用語後的產物，雖不中亦不遠矣，因此可能對你來說有意義。例如，你聽到我在談我爸，但他不是我爸。他甚至不能說是個『他』。我不是他兒子。我和他的關係更像是一種有知覺意識的元演算法與它自行生成的數值。非演算法系統裡的一般男女無法領會，這也是理所當然，但如果呈現為父子傳承或企業接棒，他們就有辦法理解正在發生什麼變化。」

他又轉身面向窗外，看著外頭陽光普照的草地，臉上露出放鬆的表情，她認為那可能是裝出來的嬉皮笑臉。

「當然，唯一和上述情況無關的是我的貝德福口音。原本聽起來就是這樣。我的成長過程在貝德福待了很久時間——我們出去到花園裡瞧一瞧好嗎？」

這提議來得太突然，安琪陪著客戶一直走到房子後門時，才想起要問他剛才說自己在貝德福長大是什麼意思，他們途中穿過的廚房彷彿一直保存在時間膠囊裡，擺設風格像是一九三〇年代。客戶聽到她這麼問覺得很妙，停下腳步，正好站在一具渾厚彷若無畏號戰艦[17]的煤氣爐和看似深不見底的石頭水槽之間，像是呼應他自顧自講出的那些令人費解的話，他笑了笑，有些不好意思。

「對不起。那只是開玩笑……雖然也有一部分是真的。的確，我記得很久很久以前，在我以具體形象顯現之前的貝德福，那時貝德福還在前寒武紀。有泥石流，有間歇泉，但沒有明顯的地方口音。那時候的我是個混蛋。」

雖然知道答案一定會讓人心碎，但接下來安琪還是問了這個問題。

「前寒武紀那時候你為什麼會在貝德福？」

爐子對面有一臺冰箱，安琪的客戶回答前先打開冰箱探看。冰箱發出嗡嗡聲，燈還亮

17　Dreadnought，一種活躍於二十世紀初期的戰艦類型。名稱源自一九〇六年下水服役的英國海軍戰艦「無畏號」，無畏號採取「全重砲」武裝配置，裝備的大口徑火砲數遠超過以往的戰艦。

著，這說明還有電，雖然她不太明白怎麼可能。痞子放手讓冰箱門自動甩回關上，還低聲輕輕讚美。

「那老頭偶爾會允許我去看他上班工作的樣子，那時他剛開始創業。在前寒武紀時期，他的工作室就在這條路上，在東北方那邊。我想現那裡應該是傳驛迅[18]越野自行車店。我以前常常拿著一袋糖果到那兒，坐在角落，看著他做那些基因編組啊有的沒的。當他打字或排列出錯，把鳥嘌呤和腺嘌呤混淆搞錯，就會破口大罵、亂踢東西，但我當時只有，呃大概，三、四百萬歲吧，不折不扣的小朋友嘛，所以我以為他只是在大笑。後來我才明白爸爸有讀寫障礙，但那時候，在前寒武紀……你得知道那時候和現在不同。我們不像現在的人知道學習障礙這回事，所以一直到他製造有袋動物的工作進行到一半時，大家才發現有什麼不對勁。但無論如何，是的，我從爸爸的最初開始工作那時候就熟悉貝德福了，他當時正在籌備建造伊甸園。」

安琪的眼睛飛快連眨了五下，他陳述童年回憶這段話的最後一個詞，她又原封不動對他複述了一次，語調毫無抑揚頓挫、不帶任何盼望熱情。

「伊甸園。」

「好吧，他總得找個地方擺它吧，那為什麼不放這兒呢？我猜約翰．班揚對這件事一定多少心頭有數，但救世靈藥協會這群朋友幾乎一語道破：她們說伊甸園就位於十八號這戶房子的後花園，就在外頭那兒。你剛剛給我的這些鑰匙哪一把是後門的？」

安琪彷彿上了一堂神學震撼教育，整個人暈頭轉向，一句話也說不出來，她默默指著扣連在法律事務所鑰匙圈上的一把黃銅復古鎖鑰匙。於是他摸索轉動了好一陣子，且抱怨鎖該上一些潤滑油之後，門終於打開了，他們一起走出去，飄著薄荷味的早晨空氣包裹住他們。視野不再被房子的後窗所局限，她抬頭望見天空如雙層玻璃窗一般層次通透，剛剛得知伊甸園真相讓她驚呆的震撼感立即遭到沖散。

「耶穌老天爺啊！」

安琪無意間脫口而出。她驚恐地用手摀住嘴巴，睜大眼睛盯著客戶，滿懷歉意，變得畏畏縮縮。痞子搖搖頭，伸出一隻胖乎乎的手掌朝她揮了揮，笑咯咯，對她的失禮並不當一回事。

「不，別擔心。褻瀆神明在這年頭連言行不檢點都稱不上了吧？我自己也老是將這串話掛嘴上，像是我終於看到公司帳目時就會這樣大叫。看見上頭那兒正在發生的光景做出這種

---

18 Transition，發源於美國華盛頓州貝靈咸（Bellingham）、由單車友所經營的越野自行車公司。

反應，我完全能理解。我也想講——**耶穌老天爺啊！**」

他們一起站在通往花園的磚砌臺階最頂端，注視著頭頂正上方天空中的騷亂喧鬧。他們腦袋後仰，伸長了脖子。

在藍色玻璃般的高層大氣映襯下，高達一英里、猶如超大幽靈的驚人影像飄浮著，活像瑪格利特[19]畫的伸縮長號，有兩個形體面對面衝突對峙，形成緊張僵局的壯觀場面。其中一個是懷孕女子，而腹中胎兒應該已經非常大。另一個很難描述它是什麼。那個懷孕女子形體似乎變得更高，她焦慮的臉朝下，對上了在花園裡瞧著她看的兩人。安琪感覺自己認得那張臉，但是敬畏又恐懼的她說不出在哪裡看過這臉龐。女人赤裸的腳底下有一鉤上翹的新月。她頭戴十二顆星圍成的皇冠，披在身上的凌亂袍子炫亮刺眼，讓人無法直視，還有一灘皺巴巴的血漿黏在她叉開的腿和腫脹的肚子上，彷彿從太陽撕扯下的白熾光熱。她有種水彩畫般的半透明淡漠質感，神情看起來相當惶恐。

盤據在她下方的生物將深紅色的背部轉向世界以及在下面遠遠看著這一切的人，它就像一陣血珠或紅寶石形成的沸騰風暴。肩胛骨和臀部肌肉像郡縣城鎮一樣大塊，呈火紅色，帶有蠑螈皮膚褶邊。它長著四隻腳的身體向前彎，攻擊這女人和她還未誕生的胎兒，滑動的蛇皮溼溼黏黏、反光閃亮。從這個角度看去，它脊柱拱出來的半月狀突起產生遮掩的效果，讓人一時沒注意到一件事：它的頭也太多了吧。

這些獨眼巨人般的大軀體懸浮在貝德福上空，一旁有小行星不斷飛過墜落，讓安琪以為巨形怪物是靜止不動，像超大規模的電影定格，後來她才看見它們的動作像冰川般極緩慢，是難以察覺的細微移動，彷彿穿越一段異質的時間，神話傳說的種種事物在其中持續發生，永遠在進行式。沐浴在陽光中的巨大女子嘴唇開始扭曲成尖叫的樣子，緩緩綻放如盛開的花朵。這位四十歲的律師終於找回自己遺忘的聲音，雖然一開口才發覺，原本講話的聲音沒這麼空洞細微，且顫抖得很厲害。

「這女人，這這……就是那位喬安娜．索斯科特？」

即將接手房子的新主人又抽起他的電子菸，一邊若有所思地吸著，一邊瞇起眼睛，對籠罩在頭頂上的景物細細端詳，那就像《詭麗幻譚》雜誌[20]裡駭人聽聞的怪物異相，而他則露出維多利亞時代探險家的表情。安琪注意到，他似乎有種炫耀自誇的意味，是刻意要帥想打

19　Rene Magritte（1898-1967），比利時超現實主義畫家，畫中常將突兀的物體不合理地並列陳置，同時營造一種安靜又恍惚迷茫的氣氛。

20　*Weird Tales*，一九二三年創辦的美國恐怖奇幻雜誌，刊登過許多經典的奇幻故事，其封面與配圖被認為是二十世紀初的怪奇小說和獵奇插畫權威。

動她嗎？

「沒錯，你說對了，但這是年華正茂的年輕喬安娜，至少你目前見到的是這樣。可以清楚看到，這就是她在自己心目中的形象，渾身裹著陽光、而且就要臨盆。她很漂亮，不是嗎？我猜，在她經歷精神性假妊娠、失去意識時，心中上演的景象就是這樣。這是喬安娜・索斯科特的昏迷夢境。」

他吸一口電子菸，吐出的煙霧有如阿拉伯風格藤蔓花紋，然後看著安琪。

「是的，這只是契約用語，但如果有個沒受過教育、懷有某種預感的十八世紀女僕，不知怎的瞧見了這景象，會被搞得腦筋一團糟吧。這完全可以理解。當然，這套術語、還有這種意象，都對女性極度不友善。來吧，別浪費時間看這個。我寧願你帶我去看看花園。」

當客戶向下走到草坪，電子菸又回到鏽紅色的胸前口袋裡。安琪緊隨其後，眼睛盯著自己的鞋子，鞋子在不平坦的磚砌臺階上小心翼翼前進。她想，如果有辦法讓自己絕不向上看，應該能度過這道難關而且不發瘋。她跟著他走到鋪了毯子的平臺上，將視線高度限制在周圍樹籬的上緣，決定堅持自己一開始的策略，也就是專注於手頭的工作。

「好吧，就是這些。房產包含從這裡到博物館的土地，所以都是你的。不得不說，拿來當後院來說真的大了點，但如果你沒講，我從沒想過這裡是伊甸園。」

他一眼挑眉，夾克與遠處深綠色樹籬形成鮮明對比，還挺好看的。

「喔，不好意思，不對喔，這裡不是伊甸園。可能我沒講清楚，但我的意思是，救世靈藥協會的女士們**認為**伊甸園就在這裡，不過呢，真正的伊甸園距離這兒也只有幾十碼，再稍微向東一點，從前門出去穿過奧巴尼路就是了。」

她腦中突然浮現出第一次看見他時那副身影，這位新上任的世界執行長，站立著，背對她和自己的新房產，抽著他的電子菸管，平靜地凝視……

「那幾塊菜圃？《創世紀》裡的故事就發生在那兒？」

他的鼻梁微微皺起，鼻子扭動了一下，有點難以察覺。

「好吧，勉強可以說是這樣。但講到《創世紀》裡那些東西，那些根本不能算第一手實錄。為什麼這麼說呢？我認為它是在《列王紀》的成書期間才寫的，是類似那樣的東西。他們採用了被曲解竄改過的版本，故事變得像是一些先知嗑了蓮花後昏昏沉沉說出的胡言亂語，然後他們又將它完全改編成一則隱喻，影射尼布甲尼撒二世[21]將以色列人趕出猶太地

21 Nebuchadnezzar II，巴比倫迦勒底帝國的君主，在位期間為西元前六〇五年至五六二年，曾征服猶大王國和耶路撒冷，並流放猶太人，聖經《列王紀》和《耶利米書》中都描述了此過程。

區、燒毀他們的聖殿。所以囉，那裡頭提到手持烈焰之劍的天使就是巴比倫士兵，只是講得比較有詩意啦。真正的伊甸園故事發生在貝德福這兒，就在馬路對面。其餘的都是唬爛。不過老實說，天使的確是佩有烈焰之劍。」

安琪一直在回想自己第一次聽迪倫的〈伊甸園之門〉[22]。在她想像中，那些門可不是只有腰部這麼高的鏈條，同時她也發現痞子那些不算太粗野的髒話挺讓人吃驚。當然，只要稍一思索，就會發現自己這樣大驚小怪很可笑：如果這個人無所不能，那他就一定有能力說出「唬爛」這個詞。兩人靜靜的，都沒說話，緩緩移動腳步，在修剪成長條塊狀的椴樹叢旁散步。關於伊甸園原址就在本地這件事，她想不出還有什麼能說或想問。當他們再次轉身，走向十八號房舍後方，她的視線從沒超出磚砌樓梯和敞開的花園門之外，她換個話題，希望接下來要聊的東西沒那麼有爭議。

「我想你會打開箱子吧，就是你剛剛帶我看的那個，裡面有喬安娜·索斯科特預言的箱子？」安琪忍住抬頭張望的衝動，她很想看空中那年輕版的索斯科特經歷分娩陣痛的情形。

「我的意思是，我知道你無法如她所願那樣召集一批主教，現在才打開箱子大概也有點太遲，因為末日早就開始了，不過我猜你至少會對它感到好奇吧。像我就很好奇。」

他們重新爬上臺階，回到後門，他又扭了扭鼻子，頗不以為然。

「不，我不這麼認為。我寧願讓它永遠成謎，就像薛丁格的貓一樣。就叫它薛丁格的天啟你覺得怎樣？我的意思是，在大家期盼了這麼久、氣氛炒得這麼熱之後，真正在箱子裡的東西肯定會讓人失望，對吧？要是裡面就像哈利．普萊斯一口咬定的那樣，只有一把槍和彩券，那怎麼辦？肯定令人不滿，是吧？那和神諭啟示差很多吧，就算是整季影集的結局也不能這麼搞啊。你會盼望看見的東西能讓你嚇得掉下巴，會希望那是難以想像的誇張事物，希望那使氣氛更加刺激，能吊足每個人的胃口，讓大家更期待下一季會上演什麼戲碼。其實，不管索斯科特的箱子裡有啥，對我都沒啥吸引力，我還比較想看《追殺夏娃》[23]，除非……」

走到一半，他停下腳步，轉向安琪，好像想到了什麼事，眼睛為之一亮。

「我想到了！就這麼做吧，如果這正是整部故事的最終章，我會讓我——我是說，我做為一個角色——讓這個角色請你——請你的這個角色親自打開箱子——只要她願意的話。也許我會安排我們倆對這箱子半開玩笑地東拉西扯聊一堆，不把它當回事，你懂吧。先誘使觀

22 Gates of Eden，歌曲名，出自巴布．狄倫的專輯《全數帶回家》（*Bringing It All Back Home*）。

23 *Killing Eve*，英國諜報驚悚類型的電視影集，改編自英國作家路克．詹寧斯（Luke Jennings, 1953-）的系列小說《代號薇拉內爾》（*Codename Villanelle*），全劇四季於二〇二二年完結。

眾卸下心防，像是一種誤導手法。總之，你的角色，我們就讓她打開箱子，她可能會感覺受寵若驚？會嗎？我不曉得，還是她這位現代女性只覺得這是開玩笑？都沒關係，重點是，她將所有的繩子解開——說不定有七條，呼應七道封印——然後打開。箱子裡不過是一張彩券與一把騎兵短槍，正如哈利．普萊斯所說的那樣。完全教人大失所望！從她的表情你就能看出來，這裡可以來個特寫鏡頭，我想用仰角好了。」

安琪差點忍不住要打個冷顫。外頭氣溫開始下降了嗎？可是眼前這花園遍灑陽光。她現在只想回到廚房裡（沒幾步路就能走到），後門在那兒還微微開著，但她的客戶興致正濃，沉迷在自己編的劇情裡，讓人渾身發毛的故事走向頗有文斯．吉利根[24]的編劇風格。

「然後呢，我們兩個角色一起在客廳裡，打開的箱子就擺在眼前桌上，箱子裡除了彩券與手槍之外別無他物。你，你這個角色，心裡超級失望，不過你將手伸進箱中，拿起彩券，想看得更仔細點，彩券還是彩券，就連上面的號碼也不是六六六或什麼有神祕意涵的數字。接著你翻到另一面——」

來到故事高潮處，他將音量壓低，彷彿在講鬼故事或都市傳說，像是轉頭一看發現搭便車的乘客憑空消失的那種故事。

「在彩券票紙的另一面，有歪歪扭扭且筆畫細長的模糊字跡，寫著『一槍爆了他的頭，別讓他終結全人類。』接著交叉剪接，出現你的反應鏡頭，只見你震驚的表情，然後砰一聲，畫面全黑，主題曲響起，可能是尼克・凱夫[25]的歌聲，接著上片尾工作人員名單。這部片這樣演你覺得怎樣？」

安琪嚇壞了，她努力讓自己不去想像那場景，不敢想自己要做那個可怕的決定，但她辨不到。她會怎麼做？他對她講述這樣的故事有何用意？事情接下來就是會這樣發生嗎？這是她下地獄前要經歷的某種前戲儀式嗎？她知道自己應該也算罪有應得，和同事崔佛發生關係那時，嚴格說來，她和德里克還算是夫妻，所以她犯了通姦罪。她非常懊悔，甚至在實際出軌的那六分鐘她都在懊悔。崔佛爛透了。「一槍爆了他的頭，別讓他終結全人類。」她會怎麼做？客戶盯著她看，漸漸擔憂起來，最後才注意到她雙眼發直，瞪大的眼中淨是驚嚇惶恐。

---

24 Vince Gilligan（1967-），美國的編劇、導演和製作人，著名作品有影集《絕命毒師》（*Breaking Bad*）及其衍生前傳《絕命律師》（*Better Call Saul*）。

25 Nick Cave（1967-），澳洲搖滾樂團 Nick Cave and the Bad Seeds 的主唱，音樂作品的特色為濃烈情感以及對死亡、宗教、愛情和暴力的痴迷。

「噢，真是抱歉，我真是個大白痴。是不是？這聽起來實在令人毛骨悚然，還有些威脅意味。我不是故意的，我保證，我電視看太多了，和真人交談老是搞砸。我和你在一起……我的意思是，你工作處理得很好，我想我剛剛只是想搞笑，講些你會覺得有趣的事情。我最不想看到的就是別人對我一臉敬畏。請原諒我。你一定認為我是個大混蛋。」

他的懊悔致歉非常真誠，讓安琪的心情一下子放鬆，甚至，還自覺有些尷尬，因為她剛才一時恍神，腦中浮現褻瀆神明的不堪情景，而且自己還嚴重誤解了他。她總算鬆了一大口氣，幾乎隨即難為情地咯咯笑出聲來，這樣他就能看出她被嚇壞，但又大膽逞強地一笑置之。緊張氣氛就此消失，他們繼續朝房子走去。

「不不，如果你不覺得我是個無法勝任這份工作的神經質怪咖，我也不會認為你是個大混蛋。只不過你剛剛所說的那些話內容令我相當吃驚，能嚇到我就表示，用它來幫某一季影集收尾終究滿不錯的，會讓人十分好奇這角色決定怎麼做。」

痞子已經走到了後門，正準備要進去。「你認為她會怎麼做？」

安琪想了想。「嗯，她會照做嗎？不會。你想喔，如果這是一把十九世紀初的騎兵短槍，有很大的機率在她手中就膛炸爆裂，讓她賠上一隻眼睛。而且除此之外，我看不出她有任何開槍的動機。我的意思是，『一槍打死他，否則他會終結全人類』？那樣做了又如何呢？我今天早上八點半起床時，感覺人類早已終結。所有人都不見了，除了我以外。世界只剩她。所以：不，她不會這樣做。」

隨著她的客戶回到那個「我守舊我驕傲」、宛如古蹟的廚房之前，安琪鼓起勇氣，最後一次瞇眼偷瞄天空。雖然依舊很嚇人，但已經比她預期的好多了。原先她覺得天上景象讓人看了最不舒服的就是那個巨大孕婦，無比龐大但又脆弱得可憐，現在她縮小很多，也沒那麼有壓迫感地逼近這裡，已經逐漸縮小到萬里無雲的正午澄藍天頂。光腳丫底下的彎月，現在已和普通的白晝月亮差不多大。這是否意味著那個有著喬安娜·索斯科特面貌的女人現在飄到了太空中，正浮在繞地軌道上呢？安琪替她鬆一口氣。她安然脫身了。

那個可怕的紅色玩意兒像劊子手握緊的拳頭，飽含著仇恨和惡意，依然和她上次見到時一樣巨大，以大致相同的姿態飄浮著，幸好現在它正背對她。那背上長的翅膀現在展開來，非常壯觀，之前她幾乎沒有仔細留意過。翅膀有如扇形風箏，溼溼的粉色肉膜在傘骨般的骨架間屈張拉伸，兩翼揚起的帆下都掛著一團沸騰擾動的雲，像結痂傷口一樣黑，兩團積雲的邊緣在溶解，擴散出血滴似的斑點，飛升而起，點染且玷汙了天空的蔚藍。安琪的眼睛漸漸調整出適當焦距，起初她把緩慢移動的斑點當作是成群的昆蟲，然後又覺得或許是某種大型鳥類；宛如飛灑甘草糖般黑壓壓的一群鸛鳥。再盯著細看幾秒後，一切都清楚得不承認也不行了：是腥紅天使，一窩蜂向上竄飛。不，這樣的物種更像嘈雜的椋鳥群，或一幫嗜血野獸。是來意不善的集團。

現在她的眼睛適應了遠距，將它們看得更清楚，黑色團塊如碎屑薄片飄飛上升，這些顯然並非唯一廣布在天頂高空中的異常天象。更高處同樣有引人注目的東西，從那個漸漸遠去的戴星冠女人附近，許多白點沉降而下，像滑石粉穿透平流層落下，低處的黑色團夥飛去，下方這裡則彷彿動脈濺血，激射噴出，迎向它們。安琪看懂了，這是兩股敵對勢力。客戶注意到她停住不動，後退幾步回到她身邊，一同凝視她正在凝視的，眼神變得陰鬱。

「嗯對，這是即將到來的大戰場面，紅龍的天使和上帝的天使。看起來像球賽的冠軍戰，但更像摔跤——龍是壞蛋，所以它會輸。這其實只是契約上小小的附屬細則，有一長串懲罰條款諸如此類的，但有些部分太偏山姆．畢京柏[26]的風格。老實說，我認為我們最好待在室內，等這一大夥人打打殺殺都結束了再說。你可以帶我去看看樓上。」

到外面走這趟時間並不長。這期間，那四隻六翼巨獸一直杵在羅盤的四個方位點上沒動，沉默無聲且冷淡漠然，就像球賽裁判，或者某種虛幻拳擊臺的角柱。安琪和痞子回到屋裡，痞子將他們身後的後門鎖上。

「呃，我不知道自己為什麼要多此一舉。沒必要，就像你說的那樣，除了你，世上已經沒有人了。我想只是習慣動作。」

他們穿過老廚房，猶如行經久遠的古代。大廳裡，秒針還在滴答作響，好像古董大鐘裡有一顆顆鉛彈掉落，安琪問客戶，世界上不會真的只剩下她一個人吧。在樓梯底部，他站在那兒想了一下。

「不不，只剩你。其他人都……好吧，你聽說過『被提』嗎？有點像那樣，除了這次不僅限於所有粉絲——我是說基督徒——或那些不會垂涎鄰居屁股或啥鬼東西的人。是每個人都『被提』。好人、壞人，或不好不壞的人，無神論者和摩門教徒，撒旦教徒和佛教徒，穆斯林和耶和華見證人弟兄姊妹們，全部一起。其實『被提』這個講法已經過時。用今天的話來說，可以把它想成『每個人的資訊都被即時上傳到雲端』。當然，你的除外。法律部門的六翼天使說，我們必須聘請一位合格像樣的律師來代表救世靈藥公益信託，好確保這一切程序合法。」

客戶開始上樓梯，安琪跟在後面，一邊思考他所說的話。從剛剛聽到的這些來推斷，她

---

26 Sam Peckinpah（1925-1984），美國導演。擅長拍攝西部片。於一九六〇年代中期引領美國「暴力血腥」動作片的拍攝風潮。

猜自己的立場仍然有些模棱兩可。一旦這個令人心煩意亂的交接業務完成，還需要她進一步提供什麼專業協助嗎，或者她會被「即時上傳到雲端」？老實講，那聽起來不像是什麼美妙的體驗。她想不出任何方式來提出這個問題，畢竟得到的答案可能會讓她崩潰求饒，將美好的氣氛搞砸，至少到目前為止都是律師與客戶互動良好的情形。最好，應該吧，還是轉移話題。

樓梯的中段有一扇朝北的小窗戶，她經過時意識到，可以從這面窗俯瞰城堡路。從這個角度她看不到那輛 Astra，不過，在街道的另一邊，她可以辨認出早些時候注意到的那張褪色英國脫歐黨海報，它依然在荒涼的露臺窗玻璃後面，一副萎靡不振的樣子。沒來由地，她突然冒出一個念頭。

「我猜你對脫歐議題沒什麼關注吧，還是說你也有些看法？」

他繼續向上移動，這回最高也不會超過樓梯頂端。

「好吧，根據我的經驗，你會將選票投給一幫民粹主義者，十次有九次得到選票的會是巴拉巴[27]。或者叫他金牛犢[28]也行。人民就是這樣抉擇的，不是嗎？」

安琪想反駁卻想不出有力論據或說詞，只好跟上，來到樓梯頂的走道。在這裡，他們先大略檢視一下浴室，是非常有品味的薄荷綠和象牙白配色。光看那個浴缸就不平凡，她以前只在圖畫書或電影中見過這種有爪狀支撐腳的物品，這類東西總是讓她隱約感到不安。像耶羅尼米斯·波希[29]創造的某種生命形式，搭配會行走的頭盔和爬行的熱水瓶。似乎沒有淋浴設備，雖然安琪沒有真的開口問，但她很想知道，如果只有浴缸，客戶想洗澡會不會有困難。她讀過一些文獻資料，不確定他是否能讓水像正常現象那樣溢出浴缸，說不定他只能躺在熱氣蒸騰的水面上，漂浮著，孤立無援。

她相信，救世靈藥協會這群狂熱的婦女信徒在進駐這棟房子後的一百年以來，從未使用過那個浴缸，或幫那個神聖的馬桶沖水。

他們離開浴室，繼續走到房子後面的臥室，俯瞰後花園。那些信徒肯定想過，重臨世間的救世主來這兒可不像到朋友家過夜，這房間早在某個時候就被改裝成書房，一張英王愛德

27 Barabbas，《新約聖經》記載的一名強盜，與耶穌一同被帶到猶太人群眾前，羅馬長官詢問群眾，二者中釋放哪一位。結果巴拉巴獲釋放，耶穌則被判處死刑。

28 《出埃及記》講述，當摩西上山向上帝領受十誡時，他離開自己帶領的以色列人四十晝夜。以色列人焦躁難耐，鑄造了金牛神像安定人心，卻引發神怒。祭拜金牛犢被視為背叛上帝、迷信偶像。

29 Hieronymus Bosch（1452-1516），荷蘭畫家，多數畫作描繪罪惡與人類道德的沉淪，常出現惡魔、半人半獸或是機械的形象，並大量使用各式象徵符號。被認為啟發了二十世紀的超現實主義。

華七世時代的寫字檯放在西側窗邊，靠在那兒可以看到紐納姆路上的博物館，而其餘的牆壁則被書架占滿，從地板直到天花板。看來舒適愜意，雖然安琪不懂，為什麼一個至高的全知者還需要研讀任何東西。她的客戶站在那裡，隨意掃視他的新藏書，雙手深深插在口袋裡，他讀著書脊上的浮凸字樣，好像一點興趣也沒有。

「所以，這就是我的推薦閱讀清單嗎？他們認為我在下雨的午後最愛翻讀的就是這些嗎？這裡的書全都是談我和我父親的，好像我是小法蘭克·辛納屈[30]或什麼人一樣。我的意思是，誰會想這樣？關於自己糟透的成長經歷，或者老爸不停闖入自己生命中將它搞爛，誰會想一直讀這種東西？這裡沒有犯罪小說，沒有科幻小說，一本黑人或亞洲人的作品也沒有。而且這個協會一直以來最多只有一、兩個男性成員，但這裡竟然沒有任何女性的著作。如果你走進一家書店，發現他們所有的書目就這樣，你會直接掉頭走人。我可能會把它們整批當沒用的雜貨低價賣掉，然後安裝一臺平板顯示器。我不客氣老實說，那才是我的作風。」

安琪撫過寫字檯，上過漆的光滑木頭、閃閃發亮的皮革和豐滿柔軟的吸墨用紙；她又感到安心了，世界仍然堅定實在，儘管它正持續滲進空虛夢幻中。再次確認過現實世界後，她抬頭看一眼窗外，心卻又慌起來，時值八月，但她發現下雪了。厚厚的白色雪花在熾熱的陽光裡傭懶從容落下，不過她再仔細一看，腦子便修正了一開始的錯誤認知。那顯然不是雪花。是羽毛，其中一些還著火了。痞子來到古董寫字檯旁和她一起看。

「殘骸碎片，是我們上方的天使大混戰造成的。現在你明白為什麼我建議我們先進到室內來，等整座原汁原味的英國版蛾摩拉[31]形成後再出去。這樣的狀況還會持續一、兩個小時。我對這也無可奈何，抱歉。」

窗外遠處，在滿滿天鵝絨的暴風雪中偶爾有流星閃現，嘶嘶作響，劃出熾熱的拋物線，像殘廢的噴火戰機[32]一樣墜入貝德福。安琪猜想這些是被殺的天使，在墜落穿過地球大氣層時燃燒起來。她和她的客戶看了一會兒這種磷光閃爍的掉落場景，然後沿著樓梯頂端過道，返回前臥室，那裡光線稍微好一點。

「噢，挺不賴的。」

安琪也這麼覺得。很不錯。壁紙圖樣是粉紅霧面底色加藍色皇冠，白色雪尼爾繩絨床罩

---

30 Frank Sinatra Junior（1944-2016），美國歌手、作曲家和演員。父親法蘭克·辛納屈為美國演藝界傳奇，被公認為二十世紀最優秀的美國流行男歌手之一。

31 Gomorrah，聖經所記載的城市，城裡居民違反了上帝藉由摩西頒布的戒律，被天火所焚毀。

32 Spitfire，英國在二次世界大戰中最具代表性的戰鬥機之一。

下，黃銅床架拋光後顯得金光閃閃。在洛可可風格的梳妝臺上，桌布上擺著乾花香氛玻璃罐，在空氣中點染出淡淡薰衣草和玫瑰香氣。厚重的酒紅色窗簾被錦緞繫在凸面窗的兩邊，在清透的紗網外，燒焦的羽毛和隕石般的天使屍體像下雨一樣落在奧巴尼路周圍的街區。長著牛頭的怪獸仍舊在東方守望，像一個無聊的白金漢宮哨兵，毫無畏縮之意，即使燃燒的屍體直接砸落在它巨大的牛臉上。

她花了很長時間才意識到，道路另一邊的市民菜圃一點也不像她剛剛到這兒時看起來那麼稀疏貧瘠。也許是因為那爆量的青翠綠意被遮擋在圍欄後，在平地上水平望去，看來並不明顯，只有從高處往下看才能注意到，而從樓上這裡看下去，不大不小的面積裡淨是繁茂壯盛的榮景。為什麼剛才沒看到那六棵粗壯的樹？那些壓彎枝條、像紅綠燈一樣大的番茄，她怎麼會視而不見？

她正想講講自己剛看見的事物，轉過身卻發現，痞子正望著她，表情看起來不太舒服。眉毛和嘴脣線條都扭動著，彷彿內心掙扎不已，糾結萬分。她問他怎麼了，但這似乎只讓事情變得更糟。

「你聽我說，我不希望⋯⋯嗯不。算了，這想法太糟糕了。當我什麼都沒說。」

安琪不太懂自己應該當他沒提過什麼，於是進一步逼問，他支支吾吾沉吟，難過的樣子看起來不像是裝的。

「安琪，我知道講這種話會讓你怎麼想。我們之間的權力嚴重不對等，我並不是想濫用權勢，好嗎？你可以叫我滾，你可以拒絕，沒有什麼附帶條件。我對你今天的工作表現仍然一樣尊重讚賞，不會受到任何影響。它不會改變我們的關係。只不過，你是兩千多年來第一個能和我開心聊天、讓我感覺親切溫暖的女性。我真心求你，不要將我和哈維・溫斯坦[33]混為一談，但如果我請問你有沒有可能和我發生性關係，你會不高興嗎？如果你要生氣發火也沒關係，我完全可以理解。對不起，這樣很沒專業道德。我根本不該提的。」

她看著他，第一次從他飽受折磨的眼神中稍稍看到了幾乎所有畫作中都出現過的那名男子。他是個英俊的小鮮肉——沒有她偶一為之的性幻想對象那麼帥，但和她在現實生活中睡過的所有古怪貨色一比，絕對完勝。應該這麼說吧，他比崔佛好多了。至於和他上床，她想不出有什麼理由說不。他非常迷人，而且她連自己接下來會落到什麼處境都不曉得，這很可能是她最後一次縱情享樂。雖說這位人類的救世主剛剛才讓全人類消失，但說真的，和他一

---

33 Harvey Weinstein（1952-），前美國電影監製和製片廠執行董事，長年利用權勢，對女性同業及下屬進行性騷擾，甚至性侵，二〇二〇年被起訴判刑。

起翻雲覆雨有誰會嘲笑她？誰還能嘴硬誇口說自己能給她更好的？既然她已任由自己的思路這樣走，當下的情境就有些性感誘人。整棟房子，整顆星球，全由他們獨享。

「不，不需要道歉。我覺得你的提議滿吸引我。不知道為什麼我不覺得有壓力。我們可以從接吻或什麼的開始嗎？」

他顯得欣慰放心，臉上洋溢著感激之情，他走向她，用雙臂摟住她。他熱情又溫柔，身上散發出的氣味宛如木屑刨花與剛洗淨的衣物。

「當然可以。親吻和性愛等等這一切，實際上就是擁有肉體軀殼唯一的好處。其他部分只讓人痛苦。安琪，你聞起來好香。這真的太美妙了。」

然後她的舌頭到了他嘴裡，他們倆的手像演奏家敲彈鍵盤，在對方脊椎上撥弄起來。接吻讓每個人都變成青少年，顯然安琪和她的客戶也不例外。他們撫揉、摩娑著，溫柔地為彼此脫下衣服，同時鼻子輕呼出聲，像是讚嘆，他們的嘴脣相互吸吮，雙眼緊閉，盲目動作而不發一語。當她的襯衫、外套以及踢掉的鞋子不知掉在地毯上哪裡，全身脫到只剩胸罩，安琪這才突然想到什麼，越來越激烈的碰觸撫摩因而暫時中斷。

「請等一下。」

她躡腳走到窗前，解開精緻的緞帶繫繩，將兩旁酒紅色的窗簾拉到一起，滑動中的窗簾吊環叮噹作響。她知道，牛頭巨人和它的千眼羽翼不是故意盯著她的乳頭看，但依舊令人反感，讓她毛骨悚然。拉上遮窗布簾讓她感覺自己比較不像在演某部基督教風格異常濃厚的情色電影。完成這事之後，安琪和她的客戶從剛才中斷的地方繼續。

幾分鐘後，兩人都赤身裸體，他們的親密接觸變得益發狂野。她的乳頭被吸得如橡膠指套般硬挺，他火熱的下體在她的手掌中勃起。在描繪他賜福祝禱的畫作中常見他豎起右手幾隻手指，現在那幾隻手指進入她體內，將體液都淨化為聖水。他們朝著床前進，勢不可擋，像連體嬰一樣走得跌跌撞撞，也像默契不佳的雙人扮馬。此時安琪意識到，在拉上窗簾的昏暗臥室中，他的腦袋散發淡淡的乳白色光芒。一點也不會太亮或刺眼。在正常的白日光照下很難注意到。

感覺真好，這場性愛——超棒，甚至該這麼說。他全程表現得體貼周到，當他問可不可以舔她，表情就像隻興高采烈的小狗，對自己的幸運難以置信。他有點認真過頭，確認她先達到高潮，然後才移到她身體上方擺出了無新意的傳教士體位，並小心翼翼安撫她，要她別擔憂沒做避孕措施。

「沒關係，你不會懷孕的。媽媽和爸爸不僅來自不同的物種，而且是本質完全不同的形體，所以嚴格說起來，我就像騾子。我是不育的，沒有繁殖能力。」

他們狂熱做愛，激情四射，而悶燒的垂死天使正在尖叫，掉落在他們周遭的貝德福土地上。他將自己的高潮推遲到安琪的第二次高潮，這樣他們就能一同體驗，她一直認為能做到這樣算是小小的奇蹟，但這讓她感覺自己很膚淺，因為她想要的不只這樣，也許還期待更超然的東西，更接近精神層面。或者，如果不是超凡脫俗的，至少更下流。憑良心講，這是她最棒的一次性愛體驗，如果說特效部分不符合她的期待，那麼她知道很可能是她自己的問題。問題出在她，塑造了她欲望及需求的文化才是問題所在，養成她的文化會使人麻木遲鈍、對奇觀成癮。她太現代了。

之後，他們肩並肩躺在一起交談，談話不時夾雜著撞擊的聲響，來自頭頂上血戰造成的傷亡者與附近街道相撞。他似乎想談談自己的父母，安琪一邊聽，一邊用洋紅色的指甲劃過他的肋骨，並停下來撫摸一段凸紋，一開始她還以為是闌尾切除手術留下的疤。

「真希望還能為我媽媽多做些什麼，她承受了那麼多。受孕懷上我絕對和什麼清白無垢八竿子打不著。你仔細查一查，聖經中那些形象宣傳故事對於有沒有徵求同意完全避而不談。他們說她是處女，當時在那個地方就表示她大約才十四歲。一個無所不能的迭代方程式，狠狠將一串基因序列烙印在某個無助的孩子身上，這孩子根本還無法正確理解發生了什麼事，我甚至無法想像那是什麼感受。在我成長的過程中，她只提過這件事一次。就我所知，她感覺像是被一隻長了四對翅膀的巨大海鷗性侵。所有聖像圖裡的她看起來都像在恍神，那心不在焉的樣子其實是創傷後壓力症候群。她整個人被這件事毀了。」

他問安琪他能不能抽電子菸，她說沒問題，他馬上從被子下面迅速跳到地板上，從皺巴巴的夾克中取出他的電子菸。她不得不說他屁股還真可愛。回到床上，他吸了一大口，讓肺充滿水果味煙霧，然後繼續剛才的話題。

「和老爸在一起根本是噩夢一場，他喝酒時更糟。是，我知道，那不是真的喝酒，你現在聽到的只不過與我所說的趨近等同。其實就是祈禱。禱告灌得他爛醉如泥。他不是為了這個創造人類，但這肯定是意想不到的收穫。他的行為越來越古怪，最後他陷入某種反饋迴圈裡：人們祈禱，他就變得醉醺醺，嗨到毀掉一、兩個城鎮，這又會讓所有倖存者祈禱，就這麼重複下去。他以為掩飾得很好，但每個人都知道。我的意思是，你拿《約伯記》[34]來看看。很明顯，他完全醉得神智不清了，撒旦那傢伙慫恿他把人家扁一頓，他就好像是兩杯黃湯下肚的拳王泰森，把每個人好好的星期五晚上搞砸。我們能怎麼辦？應該沒人敢干涉他、

34 此書描述撒旦指控約伯事奉上帝是為了求取利益。於是上帝讓撒旦奪去約伯的財富、子女和健康，受盡折磨，而約伯始終保持忠誠，敬拜上帝。

辦什麼勸戒大會吧。」

安琪也放心大膽講了關於她父親的趣事。她爸是一名檢字排版工人，這職業現在絕跡了，他對古法精釀啤酒和六〇年代的黑膠唱片情有獨鍾，另起這段談話兩人似乎並不熱衷，聊不太下去。他們又聊了一會兒，直到外面大雨般的天使摔落現象聽起來好像結束了，然後痞子問安琪想不想吃午飯。

他們懶得將衣服穿上，讓衣物散落在臥室地板，彷彿心照不宣，都默認人們穿衣蔽體的時代已經結束。世界及其服裝禮儀已不復存在。到了樓下，全裸的安琪自在地坐在餐廳裡，而痞子則在廚房裡忙進忙出，她的目光不斷被拉回到喬安娜・索斯科特那口箱子的深色木材，箱子盤據在餐具櫃上，像一顆《新約聖經》的定時未爆彈。痞子從隔壁的廚房喊話，問她要不要來點葡萄酒佐餐，如果要的話，灰皮諾可以嗎？他翻遍了所有的櫥櫃都沒找到酒杯，所以這酒很可惜只能用精緻小茶杯來裝。安琪說她不介意。

最後上桌呈現的是，兩人各一份精心調理的海鱸，搭配仍然溫熱的手工麵包卷。魚肉無可挑剔，會從叉子上滑落，當新鮮的麵包脆皮被剝開，還熱騰騰冒出蒸氣。異常多事的一天來到此刻，安琪想，自己已經越來越習慣這一切。比起一同用餐的伙伴其實來自異世界，她覺得裸體用餐更奇怪，她確定自己是真的這麼認為。她有些遲疑地拿起兒童專用的小瓷杯喝了一口，對這酒的頂級品質非常驚訝，只不過有點接近室溫。想了想，更讓她吃驚的是，節儉的救世靈藥協會竟會想到要存放一、兩瓶酒，留待新屋主歸回來時享用。當安琪這麼說給痞子聽，他愣愣地看著她，叉子還沒將食物送到嘴邊就停住，這才意識到她誤會了。

「你說啥，喔，這個？這不是救世靈藥協會留的。是我打開水龍頭流出來的。就是因為這樣它才不夠冰。如果我早點想到，應該先裝滿一瓶，然後放在冰箱裡冷藏。」

她把這些話和入口咀嚼的鱸魚一起細細品味——現在她才想到，魚和葡萄酒一樣，不太可能是救世靈藥公益信託提供的。她現在明白了，痞子備料下廚時在廚房裡發生的一切都充滿戲劇效果；是為了不嚇到她，想使這頓飯看起來不那麼離奇，才有模有樣地表演下廚。她相當肯定，如果她現在走進廚房，煤氣爐摸起來應該冷得像石頭一樣。他只是揮揮手或召喚了天使，對吧？他欺瞞她，不過應該是出自善意。儘管如此，食物之美味還是沒話講，而且她吃得很飽。他們倆都沒吃完。

當他收拾好盤子和餐具，他們坐下來，用袖珍玩具似的杯子喝了第二杯聖餐禮變出來的灰皮諾。安琪感到不安，她這才意識到自己在十八號房產的工作已經結束，照理她應該盡早離開，好讓客戶繼續他這天接下來的行程，這樣才有禮貌。想問問自己未來將會如何，現在似乎是好時機。

「我想我差不多該離開了。我是留在貝德福好呢，還是準備上傳到雲端呢？」

這件事她竟然還需要問，他似乎因此感到難過。

「雲端？不，除非你想的話。有人告訴我這種做法非常好，類似涅槃解脫，會充滿白光和幸福至樂等等，但坦白說，我們希望你能留在鎮上。你是對方的法定代理人，所以我們公司有義務確實滿足你的要求。再說了，要是我讓你帶我看房子，和你上床，然後就將你分解，人家要怎麼說我呢？另外，務實一點想，我們這兒所有的法務人員都是我父親任命的。很可能有一天我會需要專屬於自己的顧問。別怕，你就待在你覺得舒服的地方。我的看法是，整個貝德福都是你的。」

這似乎是一筆慷慨的小費。她感謝他和他的公司考慮周到，然後兩人順利轉移到其他話題，主要在聊《追殺夏娃》的第三季。他們都認為茱蒂·康默的演技非常出色，但痞子一直覺得，這齣戲的虛構角色屬於有超凡魅力的變態人格，自己對這種設定有點厭倦。最終他們兩個都沒話講，自然而不尷尬的沉默，她注意到他又一次撓抓手掌，顯得有點焦慮。她想是時候該走了。

他送她到前門，走廊的時鐘顯示現在是一點半剛過一、兩分鐘，彷彿幾分鐘、幾小時仍被當一回事運作著。她懶得去樓上拿衣服，就算口袋裡放著鑰匙和手機的外套也不管了。這已經是顆不一樣的星球。他們裸體站在門口，深情接吻並祝對方好運，然後客戶回到屋裡，安琪轉身看看貝德福還剩下什麼，現在這裡是她的了。門前步道的橙色路磚在她腳下很暖和。

來到前面大門，她徘徊了一下，考慮自己接下來可以做些什麼。雖然她本來是想到城堡路拐角處那兒取車，再開車回她的公寓，但事情似乎沒有要這麼發展的意思。汽車和房子就像手機和衣服，開始令人感到不合時宜。像是屬於上禮拜六晚上的東西，而眼前，十億年之久的禮拜日就要來了。

奧巴尼路旁的人行道被太陽晒得焦黑，安琪踏上人行道，並將身後大門的上門。幾十根燒焦的羽毛在無精打采的微風中沿著排水溝飄移晃動，還有一個看起來像特大號煤塊的東西停在街道中間，正在冒煙。除此之外，在路的另一邊，低矮的籬笆以前圈圍著市民菜圃，現在裡面已是一片微型落葉林，滿是那天早上十點半還沒冒出來、而現在看來有三十年樹齡的樹木。它們之中大多數似乎都結果了，成群結隊的鳥兒棲息在樹上，枝幹看起來已不堪重負，樹下的地面是錦簇野花，有蜜蜂和至少三個不同品種的蝴蝶飛舞縈繞。大轉變後的市民菜圃大門上門緊閉，門外站著一個長了翅膀的男人，安琪估計他至少有九英尺高。他挺起胸膛，雙手揹在背後，理了一顆超短的平頭，穿白色長袍，繫繩腰帶上還掛了一把劍，鋒刃是藍色高熱乙炔火焰，不知為何長袍竟沒有因此燒起來。是警衛。

這位天使保全不時轉動他剃得很整齊的平頭，面無表情，來回掃視奧巴尼路，似乎對擁護裸體主義的律師沒啥興趣。安琪認定這樣就表示自己不是猛漢天使的主要獵物，於是踏上灰色碎石，開始越過馬路向他走去。走到一半她停下來，這才認出路中央宛如焦炭的物質是一具焚燒後的巨大軀幹，某一名沒在大氣層中燃燒殆盡就墜落、撞擊貝德福街道的天國神兵。除了發黑的胸腔肋骨和一碼長的胸骨外什麼都沒有，像一架哥德風手風琴，冒著熱氣，遭到擊垮。她想知道空中的血戰屠殺是否已經完全結束，回頭看了看房子和上方神蹟奇景不斷的天空。

空中混戰結束，宛如一場絢爛幻覺，傷亡人員和飛機尾雲般的殘跡已被清除，騰出空間給高空卷雲布置舞臺，準備迎接的似乎是重頭戲：應該勉強算是馬術表演，穿著暴露的無鞍騎手和她的駿馬出場，感覺是慢慢爬而不是小跑步。安琪認出這匹慢得令人受不了的坐騎，正是早些時候一直拉扯孕婦死纏爛打的紅龍，此刻它任性善變的女主人一時心血來潮，將它馴化打成一隻七顆頭的馱獸。這頭朱紅色生物緩慢穿過蒼穹，像黏土塑造的即時動畫一樣，原本幾乎動也不動的頭顱中，有兩、三顆向後甩，忿恨咆哮。就安琪所知，那個女子是一位被崇拜如神的古代伊拉克性工作者，她就像來自托利黨[35]的下議院領袖趴在那獸的背上，漫不經心，舉起鑲嵌著寶石的聖杯，輕蔑地向天堂敬酒。

紅色與紫色的薄紗遮掩不住豐滿的身軀，唯有那雙塗脂抹粉的大眼暴露了這巨大蕩婦的年齡，就算是最遙遠的星雲和她一比，都多少顯得青春。她的表情就像個過氣影星，再次將自己的招牌靚裝從樟腦丸堆裡抽出來。她神情疲憊，要在第十九次粉絲見面會重現曾讓自己一舉成名的角色。難怪她要大口大口喝下聖徒之血，借酒澆愁吧。安琪推測這名神聖妓女所代表的契約語言，得到的結論是：這一定是在文件最後一頁底部、類似蠟封或簽名的東西。很有可能，野獸搭配女人的組合是公司標誌圖像，大概就像吉祥物，彷彿超細緻版的米高梅獅。安琪對這兩位老演員意外同情，轉身繼續穿越奧巴尼路。

在遠處的人行道上，那個看守市民菜圃西側大門的哨兵真是高得離譜。靠近一點看後，她確定那傢伙有十二英尺高。她走近時，哨兵自負地鼓動身子豎起羽毛。他一臉嚴肅公正，上下打量她，看她這樣一絲不掛根本無處藏武器或伏特加似乎很滿意，然後便很敷衍地向她點點頭。

「好，你沒問題，好姊妹。進去吧。」

他的聲音猶如十里之外的颶風。在這一刻之前，安琪並沒有真正打算進入化身天堂樂園

---

35 Tory Party，十七至十九世紀期間的英國政黨，逐漸發展為當今的保守黨。

的市民菜圃，但也沒特意決定不去。既然威嚴的守衛提了這個可能性，她看出這麼做的好處：如果她覺得自己不可能再去取車或返回她的公寓，那麼她需要考慮住宿問題，而且這裡也不輸其他任何地方，看起來未來會有滿好的發展。另外，世界之光就住在對面，有認識的人住在附近應該很不錯，說不定在他早上沿著大烏茲河散步，或者不管做什麼日常活動時，兩人會偶然相遇。她有個一閃而過的念頭，也許某天晚上他會邀她過去一起看《追殺夏娃》第四季，然後她又想到：不會有第四季了吧？好吧算了。安琪向天使道謝之後，將用來鎖那道矮門的唯一門閂往後拉，走進了叢林。

彷彿走進了 Tardis[36]或一場激烈爭吵的離婚，置身其中比從外面看似乎要龐雜廣大得多，而且有股好聞的氣味，是完美混融了一切而烹調出來的香氣。她關上大門，穿過茂密的草地，前往最近的遮蔭涼亭，並仔細觀察估量自己周遭充滿神性的環境，坦白講，這裡的生物繁複多樣，令人難以置信。鸚鵡在森林樹冠上潑灑盧梭[37]畫作般的豔彩，而橘紅毛皮的狐狸沙沙穿梭在鋪滿地面的蘭花叢中。當安琪大搖大擺，悠悠走進遠處的榆樹林，她似乎隱約看到一頭老虎，她發現自己如赤褐麂皮的前臂皮膚上，有隻孤單的瓢蟲緩緩地流動遊走，帶著刮鬍刀一般的銳利反光。盤繞在她頭頂上方某根樹枝的，應該是某種產自異國的珍奇藤蔓，具有奇特的金屬光澤，發亮閃現著紅銅色彩。一切都好刺眼。

安琪幾乎沒留意到一群繽紛如彩虹的藍綠色蜻蜓緊隨著她，牠們整齊編隊，盤旋在她額頭上，有如閃爍耀眼的七角形王冠。她不慌不忙，漫步在結實纍纍的樹木之間，安琪用舌頭從門牙上撥下一絲卡了許久的鱸魚肉纖維，同時注意到她方才享用的魚料理依舊口齒留香。可惜她的客戶沒有想到該上餐後甜點，一種可以淨化她味覺的甜蜜享受，好讓她到了城堡路上的世外桃源裡，能更徹底品嘗其中的滋味與芬芳。

世上最後一個女人，此時，在這花園裡，好像有點餓了。

36 「時間和空間相對維度」（Time and Relative Dimension in Space）的縮寫名稱，是英國科幻電視劇《超時空奇俠》（*Doctor Who*）及其相關作品中，主要角色們所使用的時光機和太空飛行器，造型為古老的藍色警用電話亭。

37 Henri Julien Félix Rousseau（1844-1910），法國後印象派畫家，以純真、原始的風格著稱。

4 冷讀

黑白老照片裡，鬼魂臉龐左側有個影子，那影子邁開原本彎曲的細腿，小步快跑到盤子邊緣，又奔向更遠的雜亂辦公桌上。我整個人縮回座位上。沒瞎扯，我真的感覺到了什麼。可當我發現那只是一隻躲進室內取暖的園圃蜘蛛，一切馬上又沒了，剛剛它只是隱藏在照片的黑色部分，但客戶老是講不停的那種渾身顫慄感，我確實體驗到了，所以我明白他們在說什麼，我可以同理他們。那並不全然是我裝的。

事實上，我講實在話，你們大概會稱為超自然的那種感受，我認為十之八九就是這樣。也就是說，結果都和你原先想像的不一樣。我記得我看到生平第一隻、也是唯一的一隻鬼，只有六、七歲。晚上，我和爸爸媽媽一起在海邊酒吧的沙發區，我就站在那兒，臉貼在玻璃門上，呆呆地盯著外頭一片黑，腦子發愣、啥也沒想。就在這時，我看到這個人從我身邊走開，穿越酒吧的停車場。他不帶任何顏色。像是褪色一樣灰濛濛的，然後我意識到我可以看穿他的某些部分，透過他夾克的黑色褶皺和陰影，我可以看到一道道低矮的草木、繫纜的樁柱，以及用來封閉停車場的鏈條垂下來的部分。我心想——「鬼啊！我真的看到了！」然後，最可怕的是——它轉過頭直視我。它有兩張模糊的臉，其中一張疊著另一張，又略微偏移，在夜色裡透過玻璃向我微笑，然後說出我的名字。我彷彿看到它的嘴脣在動，聲音聽起來卻好像就在我身邊，而不是在外面的停車場。它說：「瑞奇？你要喝芬達嗎？」

這下真相大白。那是我爸，就站在我身後的沙發區裡，他的倒影重疊在外面的黑影上。之所以有兩張臉，原來是雙層玻璃造成的。但等一下，你知道嗎？當我以為那是鬼魂的時候，我在學校從其他孩子那裡聽到的所有故事一下子全都成真。我記得我還因為這樣哭了，當我解釋自己為什麼哭——關於鬼魂與其他一切——爸爸說我就像個老太婆，竟然被那些迷信的垃圾話題唬住。我爸總是頭腦冷靜，在這方面我可能滿像他。不過我從未真正喜歡過他。我和媽媽比較親近，男孩子通常是這樣，尤其是獨生子。爸爸去世後，我想媽媽是我的第一個聽眾，也是最願意傾聽且最能欣賞我的人。我媽媽——在她心中我比什麼都重要。當我用他的聲音說「我永遠愛你，艾琳」時，她倒抽了一口氣。

我很懂我爸，我敢打賭，他這輩子從沒對她說過這種話。當我看到我為這個女人，也就是我自己的媽媽帶來如此慰藉，我就知道自己天賦異稟。那個當下，我才知道瑞奇．蘇利文來到這世上有何使命。好，你在報紙上、電視上或不管啥媒體，總會看到有人強烈質疑或打假揭穿，他們說像我這樣的人冷酷無情，只是靠騙人獲利。這會讓我火冒三丈，我會真的很生氣。對不起，如果他們能看到那些人一臉幸福的樣子，如果他們真的好好想想我、以及其他像我一樣的人提供的服務，那可以讓人們在痛失至親摯愛時重新獲得活下去的力量，那麼他們就不會講一樣的話。對不起，他們實在沒資格那樣講。我沒必要為自己辯解。

我的意思是，我告訴人們的那些事情難道我全都相信嗎？憑良心講，我不能說出肯定的答案。但那些牧師呢？你不會想告訴我，他們每個都相信自己宣教布道時所說的每一句話吧？然而有人罵他們是「穿著羊毛衫的食屍鬼」或「比較娘娘腔的文森．普萊斯[38]」嗎？沒有，一個也沒有。因為人們認同宗教帶給人的安心和撫慰，至於那是不是真的，並不重要。又或者醫生，就像醫生描述安慰劑那樣，那就像……什麼呢？像糖衣錠？安慰劑可以在沒有任何副作用的情況下發揮神奇療效，但醫生的處方不能開這個，因為種種繁雜的醫療行政程序和道德顧慮、健康和安全考量雜七雜八。而這就是我該發揮的作用。我是對治靈魂的糖衣錠，我對人們有益。雖然這麼說有點不好意思，但我確實觸動了他們的生命。

而且沒錯，我想你可以說我在這行幹得很不錯，我去年就將這棟房子的貸款繳完了，但這不是我做這件事的目的。不是為了錢……該怎麼解釋呢？這帶給我更多的是感激之情，那些可憐寡婦臉上的表情轉變，讓你知道自己給予了她們幫助。對我來說……該怎麼說呢？那種神情比黃金更可貴。那就是我的獎勵，顯而易見。

當然，我不得不承認這個地方很好。看看這些復古家具和藏書，還有壁爐架上的天使雕像，這一大票玩意兒。不過這主要是為了客戶的感受，就像我聽的新世紀音樂一樣。這些能讓他們放心，讓他們覺得自己得到妥善照護。不不，這也很舒服，非常舒適，尤其現在已經不是夏令時間，入秋的夜晚十分寒冷，當我從窗戶往外望向馬路對面的公園，看起來像是老派的濃霧夜景，你甚至連樹木都看不太清楚。不過這反而讓我感覺更溫暖，中央供暖系統開著，而我站在這裡，穿著這件新的開襟毛衣（是婆婆媽媽客戶團中某一位為我織的，她說我給她帶來無比喜悅，收費實在太佛心），上帝保佑她。而且她還知道我愛開襟毛衣，真是位可愛的老太太。不過呢，小時候我最喜歡的是風雨交加的夜晚，我可以蜷縮在床上，想著外面所有人都冷颼颼，這樣相比之下，我就會感覺更舒適。這就是我現在的生活全貌。我很幸運，日子過得舒服。而你可能會說，我拿別人來襯托自己養尊處優。喔，電話響了，是家用市話，不是手機，不過我自己也沒把握能夠分辨，因為兩者鈴聲非常相似。

「喂，您好，瑞奇．蘇利文，天使回應服務。我是瑞奇。嗯，請問您需要什麼服務呢？」

「呃，你好。我叫ㄉ、大衛．貝里奇。是這樣的，我嗯……好吧，最近我身邊有個人過世了，你懂的，我只是……我也不曉得。老實講，我猶豫了很久到底該不該找你，對於這方面，我一直都不怎麼當一回事——請別見怪——我甚至不確定他們會不會同意。我這位去世的……」

---

38 Vincent Price（1911-1993），美國演員，以演出恐怖片聞名。

光就口音來判斷，這是本地人，大概社會階層不高，年紀嘛——四十來歲？五十出頭？他聽起來很迷惘，好像生活已經支離破碎，活下去對他來說沒有任何意義。他在呼救，這種我聽得夠多了，我應對過不少客戶。這是典型的瑞奇・蘇利文專屬肥羊。僅僅透過電話交談就能得到很多關於對方的資訊。即使和他說話的時候，我也一面在記事本上寫下他的全名。

「貝里奇先生，我得先打斷你。我個人偏好**光之器**……我都這樣稱呼我的客戶……光之器向我諮詢之前，先別告訴我任何關於他們自己的事，希望你同意如此，這樣我就可以更清楚了解他們的氣場，不帶任何先入為主的看法，而且對他們更客觀。我總認為，如果一個人真的有通靈的本領，為什麼還需要你將一切告訴他們？應該由他們告訴你！這樣你就能自行判斷我是不是作假。這才公平。我們這一行確實有些騙子，就是因為這樣，我總認為那些勇敢向我尋求協助的人都是特別的，值得妥善對待，該以睿智成年人的身分得到尊重。很抱歉，但這是我的堅持。好的，如果您決定前來諮詢，那只需要五十英鎊，或者由我上門服務，這樣的話收費是一百英鎊。不需要馬上付現，等一、兩週內收到發票時再付費就可以了。而且前提是，您覺得我為了聯繫您所愛的人所下的工夫值得這些花費。」

以前我收費沒那麼高，但我發現，如果人們為了某件事付的錢多一些，他們相信的機率也會高一些。貝里奇先生聽起來已經有一半上鉤，儘管他的態度動搖，還拿不定主意。我希望他這陣子不太好受。他沉吟了一會兒，然後問說他能否過來我這兒諮詢一下，也許今天晚一些，大約八點？我告訴他沒關係，如果他願意，也可以早點來，我整晚都在家。這樣講話算不上什麼絕妙高招，但會讓一切都變得更輕鬆自在。它讓人們放鬆，讓他們感覺好像自己握有主控權。當人生命中失去了什麼，這點就變得很重要。

他向我道謝後掛斷了電話，我立刻搜出我的舊 iPhone，上網連結到地方報紙網站，瀏覽過去兩週的訃聞，便發現我在記事本潦草寫下的那個名字——「貝里奇家的丹尼斯，大衛的至親兄弟，達雷爾和約瑟芬的叔叔，十一月……於家中安詳逝世吧啦吧啦。」在這段之後來了一首詩，一定是從某本書抄來的，比方說伴郎致詞大全之類。我這不是在挑剔批評。人當然有權表達自己的感受，但我只是覺得這樣很俗氣且不得體。抱歉，不過我確實這麼認為，尤其是像死亡這樣私人的事。

好吧，無論如何，兄弟是吧。我查看貝里奇先生是否有臉書帳號，結果運氣真不錯。我讀了讀更新的貼文訊息，點擊一些他連結的其它網站，很快就獲得了所需的一切資訊，能在客戶來訪時令他刮目相看。從這裡讀到的內容來看，他們不僅是親兄弟，而且還是雙胞胎。難怪大衛・貝里奇在電話中聽起來情緒這麼不穩定。這上面說他們彼此經常有心電感應，時常有相同舉動，當其中一個離世，感覺一定糟透了。我記得黑幫老大羅尼．克雷[39]過世時，報紙上說他的兄弟雷吉親手製作花圈致意，表示「送給我的另一半」。失去一個如此親近的人感覺一定非常可怕。你會變得如此脆弱。不過，從好的方面來說，這也讓我的準備工作變得容易些，只需要記住一個生日，並且有很多關於他們一起成長的共同細節。這裡的資料說他們長得一模一樣，所以大衛的臉書照片也能讓我當成丹尼斯來用：平淡無奇的面貌，柔細的鼠灰色頭髮，但看得出冒了白色，且髮線開始後退。他鼻子上有些許雀斑；眼神黯淡，門牙和犬齒輕微的過度咬合，讓他的嘴巴看起來很像兔子。坦白講，他看起來似乎沒什麼吸引力，不過我想大概是因為照片選得糟糕。這也是為什麼我向來會先向珍妮確認——這女孩負責我的媒體形象——在她將我所有照片發送到任何地方前都讓我仔細檢查過。我不想再看見我以前留小山羊鬍的樣子了。我的意思是，我絕不會讓自己看起來像個文森．普萊斯，那個樣子有夠好笑。落人笑柄有什麼意義呢？不管怎樣，刮得乾乾淨淨的我看起來比較年輕。

喔，這則就有趣了。丹尼斯．貝里奇有寫部落格。就是這個。唔。我大致掃過離現在最近的幾篇發文，恐怕我不得不說……呃，負能量有夠強。這樣說太苛薄……可是我得說他不像是能和我當朋友的人。他念的是理工科，然後當上物理老師，直到再也受不了，就於去年四月提前退休。從行文語氣看起來，他似乎很憤世嫉俗。一開始先砲轟美國人、基督徒，批評這些人竟鼓吹學校該將聖經與演化論放在一起教授。嗯嗯，把爭論的雙方都放上檯面，我不明白這有什麼問題。喔，看看這個吧。由於理查・道金斯[40]又是這又是那的。還有關於順勢療法那一套老生常談，它如何藉著稀釋和其餘部分一起產生作用，我希望……好了，重點來了。「桃樂絲・史托克斯[41]去世後怎麼沒有和大家多保持聯繫呢？她肯定還有新書要宣傳吧？」這樣很沒品。不好意思，這只是在秀下限。我的意思是，那女人已經死了，她沒辦法回答。請放尊重點，我不得不這麼說。

回想起來，他的兄弟大衛提到，不知道往生者會不會同意他來找我請教，那時他一定是有這層考量。不，不會的，我敢打賭他不會同意。我百分百相信，丹尼斯如果想到像我這樣

39　羅納德・「羅尼」・克雷（Ronald "Ronnie" Kray, 1933-1995），和雷金納德・「雷吉」・克雷（Reginald "Reggie" Kray, 1933-2000）是一對雙胞胎兄弟，為二十世紀五六〇年代英國倫敦東區最惡名昭彰的黑幫頭目，與政商名流往來密切，化身成功的夜店老闆，一九六八年被捕入獄，判處無期徒刑。

40　Richard Dawkins（1941-），英國演化生物學家、動物行為學家、科學推廣作家。宣揚演化論，以科學實證的態度，正面挑戰「神創造世界」的信仰。

41　Doris Stokes（1920-1987），靈魂學擁護者。自稱具有與死者進行溝通的能力，曾公開演出，多次上電視節目且出版自述著作，成為英國家喻戶曉的人物。

的人竟能笑到最後，一定會認為這是挖苦人的反諷——肯定會吧？

我把所有重要的細節都背起來，這對雙胞胎十一歲時最愛的寵物是一頭名叫笨吉的大丹犬，諸如此類。然後我打理了一下前廳，為貝里奇先生來訪做點準備。需要做的也沒什麼，只是一些小細節，用以營造適當的氣氛。把燈光調暗一點，然後點燃一支線香。我沒研究，不確定這到底是哪種香。如果你明白我說的，就是那種聞起來有點粉、有點娘的東西。我在咖啡桌上擺了幾本能給人強烈印象、討論鬼魂的書。裡面有埃利奧特．歐唐納[42]寫的《英魂常駐》，剛才早些時候，蜘蛛還爬到上面、嚇了我一跳。另外還有一本很厚的、裡面充滿噴霧繪畫的朦朧天使圖像，兩本書都只是隨意擱在一旁，讓人感覺好像我經常會讀（其實我稱不上是熱愛閱讀的人）。就說《英魂常駐》這本吧，我也只是為了照片才買的，沒騙你。可是任何人光看一眼就會印象深刻。你看看那個修士：「**插圖二：惡名昭彰的薩默塞特**[43]**幽靈照**」。完完全全符合我所說的老式幽靈幻影，顯現在布里斯托一幢高檔房屋照明充足的轉角平臺上。除非一直盯著看一、兩分鐘，你才會注意到落在修士身上的光線是從不同方向照射在照片中其他物體，由此可以判斷是雙重曝光效果。當然，你也該想想攝影師（圖片下標說這是一位名叫帕默的先生）大費周章架設相機和打光設備，就為了拍一截空空如也的轉角平臺到底是想做什麼。不過，就像我說的，如果你只是匆匆看過，它就會非常搶眼。

——那是門鈴在響嗎？現在要確定是不是有人在門口不太容易，畢竟我正在播放的背景音樂是《雨林之聲》，有些片段叮叮咚咚，有點像——那個叫什麼？類似風鈴的。現在才七點半，所以我不覺得我那位光之器這時候就到了，雖然我確實說過，如果他想的話也可以早點來。即使在走廊這裡，我也無法看清霧面玻璃外面是否有人。可能只是籬笆的陰影，但我想我最好檢查一下，以防萬一……

「你好，不好意思，不小心嚇到你了。您就是蘇利文先生嗎？」

媽呀，瑞奇，別慌，先是蜘蛛，現在又來這個。緊張激動的人多的是，但你這醜態和你爸說的老太太沒兩樣。還好，我很快就把自己形象拉了回來。

「是、是的，我是瑞奇・蘇利文，見到你很高興。希望沒讓您站這裡等太久，我正在播音樂，不確定能不能聽到門鈴聲。您就是貝里奇先生吧。」

他就和臉書照片一樣，只是在拍了這張照片之後，他的面貌變得更疲憊，皺紋更多些，

---

42 Elliott O'Donnell（1872-1965），英國作家，撰寫題材以鬼魂、靈異現象為主。有《英魂常駐》（*Haunted Britain*）等多部著作。

43 Somerset，英國英格蘭西南部的郡，巴斯（Bath）是最大城市。

看起來更憔悴。我想這就是喪親之痛。他僵在敞開的門口，寒冷的空氣一股腦兒全灌進來。他抬起頭，擠出疲倦的微笑。可憐。

「貝里奇先生……沒錯，我就是。而且我才剛到，沒有等，甚至還沒來得及按門鈴呢。做你這一行的一定都有某種預測感知的能力吧。」

好吧，算我運氣不錯。還沒有進門他就已經信一半了。

「喔喔，嗯，也不是經常有啦，但有時候我這麼一份上帝賜予的天賦會派上用場。無論如何，進來這兒比較溫暖。來看看我能為你做些什麼，好嗎？」

他側身從我身邊放輕腳步走過，臉上還帶著那種自嘲的微笑。我在他身後關上了前門。外面很冷，即使開了暖氣，還是能在門廊感覺到寒意。沒有風，霧就像鉛筆塗鴉擦不乾淨的汙漬痕跡一樣懸浮在那裡。他走進前廳，在沙發上坐下，沒有脫下長長的塑膠雨衣，給人感覺並不打算待很久。好吧，我們就來看看是不是這樣。

我在對面的椅子坐下。

「貝里奇先生，請容我告訴你，當你走進來，我有非常強烈的感應。我從一般光之器提取的通常沒有這麼強。你最近和某人分開了，對嗎？不僅僅是一個親近的人，這個人和你親近到我難以形容想像——不，不，讓我說完。我接收到一個字，『丹』，我認為這可能是一個名字？丹澤爾？有這個人嗎？等一下……不，那不對。不，是丹尼斯。絕對是丹尼斯。我感覺到的畫面……不，一定搞錯了。這樣不對。對不起，貝里奇先生，但我想我只能辜負你的期待。我今晚狀態不好。我努力想在心中描繪出你深愛的人，但我能看到的就只是……嗯，基本上就只是你。」

喔耶。引起他的興趣了。他抬頭看著我的眼睛，仍舊有著剛才那種帶些懊悔的微笑，然後搖搖頭，表示難以置信。

「他是我的孿生兄弟——就是已經和我分離的人。我不得不說，我不曉得像這樣來找你幫忙到底應不應該，但是好吧，我所有的希望和期盼都沒有落空，你真的厲害。所以，我的兄弟，他能說點什麼嗎？他有什麼訊息要告訴我嗎？」

我很抱歉，但我無法抗拒，他兄弟部落格上那堆廢文我都讀過了，忍不住要拿來應用。

「是的，有的。我不確定我的理解是否正確，但我認為丹尼斯想承認自己錯了。這件事有任何意義嗎？我感覺到他從沒想過會有來世，而且他可能對我們這些相信來世的人做過一些嚴厲批評。我傳遞的印象準確嗎？他說他想道歉，他現在更明白了。他所在的地方很棒，他是這麼說的。他還告訴我，他和老朋友團聚了。他想要告訴你，他和……本傑明？還是本吉？在一起，這樣講對嗎？那是你們以前認識的人嗎？」

老實講，最後額外奉送小笨吉只是我不小心一時衝動，但可以這麼說，我中大獎了。他感動滿點，直盯著我看，眼睛溼潤。原本隱隱顯露的微笑已經消失。

「笨吉是……是我們小時候養的大丹犬。我們倆都好愛牠。但是後來，你也知道的，蘇利文先生，只要想到你能講得出我們心愛的童年寵物……你果真是不可思議。如果說在來拜訪你之前，我對你的能力與人格曾有任何質疑，現在都一掃而空了。還有你說的，丹尼斯總是那麼一口咬定沒有來生、沒有死後世界，絕對會不情不願地承認自己錯了，這一切聽起來也很真實。這的確就是丹尼斯過去的樣子。理性主義者，十足冷酷無情。他現在的處境一定讓他相當吃驚，但就我對他的認識，他也會從中找到有趣的一面。」

那種輕笑的表情再次回歸。我並不愛吹噓，但我認為我們可以在瑞奇·蘇利文的絕殺得分紀錄加上這一筆。我在想是不是給他來杯茶和一點餅乾，也許我們聊一會兒他兄弟的事情，然後就能送他出去，叮叮，五十英鎊落袋。不過沒有，他又開講了。

「我不曉得有沒有記錯，你說你外出到府服務的收費是一百英鎊嗎？我之前還不敢肯定這麼做是否恰當，但就像我說的，提到笨吉時你就已經說服我了。這件事交給你十分正確。我想說的是，如果我們在丹尼斯實際居住過的房子裡，你一定會感受到更清晰的訊息，對吧？」

他提到一百英鎊起我就開始點頭。好吧，我必須說，當大衛・貝里奇稍早打電話給我，我本猜想這筆生意不是很有希望。他聽起來緊張又猶豫，我甚至覺得他或許不會出現。但現在你聽聽，在服用了我所謂的蘇利文強效迷藥之後，他就像變了一個人。他更有信心，好像下定了決心。我認為從這裡就能看出我營造氛圍的魔法，全靠我個人魅力。

「嗯，沒錯，我認為這一定能使訊息更加清晰。實地造訪會帶來更多心靈共鳴，這點顯而易見。是要先約日期，還是你想今晚就過去？我是說我都可以。我接下來這段時間有許多人預訂，所以其實今晚最方便。」

這話的意思是，就我而言，現在趁他還興味盎然的時候出發最好，而不是還給他時間改變主意。不過他頻頻點頭，看起來迫不及待。

「不，今晚很好，今晚最適合。那地方不遠。我們二十分鐘內就能到。」

結果今晚真是越來越有賺頭。到了那裡，我還有一籮筐的好料能拿出來用呢。像是他們父母的名字等等，這才能讓他的錢花得值得啊。我可以給他來一趟全套的探視行程，不曉得到時候我敢不敢模仿他兄弟的聲音？他們的聲音肯定很像。可是也很難說。說不定他的兄弟有口吃或口齒不清的毛病。到時候看情況如何再見機行事吧。他從沙發起身，雙手還是牢牢插在雨衣口袋裡……在這裡的這段期間他的手都沒抽出來過。他一定比我還怕冷……我把圍巾和皮大衣從門廊的掛釘上取下來，這樣就可以出門了。這不便宜喔，我是說這件大衣，你該看看穿上它有多棒。穿著它，我看起來更高大，更有神祕感，就像《X檔案》或《駭客任務》中的角色。

我領他走出門，當我要將身後的門鎖上，我聽到電話響了。可能是另一個客戶，我本能地想回去接，最後卻沒有這麼做。我想算了，反正電話答錄機會接聽。無論如何，如果我真的很在意，隨時可以撥電話回去聽家中市話，看看誰留言。當我把鑰匙放回口袋，我快速摸索了一下，確認自己帶了手機，它正好好待在我專門用來放手機的針織小童襪裡。我轉身後，大膽地用輕快活潑的語氣說：「好，我們要走了嗎？」但大衛，也就是貝里奇先生，早已走出敞開的大門，沿著街道去。所以我不得不趕緊追上他。

喔，但是今晚冷得刺骨，寒意滲進羊毛衫，直讓人發寒。從小到大的記憶裡找不出有這麼冷的十二月，是那種讓你想掉頭回家的寒冷，再加上霧氣，很可怕。我都忘了，但聞得出來，霧是有氣味的。就像潮溼的煙霧什麼的；與其說是一種氣味，不如說是一種塞滿鼻子的難聞霉味。當你吸氣，你的氣管就感覺像凍傷。老實說，能快點把貝里奇這檔事給搞定我會很高興，這樣就能躲回家裡——什麼，現在已經八點多？花二十分鐘到那裡再花二十分鐘回來，還有二十分鐘幹活，可能還來得及回家看《奇奇奇》[44]。老實講，那節目裡的笑點並不是每次都能打中我，但如果我沒記錯，它可以學到好多小知識，比如海蛞蝓實際上是某種形態的黃瓜。這不是讓人很想看下去嗎？要是這些懷疑論者——像貝里奇先生過世的那位兄弟——要是他們能睜大眼睛看看上帝的奇蹟，像大自然裡的那樣，看它們究竟是多麼妙不可言，也許這些人就不會再大發厥詞，不會那麼自信滿滿且洋洋得意。我們誰也沒辦法真的確定在另一邊等著我們的是什麼。我還是得說，真希望貝里奇先生別走那麼快。不過這表示他還是興致高昂。這才是重點。

我們沿著公園旁邊走，這條路走到底後又穿越雙向車道。雖說聖誕節快到了，但路上連個鬼影都看不到，挺稀奇。一定是天氣的關係，大家都想躲在室內，也可能是因經濟不景氣。每年的這個時候，人們總是一臉焦慮緊張。也是啦，如果要面面俱到，會壓得人喘不過氣。倒也不是說聖誕節有什麼錯。其實我滿期待聖誕節的。對我而言，自從我媽過世，我也沒送禮對象了。這段時間就沒什麼大開銷。我知道對某些人來說，這種日子特別容易感到寂寞，也是自殺案件最多的時候。不過就我個人而言，我發現一月時上門的客戶和諮詢預約總會有點暴增，所以呢，有利有弊，不全然是壞事吧。

---

44 *QI*（*Quite Intersting*），人氣極高的英國搞笑益智節目，採機智問答形式，邀請的來賓多為喜劇演員。

沙威瑪肉捲店的霓虹燈還看得見，偶爾會有一對車頭燈穿過濃霧閃一下。我們沿著雙向車道走了幾分鐘，然後穿過另一條下坡的主要道路。我光是要跟上他就氣喘吁吁，沒辦法多講幾句、維持對話。不過現在這樣不出聲也不算太尷尬。我們都只是想趕緊到達要去的地方，雖然動機不太一樣。他是想著他的兄弟，我則想著史蒂芬・弗萊[45]和那一百五十英鎊。

你知道，在我目前住的地方生活了這麼多年，我從來沒啥機會走這條路，也從來沒有走這麼遠過。這一帶在我看來比較破舊，大多是住宅大樓，但你會發現有些奇怪的建築是克倫威爾[46]那時代甚至更早的時期所蓋的。我不懂他們為什麼不把這裡鏟平，規劃一個徒步商業區或其他什麼東西，加一些在路邊有露天座位的風格咖啡館。大概是這一帶的阿貓阿狗居民還享有租戶權利和其他雜七雜八權益，害得重建無法進行。我知道自己這樣講很糟糕，但如果消滅所有公共開支，來個難熬的景氣寒冬，這區塊的一些多餘障礙可能就好清除多了，最後會為這地區帶來最好的結果。事實如此，不好意思，我就是這麼直白。

如果你想聽我真心話，我認為真正的鬼魂就是像這樣的城區，不是嗎？發霉老舊的物品，幾百年前的死玩意兒，這時代還留著它們實在沒道理。看看那些吱吱作響的木頭器物和嘎嘎叫的鎖鏈。這些嚇人的小伙子臉色蒼白，營養不良，套著連帽運動衫，活像幽靈，就像帕默先生照片裡的鬼修士。夜裡的尖叫聲，以及外賣小鋪外石板路面上，原本依稀可見但隔天下午就不見蹤影的血跡。這些簡直就像恐怖小說場景，像鬼魂一樣。這樣的社區，破爛布條翻飛，氣氛垂頭喪氣，而且還要繼續糾纏我們幾百年。它的存在像是在指責我們，教大家都要為了在我們多數人出生前就發生的事感到內疚。如果這麼些人就是擺爛偷懶，不肯努力上進，找個好點的地方住，也別把錯推到我們身上。放過我們吧。

喔，你看看。人行道上有一大坨狗屎。真噁心。還好我發現了，這霧是怎麼回事。如果丹尼斯・貝里奇不得不住在這裡，我只能說他不太可能是一名物理老師。或者也許他是，但入行時教職體系還不是像現在這樣。不管怎樣，他一定很苦惱自己竟然只負擔得起這樣的住處。他的部落格讀起來讓人感覺他是個非常憤怒的人。你常會發現那些對靈性治療師——我都這樣稱呼自己——沒幾句好話的人，他們內心深處真正忿恨的是自己的挫折和失敗。挫敗

45 Stephen Fry（1957-），英國演員、作家和電視主持人。是主持ＢＢＣ電視節目《奇奇奇》最早的主持人，從二〇〇三年節目開播主持到二〇一六年。

46 Oliver Cromwell（1599-1658），英格蘭政治人物，在英國內戰中率軍擊敗保王黨，一六四九年將查理一世處斬，廢除英格蘭的君主制，並征服蘇格蘭與愛爾蘭，在一六五三年至一六五八年期間出任英格蘭共和國護國公，實行軍事獨裁。

感深植他們心中。不過，這會兒正和我在一起的大衛，他的兄弟，似乎比較知足和善，心思更開放，也更討人喜歡。走在我前面一、兩步距離的他微微側身，回頭看了我一眼，但身體沒轉過來，臉上帶著屬於他的滑稽微笑。老實說，在路燈有等於沒有的這昏暗地帶，那個樣子有點可怕。就這麼說吧，看起來不像是光之器。但別忘了，他有心靈創傷，可憐的傢伙。

「就快到了。這條路走到底就到丹尼斯的房子了。」

好啊，感謝老天。如果我們還得繼續在這一帶走不停，我想我最好先打一劑狂犬病疫苗。很不好意思，但我真的想這麼做。我們所在的這條街就像一排排梯田，前院的小花園照顧得很爛，其中大部分的大門都沒靠上，或者根本完全消失。大衛右轉，走上一條鵝卵石鋪得亂七八糟的小路，我跟在他後面。這房子的狀況似乎比附近其他房子要好一些，儘管差不了多少。很破舊，前門周圍的油漆都剝落了，但至少，它的窗戶不像我們剛剛經過兩戶之外的那棟房子那樣全被砸碎，只用石膏板補起來。有人用黑色噴漆在它的木柵欄上畫了一根陰莖，而且你知道，圖像頂端有東西，一滴滴的東西流出來。誰想看那個？腦袋裝垃圾啊這些人，心靈混濁。

「不好意思啊，我先去房子每一面都檢查一下，確定丹尼斯過世後所有的窗戶和後門都沒破損故障。他在那個花盆下面藏了一副鑰匙，就在前門臺階旁邊。你先自己進去，如果電源已經被切斷，走廊裡有一支大手電筒，走進去就在門後。」

這和平常有點不一樣，不過，有一百英鎊等著呢。我在黑暗中花了點時間才找到花盆，指尖冷得發麻，然後我打開門，才剛找到貝里奇先生剛剛講的手電筒，檢查完門窗回來的他就站在我身後。在這種光線下，我看不到他的臉，但我知道他會笨頭笨腦露出那張暴露兔牙的疲憊笑容，輕微過度咬合的嘴型。我打開手電筒，在通道上投射出一灘茶色的光，就可以看到樓梯的底部。我認為那是……不，不是吧？我想我看到的是老式的樓梯地毯壓條，就像以前的人用的那種黃銅桿。這很丟臉。你是想表示一個理科老師沒能力花大錢買訂製地毯嗎？

貝里奇先生從我身旁鑽進屋裡，我注意到他沒關上我們身後的門，要留給我關上，非常感謝。正如我媽媽常說，沒教養的鄉下野孩子。並不是說關上門就會稍微不冷。真要說的話，室內比室外更冷，而且有那種氣味，別人家裡的氣味。在比較高級的住宅裡就聞不出來，那裡只聞得到佳蕾或其他品牌芳香劑，我住的地方就有，但在窮人家裡，你可以聞到積塵多年的炸魚條和髒襪子，彷彿就堆積在家具裡。我試了試門廊的電燈開關，沒有任何反應。市政單位會在某人過世後這麼快就切斷他家電源嗎？我很懷疑，所以最可能的情況是他沒繳電費。我認為我最好加快速度，或者趕緊開工。我不想在這兒待太久。

「唔，現在這氣氛很合適，貝里奇先生，很有感覺，我幾乎可以接收到丹尼斯的存在，好像他就在我身邊。我感覺到他很關心你，擔心你會因為他的離去遭受不必要的痛苦。他說他不希望你受傷。」

我抬起手電筒，將光束向上傾斜，離開品味教人倒胃口的壁紙和破爛碎裂的踢腳板，不讓它繼續在那些東西上頭晃動。然後我果然就瞧見——露出來的傻氣牙齒和悲傷笑容。他好像在想事情。

「對啊，這就像丹尼斯會講的話。我們是雙胞胎，總是保護著彼此。如果我們之中任何一個遇到麻煩，或有人想欺負誰，另一個就會插手、全力反擊。尤其是丹尼斯。在我們兩個人中，丹尼斯總是出手最狠的那個。」

完全如我所料！那傢伙光是讀到整脊推拿師之類的文字就會暴怒，這種人不用期待會是懂得放手罷休的正常人。坦白說，我真慶幸沒碰上這傢伙。和他打交道感覺會是一場噩夢。

「他聽起來是個親切又非常有愛心的人。我想問問，丹尼斯有沒有特別喜歡的用品或物件，可以讓我能實際觸摸？根據過往的經驗，這常常能使心靈聯繫更緊密——只是剛好想到。或許是他最喜歡的一雙拖鞋或心愛的唱片。真的，任何東西都行。只要給我個物品來和他建立連結。」

他又露出那種笑容了。大概是手電筒的光在這條狹窄走道上亂晃的關係，那張笑臉看起來幾乎帶著憐憫，甚至像是有種優越感。唔，這裡好冷——根本是冰庫。

「好吧，如果你想要拿點什麼來和丹尼斯聯繫，我想我上樓找一會兒，應該能找個你需要的東西回來。你到客廳去吧，請把這裡當自己家，不必拘束。」

他轉身走向樓梯，然後回頭看著我，然後……呃……呃，他的音量很微弱，我幾乎聽不清楚。他在問我是否願意……聽不懂，什麼一杯？他向我提議泡杯茶嗎？我搖搖頭，禮貌地笑了笑。

「喔，不用了，我這樣就好。你去找吧，我在客廳等你。」

他轉身走上樓梯。在沒有燈光照明的情況下，他還真是輕鬆自在。不過，他當然對這個地方比我熟。我猜他以前常來這裡。

我推開門，用手電筒照射客廳，掃了一圈。天哪，度過人生最後幾年的住所竟然是這麼寒酸不堪的小狗窩。有三個書架，看起來主要是科學書籍和科幻小說，而且沒有電視。兩張凹陷的扶手椅，擺在一臺老式的三檔電暖器兩旁。每一件都是已經絕跡好幾年的古老用品。

我聽得見貝里奇先生在樓上來回走動，他在找會讓他睹物思人的便宜貨，好帶下來給我，讓我用來像瓦肯人[47]一樣進入我那心靈融合狀態。大概是理查・道金斯的親筆簽名吧，我猜都懶得猜。如果他還要一段時間，那麼我想我可以大膽坐上其中一張椅子，走了這麼久之後該歇歇腿。希望他別拖太久。已經八點三十五了，除非貝里奇先生動作再快點，否則我就要錯過《奇奇奇》的開場了。像這樣坐在黑暗中……該怎麼說呢？好吧，我可不希望我的週五晚上就這樣度過。

喔，等一下，我剛才鎖前門時有一通電話打過來，不是嗎？趁貝貝大叔還在樓上拿著他兄弟的紀念品哭得抽抽噎噎時，我至少可以確認一下，看看是不是還有其他客戶準備上門。老實說，當我從外套口袋掏出裝有 iPhone 的小襪套，我的手指都快要凍僵了。要是天氣再冷一些，恐怕就會掉下來了。

按那些號碼加上後綴、撥手機連接到電話答錄機，真是有夠耗時間。樓上傳來磅——磅——磅，腳步聲隔著天花板都聽得見。這樣一回想，他剛要上樓去時對我說了什麼，聽起來不像是「泡杯」，比較像是「魂哪」或類似的詞，只不過這也不會……啊！接通了。機器女聲說，八點的時候有人打電話給我，然後停頓了很久才播放語音訊息。

芬達。他剛剛是這麼說的。「瑞奇？你要喝芬達嗎？」但為什麼他會……？

「蘇利文先生？不好意思，我是大衛・貝里奇。聽著，我一直在和我老婆討論，呃嗯……抱歉，關於上門求教這件事，我改變心意了。我想往生者不會希望我這麼做。很抱歉，我要取消這次預約，我希望我沒有，呃，造成您什麼麻煩。無論如何，再次感謝，真不好意思。嗯，保重，再見、再見……」

怎麼回事？這是……他在耍什麼把戲還是幹啥呢？他是從樓上打電話給我，想惡作劇讓我以為……不對，不是他打的電話。我在想什麼？是我自己打過去的，我不是撥家用市話嗎？自己家的市話。我打了電話，它說八點鐘，那時他人和我在一起，就在我家大門外。一定是……我不知道，這一切一定有什麼原因可以解釋。冷靜下來，瑞奇，我一定漏了什麼，一會兒我就會想起來，然後笑自己多蠢。因為要是大衛．貝里奇……要是他八點的時候打電話來取消，要是他那時人還在家裡，那麼……

上方的樓梯轉角發出咯吱咯吱。有人在下樓梯，要來了，對不起，我錯了。

真的，對不起。

---

47 瓦肯人是科幻電視影集《星際爭霸戰》（*Star Trek*）中的外星種族，具有獨特的心電感應能力，觸摸他人臉部就能達成心靈相通，分享對方的意識、經驗以及記憶。

5 不太可能發生的超複雜高能狀態

那是最好的時代；那是最早的時代。在最初的那一飛秒——若將一飛秒拉長為一秒，那麼一秒就相當於三千萬年——在那教人全身繃緊的量子震顫裡，過往是個尚未到來的概念，一切皆完美無瑕。

全然空無中響起咔嚓咔嚓聲，最終，精巧的圖樣鋪排成型，朦朧剔透，仿若上漆瓦片。由於沒有媒介傳遞聲音，這嘈雜聲響純粹表現在視覺上。這些崩塌的瓦片或難以想像地巨大，或無窮渺小，沒有規模尺度可言。當然，尚處於前奏期的虛無空洞中，還談不上有何形狀或顏色。不過方才冒出的型態帶有幾何學的興味，它在旋轉中帶來預告——或許更像是傳遞一種味道：清澈、冷淡的粉紅色與孔雀肩羽的濃烈藍色，在混合態中一同振盪。就本質而言，它的美麗無與倫比。這樣的無與倫比也是因為，這些初始現象發生在亞原子時刻的瞬間：連最微小的時序計量也無法捕捉，感覺像是會永遠持續下去。

這樣引人注目且史無前例的事件甚至還和實體沾不上邊，或可稱之為某種光之幻影的素材，僅勾勒出一幅描繪能量和物質的幼稚圖像。無外在影響下，數學演算力已不知不覺引發種種存在之物湧現，毫無情理可言，就這樣自發產生了固體的前身，以及隨之而來的最原始物體。這股演繹之力似乎不得不貫穿每個可能發生的隨機結構，隨著越來越複雜、宛如瀑布的層層表面無聲撞擊出存在樣貌。在美妙如萬花筒的擴張中，浮現空中樓閣、鑲飾的走秀臺、宏偉的阿罕布拉宮、種種靈異詭奇的遊樂浴場、大街、廳堂與廊道，皆高聳碩大、不可估量，像小學生的算命卡牌一樣打開、闔上又展露。自行萌發的亭臺如花綻放成未來主義式大教堂，像果實成熟般，化作不可思議的城市。這些城市被反覆疊代到這瞬間的極限，而這瞬間還在逐漸膨脹。抽象的建築熠熠閃爍，煥發出明顯的偶然性。雖然無法定義、難以描述，宛如演算法地獄，但這種突飛猛進的情況比任何事物都更接近神聖境界。

前面提到的最原始物體呈指數增長，不斷自我複雜化，暗示即將誕生——實際上是被迫產生一個最原始的主體，這正是這種情形本該有的發展。從嘶嘶作響的幾何對稱體中，倍增的體育場結構從四面八方的虛空中解放展開，亞微觀粒子高度有序地隨機匯聚在一個顯著的構造物上。這是樣式上的偶然創舉，令人震驚的是其中不見任何直線。當然，那時候，在最初毫微瞬間的一陣瘋狂代換排列中，所謂的不可能甚至還不可能出現。這意外驚喜宛如經過精心設計，超乎任何可能的想像，原始原子和早期的分子在一陣混亂碰撞中為有機物質埋下伏筆。此刻——目前的時間也僅有此刻，尺寸不明的獨立橢圓球體凝聚成型，懸浮在一個莊嚴的虛無空間中心，這空間的蛋殼內面花紋好似羅馬式教堂。它與逐漸繁複的周圍環境一樣被粉紅色／藍色曲光照亮，閃閃發光，並以鋸齒狀浮凸出花窗式樣般的碎形皺褶，這個主要實體日後會被稱為「波茲曼大腦」。

波茲曼大腦，這是次原子偶發事件在猝不及防間造成的有知生命體，根據十九世紀物理學家和理論家路德維希·波茲曼的思想實驗，在非有限宇宙中必然會出現，在那一切快速增生、尚無統計學卻還能編整得宜的仙境場域，這情況發生的機率不亞於任何其他結果。儘管如此，從這顆大腦本身幾乎還沒凝聚出的視角來看，它的存在是令人難以置信的驚喜。

由於缺乏聲音和白色的概念，儘管出生在漆黑死寂的環境，這焦躁不寧的意識原型甚至還不知道什麼叫漆黑死寂，它開始不安地意識到自己的存在，然後又留意到這種自我覺察的念頭。而這些最初的基準現象都到位後，哲學就這樣被發明了，唯我論也來了。簇新的認知思路，捉摸不定又盲目茫然，相當快速（如果在太初那毫微裂隙中還可能有什麼稱得上快），對身旁可能正在發生的一切事情提出假設，探觸了某種很久很久以後被稱為「現實」的東西。

理智的腦洞大開，這顆腦推斷，如果自己存在（顯然目前就是如此），那麼似乎可以想像，在某處可能有某個更廣闊的存在，供它置身其中。此外，在偶然啟動對事物的覺察時，這顆腦注意到，當自己推測可能有更廣大的存在領域，這想法必然晚於先前它察覺到自身的念頭，就出現在它注意到自己存在的那一刻之後。如此這般，它推斷了事件的順序性質，且猜測過自己可能位於某處，儘管它劇烈的誕生過程還沒結束，這顆獨立的大腦已經理解時間和空間。很明顯，它的認知發展順風順水走好運。

方才降世還有些頭暈目眩，這顆好奇的波茲曼大腦接下來假設，它剛剛所揣測出的時空連續體可能只是表面上看來黑暗、孤寂又空虛。在這大腦自己匆忙形成的觀點中，有另一種假設指出一種存在情境，其中有各種表明自身性質的其他資訊點，但由於無法標註記下這些想像的訊息，這隻混融著藍色與粉紅色、奶凍狀的帶電傢伙依舊對一切盲瞶無知。它自覺擁有某種幾乎已成物質的形式，要是這形式能透過某種器官來增強就好了，無論這種創始工程是在什麼媒介中持續展開，只要為自己增添的感官機能夠靈敏，它就能留意到最輕微的擾動、最細小的波動。

儘管，就其本身而言，並沒有尺度可測量，但若以今日的標準來看，大腦形狀的機率產物處於其中的這一整個連續體發展得極快，卻比最難以捉摸的量子還小，因此容易受到量子原理的影響。比方說，在一個僅存在單一觀察者的無限微小新生宇宙中，觀察者效應——以後將被維爾納．海森堡[48]接受採用的理論——會受諸多因素影響，而表現得更強烈、更直

48 Werner Heisenberg（1901-1976），德國物理學家，量子力學創始人之一，獲得一九三二年的諾貝爾物理學獎。

接，當這位絕無僅有的觀察者進行觀察，圍繞著它且幾乎全由粒子組成的朦朧雲霧就開始凝聚成可見之物，大腦前側的上端外凸，隆起的新結構產生形體。這種新的形狀，起初若隱若現，但很快就清楚顯現了，基本結構是圓錐形，形狀與女巫的軟氈帽沒有什麼不同，而尖端部分又回推進尖頂內部，形成一個深凹處。因此這頂新穎裝飾品的外觀輪廓像陰莖又像陰道，它向前傾斜，從大腦的「額頭」前方垂下，就像日後燈籠魚頭上所戴的發光附肢。

在波茲曼思想實驗中，生成的腦子彷彿身處感官剝奪艙，這種氣態的生長過程最初帶來起源不明的隱約刺痛感。無論如何，這仍算是一種感覺，是以前不存在的東西，因此值得驚嘆。此刻，這顆大腦早已又驚又喜，感覺飄飄然，從它額葉萌發的器官長出整片濃密的毛髮或細絲，覆蓋了外表與內面，剛出爐的感官體驗宛如夢魘，雷電一般轟進宇宙首位居民暗黑而孤獨的沉默裡，湧入的資訊使得上百萬纖毛一根根陡然震顫。想也知道，這是一件大事。

一朵貌似清真寺和火車頭拼組成的菊花猛然綻開，來勢洶洶，從一個位於中心的空無之處腫脹湧現，幾乎立即將這顆飄浮大腦方才發現的意識領域都填滿。與此同時，從這拼組花樣先前隱而未見的空隙中，有更新、更詭異混合的夢幻之物擴展出來將它取代：刀劍湖泊，婚禮蛋糕積疊的冰山，高蹺組架的圓形監獄等源源不絕出現。

再談談巨大聲響。毛茸茸的錐體從波茲曼大腦前額表面垂下，像一頂潮溼的帽子，最早可看見與可聽見的可能同時在此出現，這意味著充盈在毫微宇宙中的顫抖振動可被描述為聲音，這一點意義非凡。雖然總體來說，這更類似未發展完全的海洋白噪音，在那裡，在最初一切可能性皆不受限的搖曳閃晃中，嘶嘶聲和劈啪聲偶爾會變成意外快閃的交響樂或偶然乍現的詠嘆調。整個創生現象如夢似幻又充滿爆發力，伴隨著各種可能的樂音變化、持續不斷；由十幾億尚未發生的場景、將實現的世界所發出的叮噹鏗鏘、讚詩頌歌和重金屬搖滾相伴。這隻藍色／粉紅色的新生之物閃閃爍爍，萌發一陣陣驚嘆，其中也有隨機排列的聲音顫抖與高亢，無數可想像的生理機能或發聲裝置呼喊、吼叫，在某種湊巧的含糊咕噥和零星偶發的頓挫之間，有些片段預示了語言將到來。

滔滔而來的知覺盛宴讓飄浮大腦深受震撼，它努力吸收自己對於所謂經驗的初體驗，那根凸起又內縮的前額嫩芽剛好指向周遭的奇觀，可想而知，它開始將景象中的任何視覺訊息與這些隨機爆出的聲響聯繫起來。透過這些方式，它累積形成一種嘈雜喧譁的語彙，純粹是為了對傳入的訊息進行區分歸類。舉例來說，與短短的C大調響亮喇叭聲聯繫在一起的，是看來像西洋棋子組裝的針插軟墊，不過組裝的成分只有棋子和主教。與此同時，有個巨大的噴泉噴出一大堆造型奇特的雙十足目動物，這些則由瓶子破碎發出的尖銳匡噹聲代表。一開始，大多數是名詞，不過接著很快就加進了吵鬧的動詞，甚至是一些表示形容詞的尖叫、咩咩或爆炸聲。

它利用自己即興創造的句型和語法，確定代表每個獨立實體的那一類聲音串可以稱為名詞，聽起來很像用口琴發出「迷你磨（minimal）」這個詞的聲音。而這些實體所表現的各種不同活動，所有的湧現、崩塌和咻咻飛馳，可以稱為動詞，一種近似於大型四足哺乳動物從樓梯摔下來的音效。伴隨著後面這種新造詞性而來的是沮喪，大腦意識到自己本身就是一個沒有附加動詞的名詞：在它開始細察審視之前，圍繞著它的一切早已經沸騰變形，於四周張狂蔓延，而它在其中，是唯一沒有明顯活動的東西；唯一未有湧現、不崩塌也不咻咻飛馳的物體。

它觀察到自己已經完整成形，而大多數其他屬於動詞的活動顯然都涉及某種形式的運動，於是它試圖想像一個能對運動派上用場的附肢。再一次利用海森堡的測不準原理，就像它萎軟鬆垂的感覺器官一樣，它能夠從周圍混融著原始粒子的湯漿中製造出一股蒸汽狀的身後尾羽，迅速凝結成一條帶有鉸鏈椎骨、貌似能抽甩的鞭毛，長度約為大腦本身的二十五倍，顏色是偏淡的龍膽藍。

大腦本能地想試著讓這條剛剛延伸出來的精美肢體搖擺看看，它發現自己從先前的位置向前推進一段距離，離開了出生空間點，那是它之前唯一知道的地方。波茲曼大腦細思後得出悲觀的結論，它要再次準確回到那個空間位置的可能性一定是微乎其微，就這樣出現了史上最早的簡略版懷舊情懷。然後這顆腦，一尾會思考的精子，再次甩動它的新尾巴，飛入眾形體滾沸翻騰的泡沫中。迅速旋轉的動作很快被證明最是有效，這條測試中的流線型脊骨運作起來彷彿打蛋器，在它穿梭的流體介質中拉出曳尾軌跡，帶著激打出來的成串小氣泡，有如時空中的透明蛋白。

越過融化的階梯平臺和分解重組的柵欄，穿過彷若巨浪孔洞的光滑透明隧道，在超大電扇如鐮刀揮舞的遠洋巨輪螺旋槳葉片之間，大腦拖曳著泡沫尾流，魚雷一般射向到處閃爍的粉紅色和藍色。它興高采烈，翱翔在裝飾繁複的金屬花園之上，這些修剪過的花園有枝葉鋒利如刀刃，以及，喔，它親眼目睹的神祕奇蹟，親耳所聞的災難級管弦樂大爆發。這期間它經歷許多刺激冒險，這是它無拘無束的青春壯遊：與歡樂的水晶吊燈笑鬧調情；難以與任何經驗對應的意外事件；和帶有翅膀的套房公寓打交道帶來深刻體悟；望見菱形大崩塌；以及對於數字編號迅速著迷，上述這些只是其中五項。它獨自沿著指數級增長的道路飛行，反思剛才所做的所有探索，全都對它理解自己意義重大。這是第一次，也是最後一次，往後它的思考就難以擺脫自我意識或嘲諷挖苦。

例如，大腦已經了解到，自己的個性搖擺不定，有草率魯莽的傾向，有時又容易過度謹慎。它斷斷續續推導出自己的種種反應，像元素週期表一樣排列出來，偏執和困惑等初步要素已經被確認入列，尚未填入的空格則引人遐想，尚待發掘，例如倦怠或好色。它遇到了看似超大型旋轉木馬的物體，正在自我分解中，有種荒謬又徒勞的感覺，隱隱約約像是往後娛樂活動的預告，於是它猜想，在膨脹的宇宙中，可以想見有幽默感存在於某處，但最終還是有點失望地對自己承認，並沒有。

這個波茲曼思想實驗產物頭上戴的錐形感應器官彷彿船首飾像，它在態度上更務實。不再自己陶醉後，已經知道能夠巧妙地振動包裹在感應器官表面的毛囊。而且，就像現代的麥克風也能發揮音響喇叭功能，只要精確再現第一次接收的聲音與影像所伴隨的振動，就可以將它們重新播放，這聽起來像是一個早期的合成器，而視覺訊息則是以立體投影方式產生的泡泡傳遞，泡泡裡包含所要表現場景的微縮版，很像漫畫圖像的對話框，只不過是以三維立體呈現。

在發明了新招式之後，這最初的生物穿過周圍炫晃閃耀、激增猛長的幾何體，同時有雪景水晶球一般的話語跟隨著，它們光采奪目，相隔或近或遠，懸浮在泡沫狀的尾跡中。這些寶石般的小插曲每一個都包裹在自己的專屬配樂中。怪異神祕的追隨者們有點像未來會出現的動畫片。波茲曼大腦身後這一長條豔麗浪花，奼紫嫣紅，裝飾著飄浮的圖像卵石，配件更多的它繼續巡航探索，進入眾形體蔓延增生的驚奇空間，宛如遊客迷失在深邃無垠伊甸園中，一場可怕的預知夢境。

在長笛飛落如強降雨的短暫期間，大腦扭動自己，躲進代數運算建構的拱廊中，利用這段偶然的休憩時間來發明室內游戲。絲狀感覺器官的振動經過試驗可隨心所欲控制之後，它意識到自己不單能重現所體驗過的景象和聲音，而且還能從自己快速發展的想像中，創造出全新景象和災難等級的交響樂，未曾發生之事產生的虛幻噪音。就這樣，隨著木管樂器的傾盆大雨停止，它再次踏上旅程，跨越一大片狂野顯現的形體式樣，但現在它背後是一串串虛構美化的作品，混在接近紫羅蘭色的泡沫中。身為獨一無二的存在，擁有僅此一家的能力，創世以來第一隻怪物恣意嬉鬧，洋洋得意。

因此，發現還有另一顆腦子時它大受打擊。

事情發生的時候，這最初的存在實體正穿越幾個類似巨大打字機的結構，這些結構巧妙融合，化成一座奇妙商場，集合了斷續插入或大片潑下的各式文字和標點符號。這位目前算是經驗豐富的航行家發現，在這個構造中心點附近有懸浮物，還以為自己的感官設備出了毛病：那是個模糊的區域，可觀測的範圍狀似雞蛋，顯然是雲霧聚合形成的。波茲曼大腦懷疑自己外凸的光學偵測器官可能發生像白內障那樣的混濁狀況，它的夢幻泡泡之行戛然而止，它希望到更近的地方觀察這個幽靈般的異常玩意兒。

仔細檢視後，它發現這新玩意兒確實是發生於它自身之外的一種現象，而非原先猜想的自己視力有缺陷。那是一團蒸汽橢圓體，漸漸聚合成物質，好似悶燒冒出的繚繞煙氣，凝出形體和光滑的質地。這顆大腦在將自己的尾巴骨鏈實體化時就曾經目睹粒子塵霧聚集，此時它注意到該物體的成分彷若煙霧，儘管遲疑猶豫，兩者的相似之處還是讓它理解到，自己一定也是這樣子出現的，最初就從狂亂的量子大雜燴中凝聚成意識。大腦迅速將懸浮無依的不安感和存在焦慮的恐懼感添加到自己不斷發展的情緒反應週期表中，它開始意識到它正在觀察和自己一樣的另一個體出生。雲霧大致塑造成形更是確認了這種令人不安的擔憂，這形體擺脫之前的最後一絲模糊跡象，在鋸齒狀褶皺的腦葉上閃爍著令人注目的光采，閃爍著化為刺眼的焦點，這是另一顆腦，殆無疑問。由於缺乏視聽器官或推進方法，這令人困惑的新生兒在建築物持續茂盛繁殖的熱潮中懸盪著，麻木遲鈍，一動也不動。它甚至不知道自己算是個名詞。

此刻，原本的宇宙唯一居民顫抖著它的長條尾椎，可見它心情激動，或者用大腦自己的術語來說，情緒元素第八十三號。它知道，這種令人憂心的事態轉變使它必定要對自己建構認知的語彙和世界觀進行一些痛苦的調整。這件事引發眾多哲學焦慮，其中最迫切的，是到目前為止都不曾察覺且因此未經檢驗的身分問題，在此之前，萬有時空中踽踽獨行的它，從未覺得有必要想這件事。

這種不安迫使大腦擴充內部語言系統，得有某種代名詞來表示自己，不和任何其他碰巧經過的大腦混為一談，可能還需要一個不同的代名詞來指稱這個突然冒出來的討厭傢伙，就它用得還不算熟練的外凸感官來看，這傢伙比它小，沒有它吸引人，魅力更比不上它。老實說，它所謂的「有吸引力」大概等於「不惹人厭」，只要不是軟爛沒勁又沒存在感，就能被認為有魅力，但是，恐懼使這顆波茲曼大腦對這個相對乏味又醜怪的闖入者嗤之以鼻，越來越討厭。似乎除了代名詞之外，可能還需要些什麼來區分原版的大腦和這個後來的沉悶怪咖。

也許可以採用某種識別標籤的做法，不單只是稱為「波茲曼大腦」，還要能夠傳達出一個有知覺之物的狀態和意義，或者說傳達獨特個性？它認為，這個過程應該被叫做命名。原版波茲曼大腦對這個點子產生了熱情，設法從它記得的聲音和音節中塑造出一個足以代表自己的名稱，雖然必不可少的威嚴和沉穩壯麗在幫寶嚕（Panperule）這串聲音裡都有了，但它覺得還是缺少點什麼。它靈光一閃，開創了定冠詞——產生微微的內爆——用來表明某個已知事物的獨特和卓越。**辣個幫寶嚕**。聽起來真順耳。亂入的不速之腦也許不知還會有多少，但它們都不可能是辣個幫寶嚕。

自己的身分暫時確立，辣個幫寶嚕感覺好多了，於是再次將注意力轉向在它面前晃動的另一顆大腦，剛剛開心到完全忘了它。那麼，和辣個幫寶嚕相比，這一坨無名玩意兒小不拉嘰又乏味無趣，該拿它怎麼辦？就在第一顆波茲曼大腦優柔寡斷（情緒元素九號），考慮各種做法時，不知不覺中，巨大的磚砌煙囪在頭頂上方組成一顆巨大的工業風海膽。最不費力的做法就是忽視新來的傢伙，繼續走自己的紫羅蘭泡沫之旅，儘管它自己了解這樣子以後可能會有更大的麻煩。如果新大腦接著也進化出感知環境、在環境中移動、對環境採取行動的能力呢？要是新大腦荒謬地推想，這種為自己創造身分的存在樂趣在某種程度上是它自己專屬的，卻沒有意識到辣個幫寶嚕只是為了方便才這樣做呢？這有沒有可能為未來的衝突埋下導火線？

經過一番深思熟慮，顯然有更高招的替代做法。由於新大腦目前沒有觀察到任何東西，海森堡的觀測者效應仍可加以利用。理論上，辣個幫寶嚕能利用這漏洞改變後來者的原始物質，正如先前它對自己所做的那樣，在自己天生具備的條件基礎上取得感官意識和運動能力。最好讓新來的傢伙依照辣個幫寶嚕的指導，認識這個爆發中的宇宙，而不是放任它自己形成充滿敵意的世界觀，如果能讓新大腦從一開始就感到虧欠（第三十號情緒元素），而不是第八十七號情緒，仇恨，或四十二號，怨懟，那就更好了。這顆資深大腦有了個念頭，它決定一開始只讓新人擁有那垂軟如髮辮的感覺器官，椎骨尾巴的部分先緩緩，免得這傢伙有機會溜走，直到辣個幫寶嚕覺得它已經好好吸收入門知識了再說。

這麼決定之後，辣個幫寶嚕將注意力集中在菜鳥實體周圍、形體未定的模糊雲氣上，那團閃爍的量子還沒決定要化為什麼。它這種專注的觀察立即使機率波幅開始瓦解為現實的薄霧，進化較多的這顆大腦興致盎然，看著模糊的虛構霧團，簡化凝縮出一種特定的形態。以現代人的角度來看，這個過程非常像阿斯匹靈溶解在一杯水中的慢鏡頭，只不過是倒轉播放。粉狀懸浮體中的疊加粒子聚集起泡沫物質，流向年輕大腦正上方的一個點。在前額那裡，可以看見一個帶有下陷內凹的尖頂以輕微的點狀輪廓呈現，接著在變為固體與形成表面的同時，逐漸顯露出顏色。它可能比辣個幫寶嚕自己負責聽覺和視覺的隆起肉丘要小一些，目前這樣子似乎最自然、也最合適。剛剛才腫起形成的知覺肉瘤還是裸露的半成品，沒有添上毛囊就無實際用處，其蛇皮般的外表有明豔的藍色／粉紅色光澤，輪流晃閃，後來有顫抖細絲構成的斑點擴散開來遮掩住光澤，彷彿狂歡開趴的神經息肉，內外表面都被纖細敏感的仿麂皮布面包裹。就像其餘部分，這毛髮一根根各自振動的披覆外層，可能讓人看了會覺得沒有辣個幫寶嚕為自己打造的滑順髮型那麼華麗，但在那個人煙稀罕的瞬間，有誰看到了？

當感官知覺如激流，閃耀發亮而轟然喧囂，沖進第二顆大腦意識黑暗孤寂的靜默中，它每一根毫毛都立起來了，就像驚嚇萬分的貓弓起脊背，寒毛直豎。幾千根勃起的纖細毛髮一根接一根發出尖銳的振顫聲，辣個幫寶嚕被拉長的尖銳高音嚇了一跳，這顯然意味著痛苦（四十三號情緒），沒爸媽的小傢伙初次見識到壯麗的存在領域是這樣反應的：它在尖叫，這很明顯是本能直接的反應。辣個幫寶嚕先前自己獲得知覺時，只感到啞然敬畏（情緒一號），變得驚呆傻愣（情緒二號），新來的傢伙反應這麼激烈，令它不解，它覺得新來的傢伙對現實的第一眼景象並不包含它——一顆無身體連結的大腦，戴著顫抖的蜂巢頭，一條骨頭鏈像螺旋槳在它下面晃來晃去，就像一個可怕的問號，收尾的一筆往下劃——不過就是個主要的前景元素。它只能得出這樣的結論：第二顆幸運產生的波茲曼大腦極度緊張敏感，還好剛才自己決定不為新大腦提供運動或逃生工具，它在內心感到慶幸。

等到這小菜鳥的一時驚惶和激動反應終於告一段落，恐懼的尖叫總算縮減為膽戰噤聲，幫寶嚕開始了它監護管束的指導。它的做法是產生內含圖像和識別聲音的橢圓形訊息膠囊、語音氣泡、玻璃蛋裝話語，以便它的俘虜兼學生學習語言的基本知識，不過這時候，全宇宙僅有一個詞語：當然就是幫寶嚕。像是為了說明自己這麼做有多麼自我中心，第一顆閃爍字球裡是高度美化後的資深大腦肖像，一隻巨大的萬聖節蝌蚪，附帶著一段聲音取樣，是腿骨號角高聲吹奏模擬聲音串幫寶嚕。這個水噹噹意象小燈球重複浮現了一百次左右，足以牢牢嵌入學生的記憶中。隨後，課程轉向許多其他碩大的名詞、不安分的動詞、粉飾裝扮的形容詞、莫名帶著指責意味的代名詞以及屈折變化的標點符號。這些花了相當長的時間。這位被迫聽課的學生剛從虛無中出生，馬上就進階到中等教育語言班，這感覺像是永無止境。

完成洗腦式教育後，現在受過灌輸的第二顆波茲曼大腦使用幫寶嚕語算是挺流暢，接下來是簡短的問答時間。雖然會動的圖像和附帶的隨機聲響組成的語音模式可能無法準確翻譯，但這一瞬飛逝的如詩對話開頭經過轉譯重述，大致如下：

「嚇死寶寶了（九十五號情緒）！這堆一直結合組裝的玩意兒是啥啊？」

「哎呀，我的小徒弟，不過就是存在的實體從一片虛無中噴湧出來罷了。等你活到我這個歲數，這些東西感覺就很尋常，甚至有點老套。」

「對我來說還是很恐怖，現在我恢復理智了，仍然感到畏懼（四十四號）與嫉妒（十三號）。雖然你那名字跳針重複這麼多次，我一定永遠忘不了，但我還是得問：你是誰？你是怎麼來的？」

「辣個幫寶嚕，辣個幫寶嚕，我是辣個幫寶嚕！當這個雷聲隆隆、翻江倒海的宇宙到來，碰巧也出現了不可思議的偽分子（pseudo-molecules），我就是分子們碰撞後的奇妙結果，我是萬物之始，在我之前什麼都沒有。辣個幫寶嚕！」

「我還處在九十五號的受挫情緒中，現在還有些一號敬畏和三號妄想的感覺。從你之前拋過來的言談小泡泡來推斷，冒昧請問，這股萬有生成的洪流，這團結構好到不自然的爆炸迴旋，是你獨力創造的嗎？」

「我若不否認這不是事實是不對的。辣個幫寶嚕！」

「那麼你也是我的創造者嗎？請原諒我這麼懷疑——不過你的外表實看起來不怎麼樣，這點令人有些不安（七十一號情緒）。」

「我已經說得很明白了，若有人說我不是你所假定的全能者、對此加以反駁，幾乎是沒錯。毫無疑問，我就是辣個幫寶嚕，只有毀天滅地的強大形容詞能加諸此身，是我以自己的精美形象創造了你！」

最後這句聲明十分清楚，辣個幫寶嚕在其中第一次使用「你」這個詞來代表嫩嬰大腦。他這麼說的時候，還同時為新鮮的波茲曼有機體做了一個不怎麼討喜的復刻圖像，這小朋友到現在還完全不曉得自己看起來啥樣子。那模樣像是一團皺巴巴的、剛進入青春期的動物內臟，雖然這次的尖叫沒有持續那麼久，但或許更加悲哀和絕望（六十四號）。哀嚎漸弱，終於化為一條連字號串起的珍珠碰撞叮噹聲，可當作是逆打嗝或鼻塞抽噎，這個還在練習當實體的傢伙現在因為自尊心（十一號）嚴重流失而痛苦不堪，雖然剛才腦類的首次對話嘗試既尷尬又不自在，它猶豫一下，又重啟對話。

「看到自己那副模樣真的大受打擊……但我注意到我和你的形象並不完全相同，我的下方少了靈活的延伸肢體，那些應該有助於做出移動、比劃和其他動詞相關的活動。做為所有存在之物的全能創造者，你能否賦予我一根屬於我自己的骨椎搖擺尾？」

「嗯，再說吧。我可是辣個幫寶嚕，對吧？」

「我不斷接收、牢牢印在心底的就是這樣的訊息。請問一下，除了一節節串起的骨頭之外，我還希望能有一個專屬於我的聲音標籤，一個你用來稱呼我時，感覺輕鬆又不拘束的名字？」

辣個幫寶嚕反覆考量這個提議，此時附近的風車巨怪低沉呢喃，像飛機螺旋槳一樣轉動模糊的葉片，在它身後滿布各種奇觀的整片背景中嗡嗡作響。最後，老靈魂雖不情願，還是從豎琴滑奏旋律中選出一個橫切片段，它不知道這單音節聲響與後來地球上的英國男孩名字碰巧相似。

「從今以後，你將以格林之名為人所知。」

「所以我是辣個格林嗎？」

「不對，不對，你只有『格林』而已。」

在這次交談後不久，風車群已被同樣大小且劈啪作響的金箔金盞花取代，辣個幫寶嚕還是妥協了，將格林要求的多節尾骨賞賜給它。那是辣個幫寶嚕費勁硬盯著半物質存在才塑造出來的，只是顏色和原版的稍微不同，也比較細長纖弱。雖然故意製造這種差異不過就是它沒完沒了的虛榮心（十四號）作祟，但這也有其實際考量。辣個幫寶嚕總擔憂，格林會不會獲得行動能力後就趁機一溜煙兒躲起來：新生的身體部位基本上由一段打了許多球結的繩子組成，像是金魚糞便，從格林的軀體後端拖曳而出，辣個幫寶嚕確定，這樣一來，脫逃行動都能在一、兩個身體長度內就被成功捕獲。不過目前看來，這種預防措施顯然沒必要，格林被整個憑空出現成型的東西嚇倒，巴不得緊跟在自稱是時空創造者的藍色／粉紅色傢伙身邊。

即將到來的宇宙第一段人際關係就這樣開始；全宇宙第一則浪漫寓言，全宇宙第一部肥皂劇和全宇宙第一個漫長騙局。辣個幫寶嚕和格林的事蹟將由辣個幫寶嚕和格林喜孜孜地吟唱，歡欣傳頌直到這熙攘忙碌的宇宙最遠之處，儘管大多是辣個幫寶嚕在唱，玻璃球對話框裡講的這一大堆，似乎就是日後小報民謠[49]的前身。有些小故事聽來令人髮指，講述辣個幫寶嚕如何英勇拯救格林（以下按時間先後順序排列），使它免於未開化受教的生活，避開大批瘋狂的八面體蜂擁踩踏和磚蛾群的侵擾，逃離可能是成群圖書館和精品店開打的幫派械鬥、燭臺龍捲風，以及危險的時鐘土石流。

但很明顯的，也並不全是冒險犯難。在超大瓶塞鑽之間的空曠處，它們也曾嬉戲打鬧。有時悠閒漫遊，偶爾風流調情，或者玩一玩你追我跑，都是難忘的快樂時光。此外也有史詩般的對話，或者更準確地說，是被打斷的獨白，這些獨白中有辣個幫寶嚕一顆顆宛如紙鎮的機智警句搖晃閃耀（真的晃動發光，這可不是比喻而已）。還有溫柔相伴的幽靜時分，像是它們都專心望著一顆精巧繁複的紙摺太陽華麗隱沒，曾有那麼一刻，兩顆大腦的骨椎尾梢會欲拒還迎、彷若不小心地相互纏繞。在它們一起度過的這段時間裡，在歡笑打鬧間，格林在辣個幫寶嚕眼中慢慢變得不一樣。這個年輕生物身材矮小，但現在看起來不再矮小卑劣，這樣的體型反而顯得苗條或嬌小可愛。格林蓬蓬前凸的感覺器官現在已經長了一點。有時，辣個幫寶嚕會注意到它多麼撩人。或者辣個幫寶嚕會呆呆注視格林學著加速彎曲蠕動，好彌補自己尾巴較短的行動劣勢。為什麼它之前從沒發現格林圓潤的後顱腦葉輪廓從後面看上去那樣優美迷人？它怎麼就沒注意到這顆年輕大腦的語言障礙其實很可愛？格林擠出影音晶體的

---

49 broadside ballad。大開數廉價紙張、單面印刷的小報是十六到十九世紀間英國、愛爾蘭和北美最常見的印刷刊物之一，除了新聞消息之外，通常印有民謠、韻文，為當時的流行歌詞，類似今日所謂芭樂歌。

方式，那些比起橢圓形更像圓柱形的晶體真討人喜歡。辣個幫寶嚕對這些前所未有的感覺既好奇又驚恐，不知不覺心神盪漾，幾欲墜入慾望（七十八號情緒），甚或是愛情（一百一十一號情緒）之中。

在特大號仕女扇深凹陷處的紫色陰影中，情況勢不可免地來到兩者結合的時刻，這如真似幻的兩腦正在那兒悠哉漂流。辣個幫寶嚕輕柔地將談話導向對感官體驗本身的哲思探討，再逐步轉而討論如何使這種體驗的愉悅程度提升。辣個幫寶嚕沒有直接明講，但強烈暗示，它身為至高無上的存在，將慷慨地邀請格林進入所有造物最神聖的奧祕。格林假裝——在辣個幫寶嚕看來是搔首弄姿——自己不明白這項建議到底是什麼意思，實際上是希望懂得較多的大腦前輩改用瓶裝的短片泡泡說話。這種語言更明確、更直接，甚至更粗野，帶點挑逗。在大扇子僵硬曲折的山脊上方，飄浮著洗衣泡沫般的雲堆長堤，淡紫色的光點灑在摺痕和皺紋上，點滴在舒捲開的蜷曲雲絲上。

「從過往經驗可以知道，像我們這樣有意識、有知覺的存在是宇宙時空中最重要的現象，因此將我們的感知潛能發揮到極致，是一項神聖的職責和存在的義務，這你應該同意吧？喔，格林，你頭頂側面多麼令人銷魂，它煥發出凝膠般的光澤，使我為之瘋狂！你我都知道，我們能看見、聽見，是由於絲狀感應器振動，當這些毛絲彼此互蹭振動，我們能產生泡泡話語和圖形文字。格林，我敢打賭，你的小海馬迴一定很緊。從我們的生物原型構造一看就知道，如果想誘發最終極的知覺體驗，就需要由一個有知覺個體的感覺毛囊貼著另一個的感覺毛囊一起振動。寶貝，我們來幹點瘋狂的事吧，就你和我。至於這種交流的實際做法，最自然的方式似乎是讓年輕的一方顛倒過來，仰頭向上，面對其前輩夥伴，以示尊重。格林，你實在火辣性感，我擔心自己忍不住要用閃亮的影音聲光珠珠澆灌你！此刻，似乎該讓涉世未深的年輕腦子顛倒過來，將自己外凸的感應器官繃緊，然後靠近更經驗老到的成熟伙伴，把自己的器官放入對方頭上感應器官上打開且張弛的凹洞，就我們的構造而言，這樣做較輕鬆恰當。來吧，格林，把你那支聽覺器插進我毛茸茸的眼窩裡。我很認真，不會對你亂來的！辣個幫寶嚕！」

雖然有些疑慮，但就存在的時間長短來看，格林還是相對生嫩。這位自稱開天闢地的創造者這樣提議時，看來稀鬆平常，毫無古怪，實在沒理由質疑它。格林仔細閱讀辣個幫寶嚕的飄浮對話泡泡中仿若立體成像的操作指引後，上升到建議的高度，並依從指示開始將自己倒轉。在這樣做的過程裡，純真的小波茲曼觀察到周圍的宇宙充滿了不斷重複的無止境對稱造型，無論以哪種方式朝上，看起來都差不多。調整到正確的方位後，格林試圖按照辣個幫寶嚕所說的，使它們前額的豎毛感知器繃緊。它接著發現，持續壓縮會使這器官變得更緊實、更細瘦，甚至可能更長一些。它瞄了一下，確認那位理應經驗老到的前輩腦子已在正下方的正確位置，一綹髮辮似的感覺器官也適當地擴張鬆開，格林不無疑懼，卻還是向前挪動，好做到前輩所要求的插入動作，同時一直想著自己只會眼前一黑，接收的感覺會突然減少。關於這一點，格林大錯特錯。

至於辣個幫寶嚕，它的色澤已經變成了櫻桃紅，並且興奮顫抖，快速振動，甚至產生明顯的次音速嗡嗡聲。它那簇如豎髮的感受器張開並放鬆，這宇宙的第一誕生者顫抖著，感應到格林滿布細絲且纖細敏感的棍狀器官接近時，數十萬根敏銳的髮絲在期待中陡然立起。辣個幫寶嚕無法克制自己，向前衝去，兩腦對撞，雙頭互頂，雖然根本沒有頭骨，它頭上那條髮束像下顎脫臼的蟒蛇一樣大大張開著，吞下倒立年輕腦子的髮辮，幾乎連格林額葉上閃閃發光、仿若頭皮的部分都要吸進去，然後——

然後一切就來了，混雜著甲蟲殼和星塵雲的煙花秀；瀰漫著尖叫、咩咩聲和完整的管弦樂，兩腦的神經細絲胡亂放肆，貼著彼此嘶叫噴光，你來我往，彷彿一把尚未完全成型的小提琴能發出火花和人聲，被琴弓使勁摩擦，奏出漸強聲部。縱慾的它們顫抖著，氣喘吁吁，吐出與配樂完全不搭的難懂藝術電影片段，混融各種感官的知覺交互流動，在迷濛神遊的狀態下瘋狂擠壓它們頭上那玩意兒。受到泌出的光亮和樂音滋潤，它們在諸多景物如幻燈片播放的倏忽明滅中興奮不已。這些景物有鑲嵌的金魚格紋、碎解的奶凍，還有一大堆媒體流行語雜亂無章的聲音片段崩坍流洩而下，圖像和聲響的爆發充滿律動感，而且進行節奏越來越快。這項新活動令它們欲罷不能，更加熟練後，兩人大膽做了新嘗試：首先是格林害羞地想知道，如果自己偵測訊號用的龐克頭髮束不只是戳入抽出，再加上旋轉會是什麼感覺。一開始僅一顆大腦翻滾，讓發育中大腦的多毛延伸肢體在辣個幫寶嚕體內單方面旋轉，使它既震驚又舒爽，彷彿粗礪難磨的鉛筆放進裝模作樣的削鉛筆機。這個動作完全打中年長的波茲曼大腦，辣個幫寶嚕此刻有如夢幻乳酪麵包般軟糊糊，它要格林繼續這種美味的順時針旋轉運動，別停下來，自己則開始往反方向旋轉。它們很快發現，轉的速度越快，所產生的強烈感官激流就越令人興奮癲狂。兩人很快地就扯拉住彼此繞圈，像輪轉煙火一樣飛旋，骨質鞭毛被離心力甩出，掀起一圈微氣泡簇組成的粉紅色／藍色輻射光環，圍繞其中的是它們高聲激昂而燦爛耀眼的交合、放浪形骸的滑稽姿態。

新手的好運讓它倆同時達到高潮，進入抽搐的狂喜狀態。此刻，感官資訊輸入之紛雜混亂已壓過了兩者吸收資訊的能力。突然間，它們不知道為何有白色的東西一閃而逝，一聲雙重雷鳴乍響，旋轉的脊椎尖端一下子穿過音障形成的前兆，然後彼此分離，變得疲軟虛弱，像兩顆粗聲喘氣的鑽石。隨之而來的是一段恢復期。等到體面持重的模樣完全回復，辣個幫寶嚕又能充分展現先前那種學問高深的正經氣質，便振動著噴出不少透明球蛋，道出相當長的一段獨白，它用華美詞藻與渲染誇飾描述了與格林的愛慾交流，成為日後愛情十四行詩和情色書寫的起源。

一個黃金時代從此開始，或者至少可說是一個有著更濃郁粉紅、更深邃藍色的時代。它們最近一同解放自我所獲得的親密感深深影響了辣個幫寶嚕對於存在的觀點，它改變了看待自己、以及看待格林的方式（後者同樣重要）。年長智慧生物的領悟是，在找到這年輕學徒、且貼覆其上之前，自己的生命是不完整的。它意識到，快速繁衍、大肆擴張的整個新生世界大可以設計成完美的背景布置，僅供辣個幫寶嚕和格林縱慾纏綿，像不斷爆發新形式的亭臺樓閣，它們傳奇性的幽會和性愛迴旋將在那裡進行，腦與腦的淫蕩互碰，就好像渾然天成的美好宇宙整體還努力提升原本已完美無瑕的狀態。首先為辣個幫寶嚕提供一個苗條的年輕玩伴，然後這毛髮凌亂的年輕腦袋還想出辦法，讓發育更成熟完整的年長腦袋陶醉忘我（七十七號情緒）爽翻天。完美無瑕的世界仍持續在它們周遭增生繁衍，而且因為格林的出現與它帶來的源源不絕樂趣，成為真正的天堂。這種想法在辣個幫寶嚕腦中植入前所未有的感覺，勉強可以被視為類似慾火焚身，或不受控制的性衝動（九十一號情緒）。

總而言之，情況顯然越來越好。這使得辣個幫寶嚕慢慢具體成立的思考基礎更加強化。

一言以蔽之，核心概念是這樣的（雖然現在它無核也無心）：萬物存在——一種完全為了服務辣個幫寶嚕而產製出來的現象——有個內在發展傾向，那就是：由於物理上的必然性，事情會變得更棒、更好，不斷更加完善，不停超越完美，完美升級無止境。辣個幫寶嚕暗自將這原則命名為「恆生熱力學」（Thermo-never-die-namics），即能量就像一場派對。一開始可能嫻靜矜持，但隨著後續進展，會升溫發熱。這種令人滿意的，或者至少是自我滿足的目的論，最終將具有舉足輕重的意義。但就目前而言，它為辣個幫寶嚕膨脹的淫念、染指（大概）未成年腦伴的企圖，提供了正當化的哲學光澤。勃發的慾望似乎沒有極限，畢竟極限還在無限膨脹中。

到此時，一切存有生成大約只過了最初一飛秒的一半，在那個幸福的下午，辣個幫寶嚕和格林無拘無束地遊蕩。汽車天線叢聚的仙境草原在布朗運動的粒子輕柔湧流中搖曳私語，這對愛侶在它們獨占的無限擴張樂園中放浪任性。一有機會，就把它們剛發明的歡愉新運動付諸實踐，在介於拳擊手套和自動點唱機之間的超怪混合結構上方玩起性愛轉輪。它們會滾在一起，渾身沾黏著偶然碰到的影像和工業噪音。在它們黏糊糊的枕畔絮語中，它們親暱地稱這種令人著迷的不雅消遣為「整疊陶瓦砸進回音箱（STACK OF CROCKERY DROPPED IN AN ECHO CHAMBER）」，這個動作的最佳音譯為「匡隆咚」。辣個幫寶嚕在垂直和水平方向上，從各種不同的角度、不同的性愛體位不間斷地匡隆咚格林。有時心血來潮，辣個幫寶嚕會跑到上面的位置，換它負責所有塞擠和插入的動作。在這樣具有超越性的發情交尾中，它們的數據傳輸性交搖得脹大中的機場嘎嘎作響，還玷汙了天堂不斷下降的火災逃生通道。在無人監看的情況下，它們肆無忌憚，因為自己的自由自在得意至極。儘管格林沒有那麼明顯，辣個幫寶嚕則幾乎一直保持興致高昂，在這彷彿只為它倆而設、無可救藥淫蕩宇宙中亢奮不已。

大約就在那時候，它們偶然遇見了其他大腦，整整一百二十五顆。

這些腦子沒有像假髮的附屬肢體，又瞎又啞，它們以五乘五乘五的立方體陣列飄浮，像魚群，像空軍中隊；像小型船隊；像新鮮的鯖魚一樣閃閃發光。它們誰也不知道其他腦也在身旁，就懸在它們整齊有序的行列中，像通勤者一樣無視彼此。它們位於巨大戰鬥陀螺儀之間的空白區域，沒有尾巴，因此一動不動。然而，辣個幫寶嚕和格林當時還持續沉溺在一次深沉愛撫中，接近彼此的角度是傾斜的，因此這對愛侶仍髮束糾纏，歡愉尖叫，直到浮在新形成的飄流大腦方陣上面，才真的發現它們。一陣驚愕的沉默持續了好長一段時間，辣個幫寶嚕這才想起自己應該早就已經創造了一切。辣個幫寶嚕可不想在格林的感覺毛囊中被貶低降級，於是使出不怎麼有說服力的一招來自保，「看，格林，在我們的週年紀念日，我為你送上絕佳驚喜！辣個幫寶嚕！」當然，是什麼的週年紀念日還真說不準。

從這時候開始，辣個幫寶嚕就瘋狂地即興發揮，不過仍小心翼翼維持自己彷彿無所不知的沉靜氣質。當格林詢問這些大腦有什麼作用，這位前輩生物吞吞吐吐解釋道，這些新生物可當成年輕學生格林的同儕，是與格林同齡的朋友之類的東西。後來辣個幫寶嚕又臨時起意，宣布自己會大發慈悲，允許格林對這些新同伴進行修改，可賦予它們有知覺功能的頭上附肢，這也是為了讓它們能學習幫寶嚕語的入門基礎。它向格林暗示，格林接受的這項工作雖然耗時，但也表示自己的地位提升，因為這小傢伙只要用力觀察，就能擁有超凡的力量，將種種事物化為現實。它絕口不提的是，格林原本早就擁有這種能力。

幸運的是，由於辣個幫寶嚕在唬弄誘導這方面下足了工夫，格林最主要的性格特質就是天真。從愛人和直屬上司那兒囫圇吞棗地學了些物質具象化的應用知識後，格林開始勤奮工作，對著徬徨徘徊的菜鳥隊伍，格林使髮束般的感知器官在它們身上想像成型。它按照辣個幫寶嚕的指示，一開始只為這些遲鈍無感的新兵提供光溜溜的突起物。此時，那表面還沒有毛絨絨的知覺纖毛裝飾。這麼一來，可以讓這一百二十五顆腦同時收到毯狀的顫抖觸角，一下子就能熬過所有新手受驚的嚎叫。

格林進行到這步驟時，得到震耳欲聾的音效——這是可以想見的。比較出乎意料的是，那一陣集體歇斯底里的聲音也詭異地動了起來。辣個幫寶嚕浮在群集的尖叫大腦前，彷彿一個穿金戴銀的暴君，俯瞰遊行隊伍，卻發現自己受到那些集體恐懼的驚惶叫聲攪動；真是驚人的創傷症候群大合唱。雖然靠著哄騙格林所營造出的兩腦浪漫天地遭到打擾，辣個幫寶嚕最初頗為惱火，但辣個幫寶嚕了解到，有這麼多小格林成為自己的子民——或者說廣大粉絲群，隨你怎麼想——可能會給它帶來相當大的好處。對於看似已屬優良的環境條件，這是重大改進，而且這與恆生熱力學理論和辣個幫寶嚕那套關於一切會不斷變得更好的個人哲學非常吻合。當一百二十幾個處於可怕痛苦中的新生心靈終於漸漸平息，從慌張混亂的狀態轉為斷斷續續的抽咽啜泣，時空中第一個志得意滿、自以為高人一等的傢伙詭異地向前滑行、登場現身。按照慣例，首先它重複一千次透明泡泡式的圖文字符和念起來好似辣個幫寶嚕的獵號聲。相比之下，新語彙中的第二個詞「格林」重複表示了幾乎不到十次。

　　這回的授課時間比它對格林洗腦的時間長得多，期間還獲得不少新體驗，並因此創造了新的泡泡詞彙。上課時間拉長的另一個原因，是辣個幫寶嚕決定在語言課程結束後加入額外的材料，幾乎可說是額外的額外材料。首先，這些跑不掉的聽眾不得不聽一次朗誦表演。朗誦的篇章落落長，名為〈辣個幫寶嚕與格林的羅曼史詩篇〉。接下來的可稱為花絮。其中閃閃發光的橢圓球體言語敘述了格林做錯事或犯傻差點弄傷自己的滑稽時刻。最後一個，也是最有爭議的影像，是對「匡隆咚」一詞的解釋。或許還可能過於生動，水晶球裡的影音重現辣個幫寶嚕及它那位相對年輕的腦友之間第一次發生關係，相互口交的體位嘗試則以單引號或逗號標示。辣個幫寶嚕對媒體威力的了解有如先知，這段性愛影片的試播得到全宇宙所有生物關注。老實說，哪兒都去不了的這些觀眾根本不知道自己在看什麼。那像是一部在托兒所播放的色情影片，一部粉粉藍藍的黃色電影，只引發了混亂（二十七號情緒）、噁心（十二號情緒）和恐懼（十九號情緒）。

接下來的問答時間場面熱絡，尤其是格林做為主持人表現出色。關於存在的種種大哉問——存在之物是如何形成；現身存在是有目的的嗎？為什麼會出現有知覺的生命；那邊那個在死蛇和英倫阿飛之間的是什麼東西？這些都在意見交流初期就獲得解答。它們得到的唯一答案就是一再重複的「辣個幫寶嚕」。這甚至不像是一神信仰，因為這個詞意味著還有某種想像得到的其他信仰。這群腦子學童幾乎像格林一樣，欣然接受自己屈居人下的角色，在不認識任何其它東西、無從比較的情況下，認為這種先天體制一定是萬物存在本來的樣貌。辣個幫寶嚕至高無上的地位就此確立，眾腦的議論紛紛轉變成吵著要尾巴，以及請求對「匡隆咚」加以補充說明。這樣請求的腦子還真不少。

後面這件事先辦完，當工作條件和一些基本的行為準則都建立起來後，格林開始分配能甩動的尾椎。即使一次能讓五條尾巴同時出現，一次賦予一列腦子尾巴還是相當花時間，這過程很容易讓人聯想到福特汽車的裝配線，因此也聯想到法西斯極權政體。尾骨一配備好，格林鼓勵每五個一列的新皈依者到不遠處集合，仍然保持垂直縱隊，以這種方式重建這群腦子剛出現時的立方體隊形，剛才是為了接受格林的服務才暫時解編。那令人印象深刻的隊形完全打中了辣個幫寶嚕，有幾分儀隊遊行的味道——儘管是三維立體呈現，而且隊伍中的波茲曼大腦不會行進，只會蠕動。當格林完成了必要工作，並讓整個隊伍動起來，辣個幫寶嚕對自己的管理風格馬上出現新靈感，可能正是源自這種軍武氣勢，或者至少可說是這種氣勢產生的前兆。

儘管辣個幫寶嚕堅持隊伍行進要井然有序，甚至肅穆莊嚴，這些剛剛長大一些的嫩腦袋正迫不及待想試試它們配備的新鞭毛，會這樣興奮地喋喋不休也不難理解。為了展現辣個幫寶嚕想要的威武軍容，一百二十七名無頭殼的怪胎在無窮擴大的生存領域上展開漫長的巡演出。這群有知覺的漢堡一隻隻在不停變形幻化的牧場上蠕動，同時保持好自己在立方體陣容中的相對位置，辣個幫寶嚕浮在隊伍的前頭上方，緊隨其後的是它尊貴的眷屬：格林已被要求兼任鼓號樂隊領頭和管弦樂團指揮，它搖擺著骨頭尾巴、打著節拍，帶領箱子陣形的大腦艦隊配合〈辣個幫寶嚕與格林的羅曼史詩篇〉前進。這是經過和弦混音後的磅礡雄壯版。

由此產生的聲音（一股海洋湧浪般的哀號）稱得上是李格第[50]後期大合奏作品的先驅，儘管更有世界末日的氣氛。就像在巨大絕望（六十四號情緒）海嘯前的不尋常退潮一樣。當這群可怕的合唱團繼續遊行，時空中有瀑布般傾瀉而下的熨衣板和咕咕鐘，那和聲就在其中響起。自然而然地，從這樣一大群聲響來源所排出的言語方塊很快就累積到數十萬之多，隨後又達到了數百萬，像船艦尾流餘波造成的汙漬渲染開來，長長一灘用過即丟的卡拉ＯＫ俗麗飾品，而這可怕的艦隊出航還沒完。完全可以想見，這段時間裡辣個幫寶嚕感到飄飄然，享受極了，如果任由它自顧自的玩下去，這場鬧烘烘的浮誇慶典將會持續到天荒地老。格林感受較敏銳，它察覺隊伍中的不滿情緒，最終建議大家最好盡快停下來，最好選擇停留的地方是感覺有點意義的目的地，這樣或許還能證明這麼折騰又惱人的一趟路不是白走。

辣個幫寶嚕的額葉皺起來，如眉頭深鎖，花了一點時間才接受這個好主意，願意設定抵達目標，但它也明白目前還不是承認這一點的最佳時機。這樣子坦白懺悔，肯定會破壞自己無所不知的完美形象，要維持自己立於這啞劇軍團之上的獨裁權威，憑藉的就是這股神聖氣

---

50 Gyorgy Ligeti（1923-2006），匈牙利作曲家，以管弦樂作品《氣氛》（*Atmosphères*）發展了音塊作曲手法，確立他做為歐洲先鋒派音樂重要作曲家的地位。

息。它肆無忌憚，即興發揮，偷偷向副手表示，一切就是這麼巧，當時正在接近的不起眼地形確實是它們旅程的終點。此時格林用微型語言泡泡傳來祕密耳語，它表示前方區域似乎不過是一片飄浮的獨眼甜甜圈荒野。辣個幫寶嚕當下又亂編，宣稱這個看似沉悶的區域實際上精準位於萬物存有界的正中心，而它心裡很清楚，這幾乎無從證明對錯。這麼說並沒有立即被格林嘲笑，於是辣個幫寶嚕進一步解釋，這地方雖不起眼，但具有歷史意義，將會是成立全新學習機構的絕佳地點。這個概念剛剛才從這位年長生物的光禿禿腦袋冒出來。辣個幫寶嚕將這想法傳給——或說是飄給格林，而且強烈暗示，如果沒有著名的大學，它們所在的這個連續體就稱不上是一個合適的宇宙。

格林馬上就產生了濃厚的興趣。她讓行進中的腦子完全停下來，不過仍相當識時務，讓它們將已經唱一半的詩篇唱完。令人驚訝的是，先前不滿情緒引發的咕噥抱怨並沒有和遊行一同結束，這表示真正的原因是令人不安的背景氛圍。當辣個幫寶嚕注意到這情況，它宣稱這些低沉聲響很可能是它最初創造萬物後引起的餘震。格林則回應，隆隆聲並沒有像預期的那樣逐漸消退，真要說有變化，反而正隱隱然益發強烈。辣個幫寶嚕發出一顆語音橢圓球，兩頭尖凸暗示著對年輕大腦的語氣越來越惱怒。它反駁說，根據公認權威的恆生熱力學理論，一切只會變得更好，甚至更大，一直持續這樣，餘波盪漾也不例外。它脾氣相當火爆，接著說，格林對基礎科學的無知顯而易見，正好證明教育機構有其必要，例如辣個幫寶嚕剛才提出的學術卓越推廣中心。這麼說的意思顯然是，格林和新來的奴工趕快建立它們所需的校園，就能盡早避免自己再問些蠢問題。

這種霸道的態度讓格林不太高興，這麼說還算委婉。但這傢伙據說是宇宙時空的創造者，所以格林不願冒險與它發生衝突。因此，就出現了被動式攻擊：格林自動自發要擔任這個工會的代表，但主張在著手建造辣個幫寶嚕留下的這項工程之前，這批新大腦軍團的成員應該要有個別名字。宇宙非民選統治者感覺到受冒犯，噴出一顆忿忿不平的抗議，格林又以附加條件反嗆，例如要制定條款、保障這些新生無產階級的休息和娛樂時間。它還暗示在這些問題得到解決之前，什麼樣的匡隆咚都不會再有。

經過激烈的意見交流之後，辣個幫寶嚕向被強制徵召、仍排列成立方體隊形的懸浮小腦袋隆重宣布，它們即將為傳說中的一等學府辣個幫寶嚕學院效勞，只要賣力工作，就能獲得名字和假期做為獎勵。

命名儀式輕鬆快速有效率，在格林看來幾乎是敷衍了事。一百二十五個名字音節都一個樣，只是從更長的聲音串擷取片段，而且開頭音素全相同，都是「格」（gl-）。所以就有了格列克（Glack）、格洛哥（Glod）、格林普（Glimp）和格勒特（Glert），還有許多名字與後來的英語單字碰巧同音，如格魯烏（Glue）、格羅烏（Glow）、格洛芙（Glove）、格來德（Glide）、格露特（Gloat）、格魯姆（Glum）和至少三個格累斯（Glares）。儘管它們的拼寫方式不同，格林懷疑辣個幫寶嚕是將「格」開頭的名字（正如格林自己的名字）與可憐的自卑感聯繫在一起。話雖如此，這些剛被命名的下層階級似乎很樂意被賦予身分，哪怕這麼低階。有了名字，它們終於有了自我，從此也能自我膨脹、自我辯解、自欺或自戀。一個名字，幾乎等於一種特質，是一件值得驕傲的事，是一種人們認為優於其他名稱的東西，進而使各種滿足自我的偏見能夠出現。舉個例子，稍後，當腦子從立方體陣形中解散，格林就會注意到，名字母音相同的腦子們會聚集在一起。在與格麗特（Glytte）、格立葛（Glig）和格林普交談時，格林還觀察到，名字中包含「碌」（oo）的那些大腦，如格碌特（Gloot）和它的伙伴，通常懶惰又貪婪，不值得信任。這單純是它個人的美學評斷，也是當時唯一容易發生的種族偏見。不過還是要為格林說句公道話，那時代與現在相當不一樣。

分配的名字多到氾濫，其中有個名字就叫格濫多（Glut），然後辣個幫寶嚕又一次沒啥意義地裝出慷慨好心的樣子，授予群聚的波茲曼腦粉團利用觀察者效應使物質具現化的能力（其實它們早在不知不覺中擁有了這種能力）。然後這些腦子獲准稍息，不必維持立方體隊形，便能趁機好好聯誼聊天。因為此時辣個幫寶嚕和格林正在構想方才提議的通識大學。不過坦白說，主要都是格林在想。新手在放風時間狂歡，而更高級別的傢伙正在討論事情。入門級實體們到處晃動，熱切地互吐玻璃球語尬聊，其實它們都還沒什麼經歷好聊。這些首次出現的交談內容單調，主要話題種類並不多，按談話中所占比例，由高至低排列是：爭論隆隆聲的來源，以及為什麼它越來越響；仔細研究大家感覺到的格林有多性感火辣；還有一個普遍的共識，那就是名字母音和自己不同的大腦全都又胖又醜。這些宇宙最初的談話通常都會發展成對匡隆咚的討論，大家很快就發現，對於做法的討論幾乎不可避免地導向對做法的實踐。很快地，拉長迴盪的陶瓦破裂協奏曲在整個時空場域每一處響起，猝不及防。

性慾撩動後的大腦自我鞭甩，群情沸騰，這種縱慾狂歡的聲音，在初次碰見的人耳中無論聽起來是奇特古怪或魅惑撩人，對辣個幫寶嚕和格林而言，只是徒增困擾且令人毛骨悚然。當它們試圖專注於建築的想法（或者至少當格林專注的時候），周圍到處都是頂著髮髻的傢伙交配時戳插的吧唧吧唧聲。從數學上講，大量的處女菜鳥使情慾交流的各種排列組合變化大增，變態行徑的尺度也更大。多角戀的組合似乎特別受歡迎，這些意識囊包中有許多氣質偏鄉村搖滾風格的正在糾眾玩三P，不受束縛的慾望推動可怕的曼島三曲枝旋轉，還有一些四腦組合，儘管它們構成的圖形很不巧還真像是正在自慰的卍字符號。包羅萬象的放蕩舉止看起來十分可怕，數不清的髮束栓塞在看不見的浴缸塞孔上盤旋，發出的聲音彷彿噁爛大炸屎，對建設計畫一點幫助也沒有。

辣個幫寶嚕最初為這個研議中的學習基地造出的視覺呈現很不切實際，效果非常令人失望，甚至辣個幫寶嚕自己也這麼認為：這一區有些巨大的浮動甜甜圈，像成堆的輪胎或油桶一樣壘壘積疊起來，讓這原本就荒涼不毛的地段更添城市角落的垃圾場氣息。格林委婉地提議要對前輩的原始設計進行一些小改進，辣個幫寶嚕也樂得坐下來觀看周圍那些無拘無束的腦對腦活動。在起伏的初始生物形體之間，有話語液滴到處噴射的拋物線，像定時噴泉一樣。儘管大多數會湊在一起的名字發音都相近，它們的母音相同，但很快就出現一種異音質次文化，這種次文化圈子發現，名字裡有嗚（oo）或咿（ee）或啊（aa）的傢伙一起做，可以產生一種顫慄感。於是和它們混在一起立即變得流行起來，儘管大家還是普遍認為，與任何叫格濫普、格濫牡、格濫鴿、格濫夫、格濫多、格濫得或類似名字的腦子進行�隆咚，無異於獸交——但這不代表沒有腦子這麼做。

望著粉紅色和藍色閃爍形象中的淫浪聲影，辣個幫寶嚕發現自己慾火焚身，無法自拔。辣個幫寶嚕感覺到格林目前一心一意專注計畫，此時求歡會令它不悅，因此辣個幫寶嚕嘗試另一種做法。辣個幫寶嚕很快就發現，如果將它長著鮮豔毛絲的長鼻微凹尖端從外向內翻轉，使錐形感覺器官捲曲進入自己的空腔，它其實能好好地�隆咚自己。當然，在沒有伴侶感官輸入的情況下，這個動作似乎有些單調乏味，但有總比完全沒有好。至少，辣個幫寶嚕是這麼覺得。儘管大腦群不斷放浪形骸，格林則正試著設計宇宙第一所學校，對於辣個幫寶嚕發明的自慰，它有不同的看法。一方面，辣個幫寶嚕的所作所為，它在一旁看來沒啥吸引力，就像一隻長毛乳齒象無緣無故把自己多毛的象鼻吸進去。格林旋轉自己的感知纖毛，翻露出厭世白眼，在懸浮的各種圖像橢圓球之間重新開始工作。

轟隆隆的聲音還持續著，不過此時大家已經習慣。

最終，初創宇宙中，除了格林之外的每個傢伙都已虛脫，帶著略顯骯髒且完全筋疲力盡的餘韻，在一萬億個玫瑰紅、矢車菊藍泡泡以及使用過的對話氣球之間軟綿綿地飄蕩。就在此時，城市規劃完成了。格林等待一百二十幾個放蕩者與它們的自瀆自嗨大元帥從那丟臉難看的疲軟萎靡狀態中醒來，為了引起性交後的腦群注意，它禮貌性發出貓眼大理石般的咳嗽泡泡，然後解釋新設學校的技術規格。

外部結構將由三個巨大的飄浮甜甜圈構成。其中兩個（垂直方向）將融合在一起，彼此十字相交，第三個圈，水平方向，像腰帶一樣環繞箍住它們。骨架呈球形，可大肆利用觀察者效應具象化，這個基本輪廓將交由新生的蠕動小腦袋來裝飾。最重要的是，球體的中空內部將安置一個由六個環形劇場組成的立方體，全部朝內並相互面對，創造出一個不分上下的球狀演講空間。頂部和底部將有隧道入口，在水平環的東西南北方位基準點處也有四個入口，就在水平環與那對直立的圓圈相交之處。總而言之，無論就美感還是實用性來看，這都是一個大膽且非常具現代性的表現，莊嚴氣氛十分濃厚。

辣個幫寶嚕將這設計傑作稱為「黏黏甜甜圈」，還暗示這完全是它自己的構想。接著它提出一些微調建議，包括將原先提出的球體稍微壓扁，再加上觀察者效應雕塑出的尾巴，以及富感官功能的捲曲口鼻器官，這樣一來整座學校建築實際上就會成為巨大的辣個幫寶嚕雕像。除了辣個幫寶嚕之外，這個想法沒人喜歡，但一切還是老樣子，這還是會做成粉紅色和藍色的亮彩版本，而且立即付諸實行。

六顆大腦一夥，組成二十個工作團隊，埋首苦幹來製造這座壯觀的建物，一刻也不放鬆地將它注視出來，從主要母音分類的五大群體中各挑一個出來當工頭，由格林和五名受任命的工頭監督。這花了相當長的時間。就像任何建築工地一樣，工作過程果然是又吵又亂。工作小隊賣力撲、用力瞪，每個中隊都有半打強壯有力、肌肉發達的波茲曼小鮮肉，努力工作，像揮汗一樣揮灑聲音球珠，響徹滾滾漫起的量子雲塵，在溼黏的頭頂葉瓣上凝固成紫紅色硬皮。從移除一個未使用的自由飄浮環形裝置開始，一個醜陋的法老王巡查變形的人面獅身工程進度，辣個幫寶嚕檢視這個彷彿預告了蘇俄構成主義宏偉建築的眾腦勞動場景，它一邊巡視，還一邊對自己匡隆咚，爽快到幾乎要暈了過去。

施工的喧囂一度淹沒了辣個幫寶嚕自我陶醉的喘息玻璃球，甚至掩蓋了逐漸增強的背景隆隆聲。與此同時，其他地方的時空照常進行：依舊越脹越大；時空寰宇滴滴答答才長了一丁點歲數；吐出它沒道理、無休止的奇景神蹟和組合排列。超巨大豎琴、三葉蟲、冷卻塔和鐵錨花束是這持續噴發出來的形體中少數有辦法描述稱呼的一部分，至少從現代角度來看是這樣。不用說，所有這些自發產生的形狀既有趣又宏偉，絕對勝過當時工作腦子正在豎立的那個惹人厭雕像。這玩意兒就像擺在大師傑作旁一起展出的鑵裝雜耍秀。

終於，辣個幫寶嚕學院的建造完成，只有辣個幫寶嚕自己對此感到滿意。這令人厭惡的雕塑偶像尺寸之大，讓這個同名的獨裁者，或者說神，感到高興極了，以至於沒注意到雕像的觸角尖端是向內旋入、正在自慰。這小小神來一筆的描繪——辣個幫寶嚕永遠在所謂的宇宙中心手淫——是怨氣越來越深的格林設計的，執行者則是和副指揮官名字發音類似的小夥伴：格麗特、格立葛、格林普和格洛克，最後這個小夥伴名字的母音和前幾個完全不同，但它認為自己是同類。最初始大學的第一個學期開始，支持格林的小團體強忍著大笑的衝動，看著腦子學生肅穆列隊進入多方位的大講堂，行經它們的造物主雕像，那公然打手槍的形象永遠定型。

這個史前學術時代雖然延續著，但很大程度上都是同質一致，有包羅萬象的野心，但是有夠單調無聊。這是因為幫寶嚕學院只有一名講師，只教授一門學科，那就是恆生熱力學。更糟糕的是，這唯一的講師對於這個自創的理論似乎沒有充分思考過，淨是提供一些自以為是的小道消息當作論據。其中最主要的是一個經常重複的概念，即隆隆聲——現在吵到讓許多講座都要聽不清楚了——只是不停自我完善的宇宙中自然而然的餘震。最常見的情況是，辣個幫寶嚕會一遍又一遍、散漫無序地講解相同的想法，然後一如往常是問答時間，接著就要求休息。在這些下課時段，進行社交活動以及——難以避免的——大量匡隆咚是被允許的。在那個無分晝夜、充斥微藍與粉紅色調的時空連續體中，這些休息時段是重要的分界點，就像黎明或黃昏。這些也是使求學生活稍稍能讓人忍受的唯一因素，這一切都能防止更多聚集在一起的學生變得更焦躁不安和政治激進。不過早有學生如此。

格林不禁注意到，頻繁的課間休息提供了充足的機會，讓該校唯一講師混在學生群中打情罵俏。它們這位校長獻殷勤示好的樣子令人起雞皮疙瘩，卻有許多學生似乎對此感到受寵若驚。經常會有十幾個腦袋瓜搶著吸引辣個幫寶嚕的注意力，它們總是飄浮在離講臺最近的空間，感官觸角的樣式變得越來越浮誇離譜，還在問答時間公開調情。它們假裝自己很懂恆生熱力學，還一副感興趣的樣子，讓格林覺得噁心，每次辣個幫寶嚕試圖拋出橢圓球講笑話，這些傢伙都討好地吱吱笑。辣個幫寶嚕知道的笑話顯然就那麼一個，據說那是格林幹過的一件蠢事，無論是真發生過還是瞎掰虛構的。事實上，許多變形版的「格林笑話」已經廣為流傳，甚於許多學生的玻璃泡泡論文都以此為主題，它們各式各樣荒謬乖張的聲音，在幫寶嚕學院紛亂的擴音系統中迴響。

在下課休息期間，辣個幫寶嚕會進行一對一輔導，選擇對象只要是任何一個纖毛擺動樣子最誘人的腦殘傻瓜就可以。這些情節總是發生在校外，通常是在遺留下來的懸浮甜甜圈附近。有一次，格林建議積極想討好老師的格洛克尾隨老師和那學生，去確認這些課外出遊的教學品質。不出所料，當這個抱團跟屁蟲向它所謂的母音同胞——每次格洛克這麼稱呼，都讓格林、格麗特、格立葛、格林普等一行夥伴尷尬打顫，抖得還挺明顯——報告時，它猥褻地吐出一顆橢圓球長鏡頭影像，內容是辣個幫寶嚕與格漓漓（Glee）玩得哈哈咯咯又淋淋漓漓的情色畫面：在盤旋距離最近的環面體團塊的所謂陰暗處，那老師和學生連結成了「雙腦獸」[51]。在無限重播的格洛克狗仔偷拍片中，辣個幫寶嚕和格漓漓的脊椎尾巴纏繞在一起，

51 原文為 the beast with two brains，轉化自莎士比亞《奧賽羅》（*Othello*）：the beast with two backs，字面義為「有兩張背部的野獸」，實為委婉暗指正在從事性交的兩人。

就像上面有兩條蛇交纏的醫神手杖淫穢版；它們那兩根毛茸茸的頭飾放縱地狂擠彼此。格林的海馬迴變硬，它冷冷注視著這可憐又可鄙的偷情幽會，難看的老頭腦在吱吱作響的嫩腦子面前醜態百出。格林連個清晰的詞泡泡都吐不出來，但它所有的同伴，甚至格洛克，都察覺這位二號領導既憤恨又難堪（四十二號和五十號）。格林簡直怒不可遏。

這故事發生的長度與時間的歷史一樣古老，也就是說還不到一飛秒。

終究要來的衝突發生在夏季學期之初，儘管依照恆生熱力學理論，其實全都是夏季學期。到了這時候，轟隆隆的聲音已經大到辣個幫寶嚕的發言球必須像玻璃飛艇那麼大，才能在雷鳴般的迴響中被聽到。幫寶嚕學院的入口隧道已經拓寬，以便擔任波茲曼看門腦的學生將這些用過的對話球掃到外面的一片虛無中，但全方位多平臺講堂的角落仍然積聚大量饒舌廢話，在那兒一閃一閃，叮叮噹噹，乏人問津。

辣個幫寶嚕剛剛才東拉西扯地講了一大段，它表示根據恆生熱力學理論，經典的格林笑話一再重述只會越來越有趣，然後又用它那根毛茸茸的感知器官挑逗地指向前排咯咯笑的學生，示意接下來是問答時間。就在此時，格林和一組經過它尾巴欽點、名字發音相近的親信團隊進入講堂，大步搖擺來到講師和聽眾之間，將櫻桃紅泡沫灑得到處都是。那一陣沉默令人頓時緊張憂心，當辣個幫寶嚕將其錐狀感受器收縮成困惑的瞇眼表情時，格林主動提出一個經過深思熟慮的問題。

「這個不斷提升的宇宙，到底對誰來說可以算是越來越好？」

格林這麼一問，嚇了辣個幫寶嚕一大跳，它咆哮了一長串花花綠綠的飄浮玩意兒，大意是：從它自己的角度來看，時空不斷變得更好，而且這肯定對每個人和每件事都同樣如此。當辣個幫寶嚕意識到這論點可能讓人覺得站不住腳，它又將越來越響亮的隆隆聲拿來當成支持自己的證據，最後秀了一手狡黠的修辭問句，反問格林自己是否有更令人信服的理論。格漓漓、格蘭姆、格路普和所有其他諂媚老師的小寵物早就因為老師的經典損人招式再現而吱吱笑，大家都認為這種計畫不周的鬧場將格林笑話的搞笑程度提升到一個新水平，此時，老師的這位腦搭檔上下點了點它的絨毛尖錐，表示肯定。

「是的，我想我有。在我看來，這種存在絕不是在持續改善中，而是變得更糟，且情況已經很嚴重。我也可以舉這越來越大的隆隆聲做為佐證，它使我們的話語很難聽見，變得毫無意義，迫使我們得用力咳出像齊柏林飛船一樣大的半透明話語。就任何意義來說，這怎麼算是改善我們的處境？」

聽到這種異端邪說，辣個幫寶嚕整個懵了，它簡直難以置信，感知器官上的孔洞因而鬆弛張開，它大喝一聲「你說什麼？」而這使格林的發言意外地更添份量。

格林用現在已經帶有強烈諷刺意味的視聽泡泡，以居高臨下的姿態重述剛才的開場白，對於辣個幫寶嚕用來粉飾永恆轟隆聲不斷惡化的一貫說詞，再度提出質疑，繼續使情勢變得更糟。

「我明白告訴你，這些聲音不是興高采烈的創世餘震，反而更有可能是某種尚未來臨的災難前奏。」

辣個幫寶嚕劈哩啪啦噴出不連貫的圖像珠珠，它不停嚷嚷這種荒謬的想法與恆生熱力學的既定原則相矛盾，而格林只是點點頭。

「我認為，恆生熱力學早該被取代，由我自己設計的理論更切合實際。我的主張是，我們的時空連續體不太可能是井然有序的，而且實際上正在退化，具有自我意識的生物出現使這種退化更加劇烈：顯然，讓一群大腦掌管時空會帶來悲慘後果。」

學生試圖理解格林激進的新思路，它們都難以置信，且竊竊私語，短暫的嘈雜一度與無所不在的隆隆聲相抗衡。辣個幫寶嚕焦急地留意到格漓漓、格蘭姆、格路普、格羅烏和格里姆——它的粉絲團兼後宮都以黏答答絨毛緊盯著格林，它們用自己脊椎尾巴的尖端逗弄著毛髮濃密的前額飾條，十足風騷樣。從辣個幫寶嚕的角度來看，一切都走樣了。這位自詡創造了時空的宇宙之王有些慌張，猶豫著該如何鎮壓這場叛亂才好，格林則冷靜地持續它煽動力十足的獨白。

「我的理論主張是，我們所處的宇宙能出現已算是奇蹟，今後將轉變為持續崩壞的狀態，當前這些隆隆聲可能預告即將發生的任何災難，崩壞就由此開始。這種緩慢的解體終將結束。那時，我們這個時空連續體裡的複雜事物被悉數剝除，生命、形式和能量都會消失；構成這連續體的諸多形象皆完全擺脫掉。這種失熱狀態勢不可免、無從迴避，我將它命名為**闇趨疲**（Untropy）。

「除此之外，我還能預測，無論宇宙進入怎樣的時代，闇趨疲的跡象都會一樣常見，我的猜想將成為普遍事實，關於這點我充滿信心。的確，接下來的時代將與闇趨疲形影不離，所有的存在都會陷入寒冷又黑暗的無序狀態，至於目前這樣的世界為何還存在，我們如果硬要推斷，只能假設宇宙始於一個幾乎無限複雜的高能狀態，這樣才合乎邏輯，畢竟它的最終結局會完全相反，寒冷、黑暗，完全混亂：深埋在闇趨疲之中。唯一的優點大概是，這讓辣個幫寶嚕再也不能躲到廢棄甜甜圈那兒和那些容易上的婊子搖擺磨蹭，除此之外，恐怕我真的看不出冰冷虛無能算是品質提升。」

儘管現在那震耳欲聾、吵到快讓感知器官裂開的隆隆聲淹沒了此起彼落的奇怪詞句，但每顆腦子都抓住了這段發言的要點。一些比較容易激動緊張的大腦暈了過去，昏迷不醒，感知錐條下垂，在其他目瞪口呆的夥伴之間載浮載沉。格漓漓和格路普以下半截身體彼此拍打來鼓掌叫好。可能正是最後這舉動使辣個幫寶嚕受辱崩潰，讓它接下來的反應造成憾事。

辣個幫寶嚕用一個彷彿雙層興登堡飛船那麼大的話語氣球大叫：「格林！辣個幫寶嚕！真是夠了！辣個幫寶嚕！」同時以一種首度出現的蠍子尾模樣，將它的骨質尾巴舉到顫抖的髮束上方。它還沒來得及完全明白自己在做什麼，這位被激怒的長輩就用骨節鞭子朝它自鳴得意的副手那方向抽了過去。柔韌靈活的尾端打破第一代音速障礙，產生的響亮迸裂宛如原子彈爆炸，即使震波一般的背景噪音壓境極損耗心神，這一聲炸裂也能被清晰聽見。

它原本只想賞格林一耳光當教訓，可細狹的尾巴尖端不偏不倚正中它額葉，這顆年輕大腦頓時被粉碎成偽分子。格林抽動的尾巴不再固定在中央皮質上，緩緩悠悠地，落入滿場震驚的禮堂的深處——或者也可說是高處。

就和任何人（腦）一樣，辣個幫寶嚕也嚇到了。它剛剛才達成史上第一樁兇殺案的創舉，這才意識到，原來腦型生物真是軟嫩脆弱得教人心驚。這麼想的同時，它立即開始在自身較軟部分的外圍形成堅硬的保護性甲殼，那是金屬藍的裝甲鍍層，只讓頭上髮束和下面尾巴露出來。那些腦子學童仍然震驚發愣，看著格林的遺體從它們所在的地方滾落到幫寶嚕學院巨大的凹陷處，它們當下並未留意到辣個幫寶嚕在做什麼。當它們發現以後，很快就心領神會。現在什麼也別想阻止它們以同樣的方式修改自己的型態樣貌。

這很快就演變成一場準生物軍備競賽。裝上了可怕的晨星狀刺球後，現在每條搖擺的尾巴都變成了帶鍊釘錘，格麗特和格立葛懷著怒不可抑的復仇（第一百一十五號情緒）慾望衝向辣個幫寶嚕。對於這位受驚的暴君來說，幸運的是還有一支依舊忠心耿耿的「咿」小隊，進化出一種安裝在腹部的弩，它們擋在辣個幫寶嚕和襲擊它的格林黨徒之間。骨質弩箭飛射，穿過流動大氣，拉出嘶嘶冒泡的彈道軌跡，在格立葛上炸開一個致命的洞，但也給了格麗特片刻空檔，進化出更堅固的防禦外殼，化身為一具包覆金屬的大帆船，兩排大砲從兩側的砲口戳出。

再一下下，這一飛秒就要結束了；又一點點，那隆隆聲變得更響。辣個幫寶嚕從駁火交戰最激烈的熱點扭身，蠕動到較安全的有利位置，它對事件惡化升級的速度感到不安，衝突加劇，又反過來使軍武技術演進宛如影片快轉，模糊畫面裡滿是致命混亂。大學已搖身一變成了修羅戰場，在其中某處，諧音三胞胎格雷兒、格蕾兒和格擂兒用電鋸為自己改裝後，正在屠殺一幫名字帶雙母音、還只有彈弓能用的腦袋瓜。同一時間，名字帶有「呃」而一直遭謠言中傷的大腦催動汽油引擎、雙翼機翼和衝鋒槍，專找名字母音吃香的特權分子算帳，這些傢伙老是汙衊它們像禽獸一樣亂搞濫交。幫寶嚕學院廣闊的內部空間現在變成了戰火交織版的波希[52]畫作場景，像喪服一樣濃黑的煙霧在其中畫出弧線，那是格濫普或格濫鴿著火墜落的身影。這是一場波茲曼閃電戰，在砲彈和集束炸彈如冰雹落下的險境中，身穿鋼甲的戰鬥兵員到處奔馳，還一邊亂劈亂砍，對彼此施行腦葉切除術。

現在隆隆聲大到看得見，一切都在震動。醜陋的裂縫開始在幫寶嚕學院的凹形內面急速蔓延，此時，格麗特也發芽長出導彈，獲得了核武能力。這哪還像顆腦，舉目淨是奇形怪狀。

「匡隆咚」，辣個幫寶嚕似乎這麼想著，已經太遲。

某個地方有氳氣正在冒出來，一切從這裡開始急轉直下。

---

52 Hieronymus Bosch（1452-1516），荷蘭畫家，多數畫作描繪罪惡與人類道德的沉淪，常出現惡魔、半人半獸或是機械的形象，並大量使用各式象徵符號。被認為啟發了二十世紀的超現實主義。

6

靈光

要不是因為她，當初他就不會捨棄過往，前往未來了。她說大人的世界是冰淇淋，引誘他走出沙堆的城堡。他們一起走過許多年的海灘，找到了好工作／房子，有了兩個孩子／長大的孩子，然後她就留下他，獨自一人待在明天的海濱細雨中，不斷延遲到明天的遊樂園彷佛近在咫尺，他那一串串彩色燈泡卻已一一熄滅。

他正在看相簿，那些哀悼童年夏天的黑色書頁。照片邊角固定貼早已掉落遺失，取而代之的是口香糖殘膠的銀色三角形和他已故父母的口水，一一顯現的方形空白處也提示他，舊書冊漸次失去記憶。在一張剩下的圖像裡，背景的灰色漸層中有個不知名的小女孩，她小心翼翼，沿著上世紀的海岸線踩出每一步，她畏縮的腳趾下拖拉著四英尺長的倒影，沾黏在淺淺薄薄的海水裡。

前妻不僅毀掉了他們倆本該來臨的時代，也將他們之間淪落到討價還價的爭吵時光都消除了。那些他以為自己記得的所有時刻，原來不過是建立在相互誤解上，所有時刻全都變得不再真實，或者只有對他自己來說是真實的，像一覺醒來就消失的夢境。過往的他幾乎不見，只留下一個空蕩蕩的大洞，他一直瘋狂嘗試將它填滿：用照片，用剪報，任何東西都好；像個心碎的稻草人，穿著運動休閒服，衣服裡曾經有充實的胸膛。

他翻著相簿書頁，裡面有被禁錮的光，使它沉甸甸。他注視一個更美好的世界，盯著看了很久，悲傷在那裡被布朗尼盒子相機的種種限制修掉：亮面感光乳劑所記取的一切，沒有任何室內、天黑後或雨中的場景。留下來的只有八月，那僅存的兩週停工假期[53]。他媽媽和爸爸瞇著眼睛，手掌舉在眼睛上畫出一道陰影，就像望著遠方尋找陸地的水手一樣，兩個人保持微笑，很高興自己能來到韋爾茅斯，再也不會死去。

他倆已成為過去式，不屬於現在。在他離婚後人生崩塌的那幾年，孩子的身影被每週電話裡的聲音取代。他先是失去了從公車司機職務退休的父親，死因是心臟衰竭。六週後，耳背越來越嚴重的母親因悲傷而一時恍神，完全沒發現二十七號公車接近、直接被撞上。之後便是出席者稀稀落落的喪禮，那陣子弔唁者的哀悼之情圍繞著他，經久不散。然後他開始著手清理房子；這些相簿才被發現。

53 過去，英國的勞工階層家庭每年在八月份有為期兩週的假期，稱為工廠兩週假（the factory fortnight）。

他和媽媽都穿著泳裝，在防風林後面，渾身溼漉漉坐在毛巾上，他們周圍的白色沙丘上有黑色草叢冒出來，像顆龐克頭。八歲的他留著復古側分髮型，正在把玩塑膠水桶，媽媽擰開熱水瓶時面無表情。海水珠子閃閃發光，在彈力泳衣包覆的乳溝上連成一串，他能感覺到，幽靈般徘徊在畫面外的父親瞬間燃起的慾望在相紙的平滑亮面下短暫鼓動，碰撞早已消失的鏡頭。

一家人就剩一個，一個什麼都不是的傢伙，他早已不知道自己是誰或是什麼。他到處尋找失蹤的那個自己——家裡、工作場所、酒吧、網路上，試圖找回他能認得的某個版本的自己。在自家浴室鏡子裡，他看起來一直像個畫得很爛的嫌犯樣貌速寫圖。然後，坐在父母已逝的客廳，他終於找到了五十年前這個咧嘴笑嘻嘻、缺牙漏風的小朋友，騎在一隻巨大的彩繪玻璃纖維蝸牛上，那時候他想，「原來在這兒！」

石板沿著行人步道鋪排而下，撒有粉筆灰又參雜細沙，背景中矗立著「奇妙仙境」遊樂園，可看見螺旋滑梯狀的尖頂和超大輪子，還有俯衝小走道穿過出入口那幾道裝飾打造的城堡大門。爸爸在門檻上彎下腰，正要給他什麼東西。他們可能剛出來，或者才要進去。透過一個綴滿氣球的入口，可以看到裡面有蝸牛車、緊張兮兮的笨蛋、鬼怪廊道、恐怖屋亂吹狂風掀起的裙子。淨是令人不安的成年生活預告，全部用一九六七年的灰白調色板畫出來。

騎著軟體動物那時是他最後一次無憂無慮的歡樂時光嗎？他發現自己一遍遍反覆回想韋爾茅斯，東海岸度假小鎮的道具和風景一直裝點著他的夢，成了全套布景。他想過，也許應該找一天回那裡去看看。某個週末，或許能挽回自己流失中的生命動力，儘管現在也已可有可無。他每天都鼓起勇氣重新加入人類與明天的鬥爭中，但是，當它亮出大砲，他就開始計畫分階段漸漸撤退到昨日。

每個快門按下都是一瞬的時間蛻皮，同時引出可怕的問題：那雲朵的裂縫，那條街道，那個下午，那些臨時演員，他們如今都在哪裡？為什麼沒人追查？這些死去的孩子，在浪花中划動細瘦的肢體，他們會怎麼被壓扁，沉入厚重的書冊，連顏色都被擠到流失褪去？他像電視劇的偵探一樣沉思，面對一樁總感覺不對勁的冷血案件飽受困擾，將那些曝光過度的臉龐貼在他腦中的白板上。

他決定了，要在韋爾茅斯待一星期，這是他低調的趨近小動作一次次累積之後才辦到的，所以他並未感覺到自己在試圖做決定。這裡有一本小冊子，那裡有公車時刻表，工作的地方有幾個小伙子嘴裡說：「嘿，聽起來不錯啊。」眼神卻顯示這點子很糟。沒有人當著他的面提起中年危機，但眉宇間傳達的心思根本強壓進他腦中。再也不需要照片了，現在他已能用閃亮的黑白矩形為自己形成記憶。

海浪退去，鵝卵石閃亮露面，戴著尖角眼鏡、兩腳痠痛的女人盯著遊樂設施猶豫不決。八英尺長的喜劇演員頭像當時彷彿隨處可見，那當紅的明星像是要從雜耍特技場上方的海報裡跳出來，名字和宣傳標語的印刷樣式飽滿又熱情，相當吸引人。融化的鮮奶油霜淇淋像手指一樣在溼軟的甜筒錐壓紋上流下來，點點滴落，一隻死掉的僵硬海星在海邊的一桶自來水中泡了六個月，等待復活。

這不算是什麼重溫舊夢，而是一種痴迷成癮的娛樂方式。他先在「南澗」旅行拖車園區預訂了一個禮拜，但那地方現在改名叫做「海洋遠景」渡假村。他決定要徹底執行自己的二度童年之旅。所以，儘管到韋爾茅斯有更快、更方便的方式，他還是訂了一張大清早出發的長途客運車票。他不得不承認這年頭帶《比諾》[54]夏季特刊上車讀有點古怪，不過，他也不曉得這本搞笑漫畫雜誌是不是已經停刊。

看看他老爸——穿著不合身的復員西裝[55]，乾淨的襯衫領口敞開。他正和抽伍德拜恩捲菸的長途客運司機交換老掉牙的當兵笑話，兩人一起把手提箱塞進大客車側面的神祕隔層。路上還可看到紹里奇城堡的環形圍牆，每年都走同一條路線，透過還留有指紋的車窗玻璃，也看得到他、媽媽和相機映現的幽靈般倒影。現在他和媽媽坐在一起，他是獨生子。他爸則和一個與高采烈的陌生人一起坐在前面的雙人座位。

四小時的車程不好受，多數時候開在建好還不久的高速公路上。車道封閉和ＬＥＤ通知預估延遲都遇上了，他仍舊好好坐著，同行乘客已經縮回到耳機音樂織起的緊張狀態中封

---

54 *Beano*。發行歷史悠久的英國兒童漫畫雜誌，首次出現於一九三八年，保有顛覆式幽默的傳統風格。出現其中的著名角色有淘氣阿丹（Dennis the Menace）。

55 二戰結束後，大量軍人等待復員返鄉，政府需在短時間內為上百萬退伍軍人提供西裝，但一度出現許多供應問題，有些人最後拿到不合身的衣服。這種滑稽現象成為戰後英國喜劇的惡搞題材。

閉自我，他到現在才明白有這種需要。紹里奇城堡完全被繞道略過了。它那仍屹立不倒的城堡，能證明逝去的日子都真實不虛的城堡，這下子淪為心中的幻影。路線這麼一改，前往韋爾茅斯的這趟路原先能眺望大海的機會也沒了，失去令人心跳加速的一瞥。

在一個面向廣闊天空的開放式長途客運站，後腦杓和頭兩側頭髮都理得短短的年輕人用木製手推車將行李推到公車站，這樣就能賺到兩先令。從那裡，他們一家沿著微風習習的海岸線繼續前往南澗。這是他和媽媽，他的Vimto果汁汽水和媽媽的薑汁啤酒，他們在納爾遜元帥酒吧前庭，正坐在裝飾磚砌上休息，而他爸爸則漫步到營區的雜貨書報亭，去拿他們的旅行拖車鑰匙，它就掛在櫃檯後面的釘板上，上面還有被陽光慢慢晒到褪色的柯達廣告。

而這一回，客運直奔海洋遠景，他的估算全錯，感覺直接被打臉。南澗已然變調，迪士尼風格的連鎖度假村使它成了複製貼上的遊樂區，帶著托兒所裝潢風格，還有「嘩啦嘩啦水上樂園」，那邊可以看到工讀生打扮成海洋動物在接待區徘徊，想拐一些客人讓自己不會無聊到死。整整半小時，在指示拖車停放位置的紅色棒棒糖旁邊等了這麼久之後，他終於能辨理入住，他開始意識到自己來這裡是個錯誤。

他在圓鼓鼓的廂形車之間往前跑，這些錫麵包彼此保持一定距離，隨意停在破舊的草皮上。難得看到室內景象。畫面拉向盡頭燈火通明的窗戶，他和媽媽在中央桌子的兩邊，媽媽戴著眼鏡在玩填字遊戲，他則帶了雷．布萊伯利的《火星紀事》平裝本。窗簾被拉起來，好擋住照射進去的強光。他戴著一頂他不記得的鴨舌帽，這小子皺著眉頭，認真幻想在遙遠的一九九〇年代，自己在火星上的未來生活。

寬敞的機動房子們排成一片整齊網格，好像有強迫症一樣，他依照一張發送的地圖指示，悶悶不樂地穿梭其中，來到14A這輛，這根本就只是個狹長的酒店房間。所有的便利設計對他個人而言都是缺失：現代管線系統取代了營地的立方體公廁和共用的供水立管。電力供應將煤氣燈低語輕吐的煙霧都抹殺了。他知道自己這樣不滿挺荒謬。他把從家裡帶來的熟食加熱，想著自己恐怕比較想在納爾遜元帥酒吧那裡過夜。

以這座位於南澗北端的漂亮建築為中心，假期生活就圍繞著它展開。它的圓形陽臺塑造成一艘磚造小船的後甲板，曲面的玻璃窗格布滿碗狀突出的立面。他和父母年復一年坐在收發貨物的破碎活板門旁一個低矮突起處上，就在酒吧有供酒許可卻賣餅乾糖果的櫃檯下面。

他母親將她那條花朵圖案的裙子在膝蓋上重新拉好，而他則對著一袋瑞福糖果嚴格盤查，將橙色軟糖都仔細挑掉。

酒吧在越來越濃的暮色中顯得破破爛爛，搖搖欲墜。懷著喪親傷痛的他站立在這兒，凝視雜草叢生的臺階，看那彷彿醉醺醺的庭院圍牆從主建築脫離，傾頹在一旁。海洋遠景收購了這間納爾遜元帥酒吧，放任它破敗解體，好讓自家的酒水販賣部門少個競爭對手。他在黑暗中繞了兩圈，看來是買不到雙鑽啤酒了，於是無精打采地回到自己的拖車上，喝超市買來的酒，同時對自己生悶氣。

回到他們吱吱作響有如藥錠般的鐵盒裡，他父親撥弄著火柴，煤氣裝置漫出一種仿若在水面下的晦暗光線。鋪上床單和毯子後，車內附設的其中一張塑膠沙發變成了他那張嘎吱嘎吱的床，當他媽媽擰動固定裝置的閥門，啟動夜間模式，他興奮地滑到裡面。打在車頂上的雨像圖釘一樣。有時，逆風的海浪會產生低沉的爆炸聲。他一下子就睡著了，即使是他夢境裡搭建布置的混亂房間也知道它們正身在別處。

第二天早上，在自己不太熟悉的拖車裡，他醒來時焦慮不安，彷彿前一晚經歷了可怕事情，雖然並沒有。早餐，他吃著偷帶進來的玉米片，走出去看看納爾遜元帥在陽光下看起來會不會好一些，但陽光只讓那境況顯得更悲慘。酒吧有一半就像中風老頭一樣委靡下垂，它的靈魂之窗倒是出奇地完好無損，盯著馬路對面空曠的海灘，那裡的沙丘被用來保護它們的細鐵絲網包圍著。他大膽試著沿海濱散步。

他們的衣服裡面穿著泳裝，毛巾和 Tizer 柑橘飲料放在酒椰葉編織購物袋中，三個人沿著混凝土坡道滑下去，來到沙灘上。首先看到反光燦亮的海岸，他爸穿著超大號黑色運動短褲，這男人將兒子扣進浪花中尖叫。後來，他們在搖搖欲墜的沙丘之間大嚼三明治，他的沙堆城堡上有一張紙做的英國國旗，從水桶塔樓中飛出，玩具小騎兵紛紛落到每個人的腿上。

從海堤旁邊走到城鎮中心足足有半英里遠。一路上，他看著被網子裹起的海灘，一個人也沒有。巨大的船尾高塔從遠處海天一線中升起，迎著烈烈強風。每隔一段距離就有蒼白的燈柱聳立，燈柱間掛著一串串不亮的燈泡，像唾液泡沫般一顆顆黏在拉長的垂涎口水絲上。寬闊的馬路對面，幾座民宅呆呆望著遠方模糊難辨的地平線，就好像韋爾茅斯這地方不記得自己在哪裡，也不記得自己是誰。

開心的他拖拖拉拉地走在爸爸媽媽身後，在國王街上東看西瞧。這是一條從海濱向上坡延伸的主要街道，熱鬧又漂亮。這邊的巨型商場販賣各種古怪新奇或嘲諷搞笑的商品，外頭有色彩鮮豔的架子，架上都是花俏活潑的明信片。而這一頭，有留著小鬍子、帶著相機和小屁孩的男人。他們不死心地盯著糖果店現場表演，想知道粉紅色文字是如何靠手工揉進糖棍[56]。走到最後頭，一側是韋爾茅斯演藝廳，另一側是路易斯．杜莎幾可亂真的蠟像博物館。

他還沒有準備好面對奇妙仙境遊樂園或更遠的遊藝拱廊，卻已經過馬路往國王街去了。在海邊顯得局促不安的國王街看起來和往昔的樣子差不多，但其中消失的事物反而被凸顯出來，感覺少了什麼更令他感到痛苦。令人尷尬的惡搞明信片似乎展開小翅膀噗噗飛走。沒有什麼低俗不雅的事物，猴子沒了，新奇玩意兒沒了，本地冰鋪被全國連鎖品牌取代。糖果手作坊消失，韋爾茅斯的反骨精神也被一併帶走。然後他看到了靜止不動的蠟像。

身高只到大人腰部的他漫步在陰暗走廊中，置身於繩子圍起來的死者和他們僵硬的談話，他安靜不敢出聲。有些走樣的赫魯雪夫和完全不像的約翰甘迺迪針鋒相對，早已成年的公爵和王子在這裡都仍然是小孩子，就像他一樣。有些服務生蠟像還穿制服，結果來了個活生生的人讓他媽媽嚇一跳。到了恐怖屋裡，冒出一堆英國殺人犯——奎本、克里斯帝、約翰．黑格和他的強酸浴池[57]，讓他們畏縮不前。然後，最糟糕的是，有個人被一根穿過他肚子的鋼鉤吊掛起來。

付費入場後，他聽到前面有人說，「嗯，我覺得那個是希特勒，」他笑了，他知道這至少是很純的、很老派的失望感覺，自他還是個小孩子就一直如此。披頭四樂團則是一個畸形的林哥．史達加三個喬治．哈里森。柴契爾夫人是過去五十年來唯一新增的展品，而恐怖

56 硬棒狀的煮糖糖果，通常用薄荷或留蘭香調味，切成小圓柱狀，切面中可見特殊文字或圖形。常在英國和愛爾蘭的旅遊勝地出售。

57 皆為英國犯罪史上惡名昭彰的殺人犯：哈雷．奎本（Hawley Harvey Crippen, 1862-1910）、約翰．克里斯帝（John Reginald Halliday Christie, 1899-1953）與約翰．黑格（John George Haigh, 1909-1949），其中黑格俗稱「酸浴殺手」，曾謀殺六人並以強酸腐蝕受害者屍體。

屋展區已經縮小，鉤子上的人也被挪動，用來裝飾一個設計構思不怎麼樣的酷刑架。他意識到，甚至自己過去的痛苦也沒被好好珍惜對待。

從國王街岔出可走進韋爾茅斯的市場，魚和花在攤位上一字排開，這兒的人口音聽來像呼吸，而不是在說話——「ㄎㄨㄞ一點好嗎？」爸爸把他們買的東西拖到廣場旁邊一個有圍牆的露天酒吧庭院裡，他們可以在那裡坐一會兒，喝點東西，再返回南澗。這裡可以看到他戴著詹姆斯龐德的帽子露出神祕的微笑，旁邊有灌木盆栽。他站在爸爸旁邊，正要去男廁小便，塗鴉讓他們感覺不自在，不想講話。

在蠟像帶給他奇怪的撫慰後，他反常地興高采烈，但這心情又很快就煙消雲散，因為他發現市場已經縮水，只剩一個荒涼的菜攤和一個幫人解鎖手機的鋪子。廣場周邊都是知名連鎖店，他從瑪莎百貨超市買了更多的酒和食物，然後選擇沿著下坡繞遠路到海濱，走回海洋遠景，這段路他在現實生活中回憶過一次，在他懷舊嚮往、高光過曝的夢中出現過十幾回。

他十三歲了，媽媽和爸爸讓他一個人溜達回營地，他們留下來再喝一杯，然後搭公車。

他有假期的零用錢，回去的小路上到處都是詭異古怪的二手商店，街角的報刊亭有他在家那邊買不到的平裝書。他找到一個狹窄的地方，全是木頭和窗戶搭成，舊書和雜誌一疊又一疊，積累成堆，還有放在鞋盒裡的。陽光低斜曳長，所有讓人過敏的灰塵都在夕照中化為黃金粉末。一切閃閃發亮。

他隨著不確定的記憶走回旅行拖車營地，當然，就算他走在原本的街道上，以前那些迷人的小商店也全不復見，即使它們真的存在過。勉強找到一間樂施會商店[58]時，他真的滿懷感激，帶著幾乎無法抑制的絕望搜尋，想看看他沉沒的青春還有沒有一些被沖刷上岸的碎片。荒謬的是，他只買了一臺舊的電晶體收音機，和他父母以前用的一樣，而且還聽從老闆建議買了一些新電池。

幾乎所有的照片裡都有它的身影：坐在麵包車被照亮那一側的折疊桌上；斜靠在坍塌

58 樂施會（Oxfam）是創建於英國牛津的國際發展及救援的非政府組織，樂施會在英國全境及其他國家開設慈善商店，售賣二手貨物籌措運作款項。

的沙丘之間，傾瀉著何許人樂團（The Who）與奇想樂團（The Kinks）與曼弗雷曼恩樂團（Manfred Mann）的歌曲。紫褐色塑膠外殼，形狀大小和小手提包相同，頂部附手提帶。它有兩個用來切換調幅波段的按鈕，還有開關和調整音量的旋轉鈕，和一個用來選擇電臺頻道、有如鐘面的大轉盤，以及像玩具車散熱器窗格一樣的銀色揚聲器。流行音樂是韋爾茅斯美好陽光的絕妙搭配。

回到14A，他把微波爐晾在一旁，改用烤箱熱餐點，用這動作來為自己的價值觀表態。他心情沮喪，灌了太多酒，下午剩下的時間和晚上都沒外出。當他發現電晶體收音機沒辦法調幅選電臺時，整個人就怒了。大轉盤上，刻度細如髮絲密密麻麻，擠出尖銳刺耳的聲響，不停重複的外國無線電呼叫代碼聽來哀傷，不時又爆出歌劇。在不停的切換之間，突然冒出令人吃驚的叮噹一聲，開啟了早在五十年前就關臺的海盜電臺[59]，一切無可挽回，而他聽見了。

是，沒錯，他知道他們不是真正的海盜，但他崇拜海盜電臺，尤其現在他正在收訊更清晰的海邊。「搖滾船」卡羅琳很讚，但在倫敦大家最愛的DJ是東尼．布萊克本、約翰．皮爾、肯尼・艾弗瑞特和戴夫・凱許[60]。他把一顆塑膠橡子塞在耳朵裡，熄燈後聽皮爾主持的節目《芬芳園》，一想到ＤＪ從海上的娛樂資訊小船艙裡放送廣播他就興奮得不得了，他們的播放曲目從桅杆頂的發射器發出，就像卡通中的閃電脈衝光環。

那聲音只是音調經過電子變聲的「美妙倫敦廣播電臺」[61]。然後，儘管他醉醺醺地坐在那兒旋轉扭弄了好幾個小時，還是無法再次找到它。顯然是他聽錯了或產生幻聽，因為他的憂鬱消沉已漸漸腐蝕正常生活。最後他放棄了、上床睡覺，雖然是因為找不到正確的波段只

---

59 即是所謂的地下電臺，指未經合法申請，未獲得主管機關許可執照而遊走於法律邊緣播音的廣播電臺。英國的海盜電臺誕生於一九六〇年代，多為漂流在北海的改裝漁船或貨船，電波覆蓋面積很廣，其中最為知名的是一九六四年誕生的「卡羅琳電臺」（Radio Caroline）。這些電臺全年無休從境外對本土播音，播出大量前衛的搖滾音樂，廣受歡迎。

60 東尼・布萊克本（Tony Blackburn, 1943-）、約翰・皮爾（John Peel, 1939-2004）、肯尼・艾弗瑞特（Kenny Everett, 1944-1995）和戴夫・凱許（Dave Cash, 1942-2016），皆為倫敦廣播電臺（Radio London）的節目主持人。

61 Wonderful Big L，即 Wonderful Radio London，又名倫敦廣播電臺，是一九六四年至一九六七年營運的知名海盜電臺。

好作罷，但也害怕萬一真找到該怎麼辦。這是故障嗎？整個晚上輕微的噩夢不斷，他屢屢驚醒，醒來時迷迷糊糊，然而，雖擺脫噩夢，卻留下了討厭的淤泥、黑色的殘渣。

十二歲時，他將自己的夢視為另一個區塊的生活，他像討論真實事件一樣與其他孩子談論它們。他們彼此不同的睡夢冒險歷程有好多部分重疊相符——同一個公園、同一所學校、同樣的海濱假期。因此他們似乎自然而然將夢視為一種恆久存在的風景、一種地貌環境。即使他身在別處，想像中的韋爾茅斯總是在那裡，在記憶錯亂中有著重新排列的街道。即使是寒冷的冬天，那裡也擠滿了薄衫短袖的人像幻影。

他醒來時腦袋像坨漿糊，長達三十秒不確定自己身在何處，然後想起了收音機。吃早餐時，他發現自己不時憂慮地瞄它，最後還是把它放在一個墊子後面，讓自己看不見。即便如此，他也不想待在室內陪伴它。於是決定再沿著海濱走走，這次是穿過拱廊商場到「奇妙仙境」遊樂園。在那一瞬叮噹聲引起記憶回溯後，他開始覺得韋爾茅斯有些他未察覺的祕密。

還有其他的記憶，無人拍下的照片。那個和他同齡的女孩，一條腿穿著輔助行走的規形夾，身後有一票朋友。當他一個人在沙丘上玩耍，女孩對他調情求歡。一個早熟的當地男孩告訴他「你尿尿的地方會流出白色東西」，害他誤以為小便斗裡的塊狀芳香劑就是精液。他第一次也是唯一一次看到腦積水的孩子，那孩子坐在輪椅上，在幾道重疊光照下被人推著，他的頭部簡直匪夷所思。男孩母親的雙眼炯炯有神，高傲又蘊含著慈愛。

他對自己感到惱怒，重重跺步走下海濱步道，經過國王街，繼續前行。馬路對面匯聚著遊樂場所，它們以近來奇幻與恐怖電影中的角色裝飾門面，串成一條閃閃發光、貪婪無饜的帶子。這個世界讓他難以忍受。而且他知道，如果某個政客——就算是伊諾．鮑威爾[62]或奧斯瓦爾德．莫斯利[63]承諾將英格蘭整個搬回一九六〇年代，他很可能會像投籃一樣認真投票支持他們。說不定法西斯主義一直以來不過是較有攻擊性的懷舊心態？

---

62 Oswald Mosley（1896-1980），英國政治人物，不列顛法西斯聯盟的創始人和領導者。

63 Enoch Powell（1912-1998），英國政治人物和軍人。一九五〇年至一九七四年出任保守黨國會議員。他在一九六八年發表爭議性的「血河」演說，反對來自其他大英國協國家的移民。

他搶在媽媽爸爸之前先去「奇妙仙境」遊樂園，匆匆經過海堤，上面布滿了新奇事物。噴砂霧面的小亭子，天花板被一堆低垂的水桶、鏟子和沙灘球覆蓋。有一個蹦蹦床農場，等著製造小朋友的嫩枝狀骨折，在上面打高爾夫雖然不方便，但還算不上瘋狂。此外，還有一個模型小村莊，一英寸高的小人們慌慌張張，假裝沒看到周遭全是些百無聊賴的巨人。看看那碼頭、溜冰場，還有大喇叭放送的手搖風琴音樂，都卜勒效應的尖細鳴聲。

袖珍城市竟然還在，就像倫敦廣播電臺的叮噹聲一樣，它出乎意料冒出來，他一時嚇壞。不過有些小小的不同。窗臺上一絲不掛的微型通姦者顯得淫穢不雅，雖然除此之外的露天景點絲毫沒有改變，也讓人感覺怪怪。好像事物縮小就能凍結時間、閃躲未來。他突然沒來由想起自己的兩個孩子。在他坐在那一英尺高的市政廳上哭起來之前，他趕忙離開這個還停留在二戰後不久的小人國。

還有更多未拍攝的畫面：無法辨認的棕色團塊邊緣圍繞著白色的腿，那些腿將自己戳進溼透的沙中，平滑如鏡的潮間帶上有像剝皮葡萄一樣的果凍彈珠。夜晚的林蔭大道上，一個禿頭男人看起來好似迷路，用驚恐的眼神盯著他，然後在他向爸媽求救之前就逃跑了。在

「信不信由你博物館」[64]，一隻兇殘而憤怒的鱷魚全身被小男孩扔的硬幣銅板覆蓋住，牠忍耐著，等待有朝一日要伺機而動。

離開小模型村，他發現了其他感覺違和的前朝遺物。只吃便士的機臺已從對街的現代化拱廊商場中得到解救，用一英鎊硬幣換取早先非十進位制的貨幣，仍可以玩。他玩到入迷，彈簧承載啟動的巴格代拉桌球遊戲讓他贏得了一筒糖果，為了盡快將錫製小騎師送到終點線，他使勁搖動手桿，還弄傷了手腕。不過，最令人吃驚的是滿布灰塵的玻璃下有發條驅動的故事圖畫劇，守財奴和罪人無止境重演嗡嗡作響的受罰場景。

海濱這一帶的魔法小玩意兒好像就活在這些盒子裡，讓他又愛又怕。表面塗漆有如牛皮癬的紙糊酒鬼在墓地裡搖搖晃晃，被突然出現的骷髏攻擊。可伸縮的空想社會改革者搖著罐子來討錢，放高利貸的傢伙在超級小的臨終床上將他斥退，接著來找這傢伙的是剝人皮的

---

64 美國知名漫畫家兼探險家羅伯特．李普利（Robert L. Ripley, 1890-1949）創辦的世界連鎖博物館，李普利曾周遊一百多個國家，搜羅各地奇聞的第一手資料，成為此博物館的展出素材。

紅通通魔鬼。囚犯的動作僵硬，頓一下、頓一下才爬上牢籠，那裡有跪著的小雕像代替他出場。當刀片開始下墜，用一便士買到的光影動畫秀也就結束。

遊戲機臺通電後，抽搐起來宛如生物。他從這些無生命的娛樂器材抽身離開，踏上了白晝照亮的海濱，陽光使他感到驚豔。他開始想，他那失蹤的韋爾茅斯可能在逗他，讓他不時瞥見一個早已消逝卻不知何故又現身的王國，瞥見仍舊隱隱然無處不在的過往仙境，藉此取笑他。也許這個小鎮在測試他的忠誠度，然後才會給他一扇魔法門，讓他能回到自己所需的容身之處。在這種危險的心態下，他大膽走向重新建修的碼頭，踏上木板棧道。

透過裂縫凝視下方，一片黑暗中的激盪碰撞，充滿翻騰泡沫。他知道，這個木條地板構成的人造半島還能好好在這兒，不過是大海暫且容忍的結果。即使扶著鐵欄杆，他也感覺晃動不穩。離陸塊不過幾碼遠就成了另一個國度，有著不同的儀式。父母不在身旁的短暫時光，他試看了一臺「管家偷瞄啥」播映箱[65]。往裡面瞧，有破損毛邊的照片一張張翻倒、掠過觀察孔。這是一本超大型翻頁動畫書，愛德華七世時代的女士顫抖晃動著，她將毛巾丟下，局促不安地走進浴缸。

支柱架高的走道更安全、更堅固，已經不再有那種闖入浮游生物領域、飄搖不安的氣氛。唯一值得注意的營業單位是一個歷史展覽，標題主打「不為人知的韋爾茅斯」。在那裡，他瀏覽了一八九二年的大皮箱謀殺案、低解析度的一九四七年海蛇照片，以及一則無聊奇怪的報紙報導，講的是一九六六年八月一具身分不明男性屍體被沖上岸。當時他應該正好在這地方度假。大概就是因為這樣，這張平淡無奇的剪報他才會讀了兩遍。

他內心暗房沖洗出來的圖像，有些可能根本不是真實存在過的照片。他爸讀著《韋爾茅斯先驅報》嘖嘖說道：「有個可憐的傢伙被沖上岸了，你有看到嗎？」這一幕是真的嗎？他還記得在淺灘划船時，困惑地瞇眼盯著遠處的人群和海灘最遠端的救護車，就在靠近「奇妙仙境」遊樂園的位置嗎？還是說這些照片是偽造的，使他的行為更趨近病態？他過去的生活有多少是經過 Photoshop 特效合成？有多少是導演剪輯版？

---

65 愛迪生的助手威廉・迪克森（William Dickson）單飛自立後曾開發單人觀看系統，取名為「妙透鏡」（Mutoscope），類似愛迪生的「活動電影放映機」（Kinetograph）。迪克森同時為此拍攝了多部脫衣偷窺秀的短片，搭配機器一起出售。「管家偷瞄啥」（What the Butler Saw）為其中一個系列，內容描繪一個女人在臥室裡的脫衣場景，就好像某個有窺淫癖的管家正通過鑰匙孔注視她。

他在碼頭盡頭的鮮魚小吃店用大份的炸魚薯條滿足自己被海洋空氣撩動的味蕾。他舔舔手指上滑溜溜、還冒著熱氣的白色碎屑。一如既往地好吃，又再一次抓到了韋爾茅斯難以捉摸的足跡。早該這樣的。看著手寫的標誌和褪色泛白的亭子沿海岸線走，結果只迎來廢棄溜冰場帶給他的震驚，原本廣闊光滑的表面，現在被蒲公英東一拳、西一拳戳破擊裂，擴音廣播塔鏽跡斑斑、寂靜無聲。

韋爾茅斯圍繞著他旋轉，金色和藍色，劈啪作響的金屬喉嚨流瀉出〈你需要的就是愛〉（All You Need Is Love）這首歌。歌聲越過分界，使音樂與動作貼合不離。在旋轉的天空下，在孩子們符合牛頓力學的蹦跳反彈中，對他來說，一切只剩下愉悅紓心的滑行。媽媽站在旋轉的圓周邊緣，微笑的臉每隔一陣子就糊掉，有如鐘面上的一枚數字。歌曲開始淡出，融入其他曲調，即使在那時，聽著「她愛你，耶耶耶[66]」，他竟然就生出一股懷舊之情，感傷了起來。

思緒還飄流在溜冰鞋、前妻和溺水的陌生人之間，遊樂場就出現在眼前，讓他猝不及防。入口處的塔樓彷彿冷漠的宣示，無情昭告他的噴射機風潮時代如今就像中世紀那樣遙遠。而越過塔樓，後方有彩繪木馬的伴奏旋律和人們的聲音迴繞，捲成聲響漩渦。棉花糖和炸熱狗加洋蔥一把鉤住他鼻孔的嗅覺。他回想起年輕時對遊樂園的感覺。那時他覺得遊樂園是一頭巨大、孤單的動物，不知道它是否還記得他。

雖然他無法解釋清楚自己為何有這種想法，但他知道海邊的一切不是真的。韋爾茅斯僅僅是嚮往中的冬季白日夢，是一場幻想越獄，讓他從工作、學校、規矩和幾乎無法忍受的生活逃脫。會有這個度假勝地，只是為了讓這世界以及一切它說了算的情況暫時中止。從蠟像到明信片上的金髮女郎，韋爾茅斯從無到有的創造完全來自內在的幻想。那裡有它不可抗拒的魅力，有它帶著飢渴惡意的隱約氣息。

穿過大門，拖曳拉長的聲音、不絕如縷的光芒，宛如散亂基因團塊的家庭人影飄浮掠過，將他吞沒。上方沒有變，巨輪仍轉動，就像時間或命運一樣，雲霄飛車在逐漸上升的緊張感和下墜暴衝的恐怖之間反覆交替，但也有些東西不見：不再有讓人們迷失在眾多自己之

66 歌詞，出自披頭四樂團一九六三年發行的歌曲 *She Loves You*。

間的鏡子迷宮，也沒有亮點全在人妻裙底風光的驚嚇屋。幽靈列車也同樣被驅逐、排除。儘管現在的韋爾茅斯本身就是一部幽靈列車。

他在倒影的走廊裡驚慌亂竄，一頭撞上朝相反方向跑過來的自己。他腳下藏著機關的地板像記憶一樣雙向滑動，讓前進變得困難。在驚嚇列車上，他全程緊閉雙眼。他認為，「奇妙仙境」遊樂園的性格既幽默又惡毒，條紋西裝外套下隱藏著一顆殘忍的心，總讓人得不到大獎，高興過頭的孩子們躁動不停，直到嘔吐，宛如發洩精力，在晶亮透明的箱子裡，好像得了麻風病的水手那樣笑個不停。

他拖著腳步走在不同攤位間，不知道自己為什麼到這兒來，也不曉得自己打算做什麼。彎管槍靶場已被廢除，也沒有鴨子可以鉤了。當他在摩天輪的頂端暫時停下，注意到一群年輕的唐氏症患者和他們的看護在下面的海灘舉步維艱，沉重地向前走。他們身後拖著長長的影子。他沒想到時間這麼晚了。回到堅實的地面後，他朝著出口走去。這時，他發現了「蝸牛」。

這種緩慢的遊園巡航，他和爸爸媽媽每年都會上演一次。這就是他們家唯一維持的傳統。色彩柔和的腹足類動物，殘餘的臉龐上有些線條，似乎是微笑，每個殼的前半部分都不見，剛好可以讓人坐下。它們安裝在軌道上，滑動滾輪穿過洞穴隧道，進入露天空間，暴露在大庭廣眾冷漠的目光下，平淡無奇，但是堅定可靠。僵硬的觸角看起來像無線電天線，他認為它們行進的金屬軌道就是用黏液寫出來的銀色書法。

他無法抗拒，於是向一位年紀相當大的老先生買了票，老人左眼下方有草莓色的瘢點，引領他到他的坐騎前，並將安全桿橫過他兩腿上方扣好。這位服務員這樣做的時候低下身子、越過他大腿，還露出一口蛀牙及異乎尋常的熟悉笑容說：「呵呵哈哈，偶記得你，孩子。」但他還來不及回話或問清楚他是什麼意思，蝸牛車就啟動開走，進入粉紅色燈光照明的人工假造地下墓穴，裡頭的牆壁黏滑發亮，空氣中有股油味。

他們每次度假都去搭乘同樣的東西，這是他們的爬行式朝聖之旅，直到在閃爍的通道裡，這麼一趟又一趟，直到他再也分不清現在是哪一年，或者這些一年一度的遠足會不會只是某一年的行程反覆重播。儘管還可見日期，以及一天天流逝，但在韋爾茅斯整整兩週的運行中，感覺超乎時間之外，並且沒有任何接續其後的未來。他和父母化身古老的生命形式一起被推送、移動著，沉緩地穿過人造洞穴。他們的後代被壓扁在過去和未來之間，喘不過氣。

人造石窟內感覺宛如巨型喉嚨，行進到一半，他突然想到這一切根本就是個非常糟糕的主意，是喪親加離婚的後遺症發作。經年摩擦、幾乎面目模糊的座下戰車帶著他，用教人難以忍受的一貫龜速，沿著破舊昔日的長廊，在預定的路線上滾動著，進入即將到來的彎道視野死角。他實在不該來這裡。他本該把它當作曝光過度的記憶擱置不理，但現在都太晚了。前方軌道上的某些分岔點讓他轉向，進入一個井狀通道。他不確定自己是否來過這兒。

照片中的他正坐在蝸牛上面大笑，露出他過度咬合的前排牙齒。不過他是獨自一人。也對，當然只有他一個人，因為當遊園車鑽出洞穴重見天日，他媽媽和爸爸得在外面等著拍照，但是這怎麼可能呢？他心裡知道他們三人每年都一起搭車。在咯咯作響的粉紅色昏沉空間裡，他去摸索，試著感覺他們是否在他身邊，但他們都不在那兒。他是自己一個人，在昏暗的記憶礦坑中緩慢地移動穿越，這些記憶只屬於他自己，除了他自己之外的一切，都是空的。

有什麼地方不對勁，他在微光閃爍的洞窟中每深入一碼，心中的不安也隨之增加。他幾乎可以肯定，他之前造訪此地時，這條意外岔出的分支路線並不存在，然而許多他認為確定的事情，結果都和他所理解的不一樣。在前方，軌道旁邊看起來有點燈照明的壁龕凹室，那是他以前從未見過的。也許他其實有看過？他開始不安，緊張得不得了，在座位上動來動去，身體緊繃。

第一個壁凹裡有個小女孩，起初他還誤以為是腦性麻痺救助募款箱，那些募款箱曾經隨處可見，總是塑造成孩童立像，但這個不一樣。她的一條腿上雖然也戴著鐵箍，不過這女孩年紀大了些，十二、三歲左右，而且不是在募捐。她站在細沙中，背景是畫滿沙丘和天空的畫布，畫得不太好，她用一隻僵硬的手掀起衣服下擺，露出布滿灰塵、漆塗過的短褲。破損剝落的石膏嘴唇彎曲，勾出一種心照不宣的詭祕笑容，什麼也看不見的雙眼藏著不可告人的祕密，一臉洋洋得意。

他的胃一沉，感到困惑。有什麼東西**已發生變化**，就在顫動的陰影中，他的處境現在似乎感覺更迫切且真實，讓他感到非常不安，彷彿胸膛遭到撞擊、砰砰作響。他知道從現在開始事情只會變得更加難以忍受，但他已被困住。他沒辦法讓這趟騎乘之旅停下來，也無法棄座下車；沒有空間讓他這麼做。隨著歲月的侵蝕，他坐的蝸牛車表情變得難以捉摸，冷面無情地將他拖向第二個嵌入石壁的凹槽。

在這裡，地板裱糊著貼紙仿造鋪路石板，背景則模仿海濱燈亮的夜景，裡頭坐著一個嬰兒模型。這嬰兒患有以前被稱為腦積水的疾病，被綁在一輛仿照原件重製的嬰兒車裡。男孩的頭顱腫成一顆薄薄的皮球，比頭殼下面的臉還要大。這座小塑像佇立在錯視立體效果畫出的街道路緣，不曾移動也不會移動，臉上帶著一種自我克制的失望神情，那神情逐漸轉變成一種令人驚訝且無庸置疑的智慧樣貌。

在內心深處，有某一部分的他比他自己更能理解目前的狀況，且開始驚聲尖叫，叫聲像被蒙住一樣含糊不清。他凝視的目光構築成透明壁障，卻被那個低鳴尖叫的他奮力敲打。他根本不曉得發生了什麼事，只知道這太不可思議，就快要敲得破裂粉碎了。可是該如何阻止呢？他毫無頭緒，也無能為力，即使他並不確定究竟是什麼被打破。他不得不承認，他聽到的嗚咽聲不可能是蝸牛發出來的。他們穿過偽裝成地底世界的通道，朝著看起來是最後一個展示品的方向前進。

死者的臉朝下，泡在混濁鹽水浸潤的溼亮沙子中，身體軟趴趴而且溼透，整個人癱軟，被小魚咬過的腦袋朝向背景中噴槍畫出的浪花。一隻鞋子與搭配的襪子一起不見，露出來的白色腳丫很嚇人，溼漉漉且皺巴巴的肉裡嵌著黑色砂礫。在屍體周圍，有些活物像是倒置的棕褐色碟子，懶洋洋轉動著環繞其周邊的蒼白觸角，任性地將自己像地雷一樣埋起來。

他希望這是一場噩夢，一種壓力帶來的幻覺。不然還會是什麼？凹凸不平的牆壁在玫瑰色的光芒中自身旁經過，宛如緩緩滲流，他就像被詛咒的紙糊人偶，被困在一分錢能看一回的戲劇場景中，在發條驅動的煉獄中吱吱作響、直到痛苦的結局降臨。如果他假裝這一切都沒有發生，他今晚就可以回到他的旅行拖車，然後明天回家，把他的驚嚇恐懼和電晶體收音機都拋在腦後。載著他的軌道車顛簸駛出洞穴開口，進入已然降臨的夜色中。

這一趟怎麼能騎這麼久？當蝸牛停下來，他四處張望，尋找那個在進來搭蝸牛車時令他忐忑不安的老傢伙，但顯然老人的值班只到傍晚左右，現在換成一個留著飛機頭髮型的瘦小年輕人，小伙子前來幫助他離開這輛滑來滑去的蝸牛。他發現新服務員眼睛下面有個瘢點，他推斷這一定是先前那個人的兒子，即便明知道胎記不會世代遺傳，他也沒刻意多想。他匆忙走向出口，穿過一個已然變樣的遊樂場，但他努力讓自己視而不見。

走向「奇妙仙境」出口的一路上，他目不轉睛盯著正前方，因為周邊視野中塞滿了不存在的東西。明亮的鴨子艦隊堵住狹窄的海峽，在模糊的陽臺上，眼角餘光掃到在上升氣流中綻放尖叫的鬱金香。沿著骷髏骨架覆蓋的平臺，能隱隱瞥見乘客等待通往噩夢的下班車，而在玻璃大廳裡，不停重複出現的幽靈悄無聲息地相遇對撞。他留意到這裡沒有LED燈，因此就連黑暗也是不尋常的黑。

在偽裝的城堡大門間，他走得跌跌撞撞，心臟還怦怦狂跳，夜風使他裸露的手臂起了雞皮疙瘩。與其說他正在思考，不如說是讓種種困惑碰撞互砸。來到海邊，漫天蓋地、直撲而來的黑暗嚇了他一大跳，稀疏的燈光在下垂的藤蔓上微弱燃亮，看起來孤單莫名。一個髮色薑黃的小伙子追上他，手裡拿著一個大概是剛剛贏來的絨毛玩具，是穿著足球服裝的獅頭人偶[67]，那玩偶他實在很難不認出來。

即使他痛苦地以蝸牛的速度拖延，有個念頭還是慢慢浮現：這就是他想要的。這就是往昔的韋爾茅斯。閃過一輛冰藍色的福特安格利亞[68]後，他發現自己到了拱廊所在的街道那一側，馬路對面是海堤和漆黑的海灘。他走在穿著大衣和夾克的人群中，和大家方向相反地緩緩前進，望著聚集在烏蛤小吃攤周圍的燈光。他目瞪口呆，既驚喜又害怕。他望著廣告看板看傻了，看板上印著死去已久的吉米·克里瑟羅[69]的巨大頭像，克里瑟羅現在正在韋爾茅斯演藝廳演出。

小鎮從來就沒和他眉來眼去，也不需要這麼做。它用穿過他腸子的鉤子和鍊子把他收捲起來。這些年來，他一直認為它無法回到從前的模樣，但它一直在這裡等著，像掩蓋在硬幣下的鰻魚。色彩繽紛的燈飾為他頂上無毛的頭顱增添光采，一臺孤拎拎的手提收音機傳出米克．賈格[70]年輕的嗓音，他正在大談衰老的累贅拖磨，講得好像這是能自己選擇的生活方式。電子遊藝場內瀰漫著銅板的氣味。空氣很糟，他耳中響起遠處的火災警報聲。

他看到他們就在前方，離他幾碼——男人、女人和他們的小男孩正要轉彎走進燈光昏暗的露天酒吧庭園，庭園被雜耍特技場的陰影遮蓋。這對夫婦的步態中有某些什麼，使他看了整個人動彈不得：丈夫雙手插在口袋裡，一派輕鬆愉快，妻子像水面蕩漾一樣左右輕晃。在他們身上，他感覺到某種說不出的熟悉感，引起莫名恐慌。然後，跟在那對夫婦身後的十二

---

67 一九六六年世界盃足球賽於英國舉辦，吉祥物是名叫「威利」的獅子，是世界盃史上第一個吉祥物。

68 英國福特汽車公司於一九三九到一九六七年間推出的小型家庭用車。

69 Jimmy Clitheroe（1921-1973），英國喜劇演員，身形矮小，黑白電影時期扮演小學生，在ＢＢＣ節目《克里瑟羅小子》（*The Clitheroe Kid*）的長期（1956-1972）演出為其代表作。

70 Mick Jagger（1943-），英國搖滾樂手，滾石樂團創始成員之一，一九六二年開始擔任樂團主唱，職業生涯橫跨五十年，為搖滾史上最有影響力的主唱之一。

歲男孩轉身，看向他，理解真相的一瞬，他被一陣悲痛刺穿。

像一隻盯著後車窗的小狗玩偶一樣，他狂搖頭，在那孩子指著他叫父母來看之前，在這一切變得更糟之前，他後退躲開。他抽抽噎噎哭著，踉蹌走上交通繁忙的道路，穿過一大堆迷你小型車和偉士達機車，跨越防波堤來到沙灘，沒有注意到自己內心正在尖叫，想要擺脫這本該令他歡喜的恐怖情境，擺脫所有的光。他在沙丘之間的暗影中大口喘氣，腳步潮溼滯重，踩得發出嘎嘎聲響。不過，往前方去的一路都很平順，一直延伸到洶湧澎湃、宛如鑼鼓喧天的海洋。

接下來的週一他沒去上班，手機關機，有些關心他的同事打電話到他住處，都說他家裡沒人。雖然聯繫上他老婆小孩，還是不知道他的下落。最後，警方帶回一些他的東西，主要是衣服和一臺年代久遠的電晶體收音機，這些都是海洋遠景的工作人員從他棄置的旅行拖車中找到的。儘管從這明顯的跡象，大家都猜到發生了什麼事，但他的遺體從未被尋獲，或者應該說，不是在之後才被發現。

7

《美國之光》評註賞析

C・F・博德

（本篇註解為作者註，譯註另外標記）

在一九五九年出版了頗受爭議的《哈林黃金》（*Harlem Gold*）後，哈蒙·貝納（Harmon Belner）就以流星般的燦亮身姿登上文壇，但一直要到二十年後，《美國之光》（*American Light*）問世，一時洛陽紙貴，他才完成了美國文學界的不可能的任務：寫作生涯第二春。《美國之光》被譽為貝納的代表作，也可視之為貝納詩歌生涯的倒敘回顧。《哈林黃金》當初席捲書市，讓許多人預測其才華將持續發光發熱，《美國之光》這部後出的作品即是明證。當貝納寫作生涯中標誌性的起點和終點——早期的許諾和晚期的實現——都被確立了，較不受稱道的中期作品當然也得以重新接受審視評價。諸如《哈燒無線電》（*Radio is Burning*, 1961）、《咖啡圈曼茶羅》（*The Coffee-Ring Mandala*, 1966）和《諾頓之帝國》（*Norton's Empire*, 1970）等詩集，最初被認為平淡無奇，後來卻證明是通向傑作必要的墊腳石，層層鋪墊，最終孕育出《美國之光》。此詩標題燦爛炫麗，似乎亮到足以讓我們在貝納之前的所有作品中都隱約見其金光閃閃。

然而，這部作品的成就如此眩目耀眼，以至於研究分析者所關注的焦點似乎僅限於對作者遲來的重新評價——只一味陳述《美國之光》對貝納個人及其在文學界的地位意味著什麼，而不再試圖對《美國之光》進行破譯詮釋。也許是被這位詩人一夜封神的經典地位嚇倒，對於更深入解析《美國之光》何以能永垂不朽，評論家皆顯得興趣缺缺，他們不願意再好好探研這首詩的內容、背景，或者事實上，就連它的起源，也未對其進行任何充分調查。

這種畏縮保守的作風對其研究對象百害而無一利，以下筆者欲示範證明，哈蒙・貝納的巨著是一座文化寶庫，舊金山和「垮掉的一代」俱封藏其中，需要細心拆解打開。本文意在提供對文本的註釋解析，並在此過程中，挖掘出巴特所謂的「文化符碼」，也就是從各個層面揭發現存作品所誕生之文化背景，上述作品的建構都不可避免地受此文化背景影響。

以《美國之光》為例，此文本的文化符碼就是一九六〇和七〇年代在舊金山盛行的後「垮掉一代」反主流文化。是在這樣的環境裡，貝納找到了屬於他的詩，《美國之光》的斑斕背景就是在這個環境中描繪成型的。其中，人物作為那「場景」或動作之組成分子，通常是化名的跑龍套角色，詩人安插他們充當臨時演員或配角。詩中的種種布置陳設都取自舊金山的教會區及其周邊區域，取自該地區那段焦慮躁動又活躍多產的歲月。貝納正是從那地方、那時代收集到他所有的色彩、事件和人物。可以這樣說，若不細細檢視這些背景材料，我們對這部作品及其象徵意涵必然永遠止於一知半解。為至高成就錦上添花的一片讚頌聲浪中，我們不該忘了仍有重要的工作等待完成。畢竟，我們不會將白堊紀晚期定義為暴龍的時代，因為真正的關注重點應擺在產生、支持這種明星級頂端掠食者的整個環境。藝術或文學運動亦是如此。除非我們真的讓自己順服於「偉人」史觀下的歷史論述，否則就必須承認，若想對任何藝術家或其創作有正確的觀察思考，將產生此二者的複雜人類系統一併納入參考，就勢不可免。

對於像「垮掉的一代」文學風潮這樣流轉變動的現象尤其如此，為了使過往備受爭議的觀點被扶正成為文化遺產，它常常不得不被簡化為容易理解的編年記事；所有粗糙不齊的邊緣和煩人的交雜纏線都因此遭受修剪。無論是什麼研究主題，經過這種簡化，大部分最具活力的重要材料都會遭到切割，被永久排除。讀過喬伊斯·詹森[71]的《次要人物：垮世代回憶錄》後，我們理當意識到，在討論那鼎鼎有名的文化團體及其拮据度日的至福時光時，女性悉數被排除在外，但是，還有許多其他名字也一併湮沒，基於性別以外的理由而未被列入這傳奇名冊，他們也不該被默默掩蓋。因此，將所有被裁剪棄置的文化要素重新聚攏收納，即是這篇賞析的目的，亦可藉此充分梳理背景脈絡，以之呈現哈蒙·貝納最成功的作品，予以深入審視，這才是傑出作品值得且應得的待遇。簡而言之，本文希望能成功為光明本身打光照明。

美國之光

鬧哄哄降世在漁人碼頭，這新生的一天踹進
我的窗，
我脹尿勃起的夢驚嚇四散，弄得我一身溼，時機剛好。
美國之光，
高高地照啊他們[72]，到內河碼頭上與臉泛紅光的漁民
粗暴推擠，
在卡斯楚街上把搽脂抹粉的臉蛋們搧得溼糊糊。

71 譯註：Joyce Johnson（1935-），美國作家，作品涵蓋虛構小說與非虛構作品。一九三五年於紐約市出生，在曼哈頓長大。雖然名氣略遜於其他垮掉派作家，但她的小說創作具有鮮明的垮掉派特徵，著作《次要人物：垮世代回憶錄》（*Minor Characters*）記錄了垮掉一代中女性成員的故事。

72 這處暗指埃及太陽神亞他姆，由此可看出貝納此作的思想與他此前作品裡的佛教立場有所不同，貝納先前追隨自己的文學偶像詩人艾倫·金斯堡，和他一樣採用佛教思想作為精神信仰。

他狂奔
穿梭詹姆斯·利克高速公路車流中大吼「明天沒完沒了」[73]，
而他們只瞇眼
閃躲迴避，然後他又放火燒了成堆的枯萎花朵就在
共濟會大道旁[74]。是他
在整個田德隆區沿路砸雞蛋，在傷心欲絕的教堂裡擁吻骯髒
玻璃聖母像，
迎接遭囚禁的黑夜出來交接輪班，拍拍背，
熱情道賀。他
欺負睡在人家門口的廢人，總第一個到場
發現屍體，在甦醒的噴泉裡
跳舞，為嬰兒塗亮亮油膏，把貓咪拉得長長的，只看了一眼，
水坑
就蒸發乾涸，逗弄海猴寶寶[75]，讓愛情
一夜變質。檢視

自己在每間店面的後視鏡中，碎瓶子
車輪蓋閃過陌生人眼睛，還
瘦得像一個十幾歲小毛賊從氣窗橫楣溜進來，爬
上樓梯，一次一階靜悄悄地，讓臺階的灰塵遍沐
榮光，然後用舌頭

---

73 暗指貝納的伴侶保羅・蘭斯曼，他在舊金山的詹姆斯・利克高速公路上衝進車流時受了輕傷，正如此處所述，不久後，一九七一年九月，他就進了精神病院。在詩中這個場景，貝納似乎讓蘭斯曼等同於標題的「美國之光」。這種將抽象美國現狀化作文本人物、建立兩者關聯的寫法可能多少得益於小說《在美國釣鱒魚》，這是垮掉一代的作家理查・布羅提根的作品，儘管貝納經常公開表示布羅提根的作品不值一哂。也有別的觀點認為他可能是從自己的偶像金斯堡那裡學來的。

74 「成堆的枯萎花朵就在／共濟會大道旁」，大概是指海特－艾許伯里區，這裡是一九六〇年代後期迷幻文化風潮的中心及隨之而來的「花孩兒」們的聚集地，若參照一九七九年——寫作《美國之光》那年——貝納的住處地址來看，這街區就在共濟會大道的西邊。儘管貝納似乎曾向一九六七年鋒頭正健的所謂「愛的世代」致敬示好，但此處略帶不屑地稱之「凋萎」的一代或許是因為他未得到對等回應。

75 譯註：Sea monkey，源自美國的水生寵物，學名 Artemia nyos，是鹵蟲屬浮游生物，俗稱豐年蝦、水馬騮等，在一九六二年時由於其尾巴外型與猴子十分相似因此取名為海猴寶寶，於美國市場迅速爆紅。

將我眼皮舔到如半透明熟桃，以親吻將無意識清得一乾二淨。
呼擼溼，像個淫蕩婊子，他滑動
一根手指，細長白亮，穿過燃燒的肚毛，直到我準備好大塞特塞[76]，
從那裡我
取回了早先從我鼻子裡被鉤出來的大腦[77]，
扔掉
像木乃伊繃帶的床單，以我復活的肉體，我
向前推，進入他[78]。

美國之光從電視裡奔洩而出；泛著光澤的雜誌；
總是
對男朋友們傾注一切；在包了防塵套的照片上撫摸他們
側面，直到
微光引來了飛蛾，努力討好人，振翼拍打，白翅膀像
洋蔥皮，留下

屍體排成象形文字在床頭燈旁，蠶食出許多孔洞在我
忍耐至極的心中[79]。手
挽著手，我和他一起漫步走進喀里多尼亞[80]的黎明，黎明奏響風笛
如微風吹過門階
那門階像海岸被侵蝕，被漂亮的愛爾蘭人們拍岸浪花般

---

76 雖然這一小段詞語貌似指涉清晨的性交經驗，可能是與情人保羅．蘭斯曼，但「呼擼溼」這個詞明顯與埃及太陽神之名荷魯斯諧音，而這段詩文最後結束處以小寫形式提及荷魯斯叔叔的名字賽特，他是風暴與混亂之神。在埃及神話傳統的其中一支曾記述荷魯斯被塞特雞姦，貝納這幾行或許有這樣的暗示。

77 貝納在一九七〇年代有古柯鹼成癮問題，此處可能是指這件眾所皆知的事。

78 這裡的性暗示很明顯，也引用了《通往光明之書》，該書在西方世界更為人熟知的標題是《亡者之書》。

79 我們會注意到，在第二節，現在提到的美國之光似乎指的是聲望和名流的光環。那些「白翅膀像洋蔥皮」、「努力討好人，振翼拍打」的飛蛾似乎是一些沒名氣小作家，他們被那個名人所吸引，留下了有如洋蔥皮的手稿副本供貝納細讀。這些手稿顯然就像「屍體排成象形文字」，留在詩人的床頭燈旁，而他覺得這些東西令他心煩，這點從他「忍耐至極的心」被蠶食破洞的描述中看得出來。

80 一九七三年至一九八二年間，貝納住在喀里多尼亞街十五號，位於第十五街在瓦倫西亞街和使命街之間那段的拐彎巷子裡。

打在上面[81]。我們橫衝直撞
奔向尼羅河的早晨，一直聽到汽車抱怨如腿骨喇叭響，沿著
整條范尼斯大道，到了
第十六街上宛如霍普[82]畫作中的餐廳轉過頭來，在那兒他從街上摔
到我脖子和肩膀上，而
我捏塑薯餅堆疊成番茄醬太陽底下一座座
金字塔。他總是
指著葛雷諾街和多洛瑞斯街另一頭的西方土地[83]，
那裡有亡者
在凱爾特薄暮[84]中無聲漫遊，在繁榮街上哀嘆
不存在的影子，舉起黑黝黝
幾品脫黑啤酒向喔～西里斯敬酒，那早已支離破碎的喔～西里斯[85]。但
這時，一
束傷痕累累的玫瑰朝鑲著裝飾釘子的佛森街滾過去，
把我針頭的紅色那半邊

拖在他們身後往東去，美國之光扮成市政府員工，刷
得我們前面的人行道乾乾淨淨，之後那拖曳行列到了第十二街和伊西斯街附近[86]

---

81 對於外貌迷人的愛爾蘭裔作家，這不是貝納最後一次表現出對他們的厭惡。雖然我們說不出這裡具體指的是誰，但可能的人選包括前面提到的理查．布羅提根；實力配得上名氣的邁可．麥克盧爾；尚未出版作品的垮掉派小說家康納．戴維；或被低估的柯比．道爾。同樣無法確定的是，貝納討厭他們的理由究竟是他們的愛爾蘭血統還是他們的美貌。

82 譯註：Edward Hopper（1882-1967），美國畫家。以描繪寂寥的美國當代生活風景聞名。

83 延續了這首詩的埃及主題，古埃及人將西方的土地視為死者的王國，由被謀殺又復活的神明歐西里斯統治。

84 引用葉慈所想像撰寫的《凱爾特暮光》，這似乎表明了一種對愛爾蘭人的貶抑態度，此態度亦充斥於這首詩的以下幾行。

85 從一九六九年直到一九七六年去世，作家康納．戴維和他的女朋友一直住在繁榮街十二號，就在第十六街和市場街附近。戴維可能就是被稱為「喔西里斯」的人物，這是詩中埃及風格塑造與反愛爾蘭影射手法的滑稽組合。在加強這層聯想的同時，刻意講述喔～西里斯「早已支離破碎」，可能很容易被認為是冷血無情地談論戴維在死前深受心理崩潰折磨的慘況，或者指涉歐西里斯神被他兄弟賽特殺害並分屍切成十四塊。

86 這段話表面上詳細描述了貝納如何不由自主地跟隨「一束傷痕累累的玫瑰」——大概是一群年輕的男同性戀——走向佛森街的「鑲釘」皮革酒吧，可疑之處僅在於貝納尾隨到伊西斯街就終止，這是一條狹小不起眼的街道，但卻是這座城市中唯一以埃及女神命名的街道。

熱度不再。空轉徘徊
在那十字路口，他用了車尾警示燈停車標誌、廉價商店裡骷髏戒指的眼睛
塗擦，好像當它們
是口紅，而我們繼續前進，在第十街轉彎然後越過
霍華、使命、市場來到
波爾克街的荒蕪[87]屁股，第十四塊[88]的我一次次在那兒
被發現，一次次在那兒丟失。

怔住了我呆立那行列中，邁步身姿定格成簷壁飾帶，站立如
凹版雕刻法老側身像，
向上注視他醜惡闇夜的十二小時流逝在福斯特自助
餐廳[89]，神仙拌嘴處，舌戰叫嚷之廳[90]，
各式動物面相的神祇曾一度在此共桌圍坐：向日葵頭的
太陽神拉和他苗條的配偶[91]，或
頹廢風麥庫爾，世紀末花花公子一枚[92]，鬍子刮過了但他永遠

87 一個還滿適切的雙關語：波爾克街的底端，或說「屁股」，是著名的同志出沒地帶，毗鄰更短的荒野街，當時此地正如它的名字所暗示的那樣令人感覺陰森無望。

88 在歐西里斯的神話中，這位神明被兄弟賽特謀殺並切成十四塊，賽特將他的碎片散布在埃及各地，以免被發現後重新拼組。然而，歐西里斯的妻子，亦是他姊妹的女神伊西斯在這片土地上四處搜尋，並找到了此神被肢解後的十三塊身體部位，只有歐西里斯的生殖器沒有找到。因此，似乎可以正確無誤推論，當貝納在這裡提到「第十四塊的他」，他是在談論自己顯然不太安分的陰莖。

89 仍然採用埃及神話結構，「醜惡闇夜的十二小時」指的是歐西里斯所乘的太陽之船在降到地平線以下、進入陰間後必須經過的夜晚十二小時。這句話也可能與貝納詩歌的結構相呼應，其中十二節標誌著詩人的白天十二個小時。此處提到的福斯特自助餐廳曾經位於波爾克街一二〇〇號，一九五四年，艾倫．金斯堡就是在這裡與畫家羅伯特．拉維尼、未來的情人彼得．奧爾洛夫斯基以及詩人邁可．麥克盧爾和喬安娜．麥克盧爾聚在一起喝咖啡、興奮交談。這間自助餐廳連鎖店業已走進歷史，若考慮到當時這家分店位於蘇特街和波爾克街的拐角處，和貝納視角所在的市場街相距許多街區，我們必須假設這位眼睛散光出了名嚴重的詩人只是用他的心靈之眼「看到」了這個場所。

90 這是對埃及眾神之地名稱（Restau 或 Re-Stau）和餐廳（restaurant）一詞玩雙關修辭。

91 在貝納版萬神殿的自助餐廳裡，聚集的淨是頭部為動物造型的神祇，我們在其中發現〈向日葵經〉的作者金斯堡應該不訝異，而彼得．奧爾洛夫斯基大概就是那「苗條的配偶」。

92 在這裡，總是穿著考究的邁可．麥克盧爾與愛爾蘭民間傳說英雄風．麥庫爾融為一體。

不舒服[93]，相當
高貴可敬，可惜他身邊有一夥欲自比比漢的愛爾蘭跟班和狼眼
新娘[94]。而在他們之中，
灑在美耐板上的可樂中有美國之光[95]，閃爍著，懸浮在
每一個字上，每一張
隨意塗鴉的餐巾紙上，也在溫特利樓上，向南朝
拉維尼身上靠過去，淹沒
他的畫布[96]，穿街來到費恩的楊恩旅館，而梭爾
在霧中[97]面目蒼白，尋求突破，或者
撲倒在狂飆天使身上[98]，那天使機智俏皮愛說笑，
玩弄他的螺絲扳手，最後
終於衝過頭，用盡了漫漫路途、惡搞把戲和搏動心跳，登上
空靈的火車，留下
他可愛的身體，像被遺忘的行李[99]擱在軌道旁。這裡
當時是死亡之國，巨大

93 指的是麥克盧爾飽受爭議、不斷遭到搜查及禁演的戲劇《鬍子》。

94 有趣的是，貝納似乎不願公開批評麥克盧爾，畢竟麥克盧爾算是垮掉派裡的前輩，也是金斯堡的朋友。相反地，他選擇用這樣的暗示，即麥克盧爾原本「相當值得尊敬」，但他交往的夥伴朋友圈令人感到失望，也就是此處「一夥欲自比比漢的愛爾蘭跟班和狼眼新娘」。前者幾乎可以肯定是前面提到的同一群作家，即布羅提根、道爾和戴維，而「狼眼新娘」則以不屑的語氣指稱麥克盧爾的妻子、優秀詩人喬安娜・麥克盧爾，她的第一部詩集出版於一九七四年，書名即為《狼眼》。

95 這首詩發展到這個階段，貝納似乎將垮掉一代風潮的諸多成因都認定為美國之光的起源，又或者至少暗示它在那些人每回碰面聚首時啟發他們。

96 畫家羅伯特・拉維尼與艾倫・金斯堡很早就結識，且一直是好友，他在溫特利飯店有房間，該酒店就在福斯特自助餐廳樓上。

97 這是指附近費恩街上的楊恩旅館。如果我們假設「梭爾」一詞是貝納繼續將艾倫・金斯堡與古埃及太陽神拉聯繫在一起，如第三十九行，那麼楊恩旅館就是金斯堡憂鬱低迷且渴望與男友彼得・奧爾洛夫斯基分手時所住的地方。

98 金斯堡後來寫道，住在楊恩旅館使他保有隱私，能夠與來訪的尼爾・卡薩迪無拘無束享受性愛，尼爾・卡薩迪是垮掉一代作家們的偶像級啟蒙伴侶，也是傑克・凱魯亞克《在路上》旅途的司機，貝納在這裡提到「狂飆天使」，指的就是他，殆無疑問。

99 尼爾・卡薩迪與凱魯亞克一起上路旅行，隨後為肯・克西和他的歡樂搗蛋鬼們駕駛巴士「亙進一步」號，最終於一九六八年二月去世，當時他人在墨西哥，疑似夜晚獨自吸毒後徒步穿越聖米格爾德阿連德地區。他倒臥昏迷，被發現時屍體離鐵軌只有幾英尺遠。

岩石頭像，以來世鑿刻出來的，在回憶裡若隱若現，回憶來自
半數破舊小吃店的樓上房間，
所有書店裡都有鍍金石棺，我們泛光澤的輝煌屍體，寶石骷髏懸掛
在談話中當裝飾，美國之光充盈它們之中如同
骨髓。我聳聳肩抖掉白日夢，
由他牽引前行，市場街是我的過道，而幽靈編織成我的
婚紗拖在身後，
經過地盤逐漸擴大的流浪漢和瓦礫成堆的廢電影院，
那兒美國之光曾經
從一張張銀色大臉傾瀉到一張張向上抬望的小臉上[100]，國民催眠般
飄移在睡夢
邊緣，我們一行人來到吉爾尼街，當聖派翠克教堂的
鐘敲響十點。

如果這計時無法令人信服，就當我操了個男孩

每隔一節的詩
就操[101]。然後，在吉爾尼街上擦擦手，拉拉鍊，抬頭望望，
我看到了醜陋的假日酒店，
那裡面有心臟和羽毛秤重受審，那兒有美國之光
執迷不悟聳立在
被告席，而希格和拉里啃著自己拇指指甲，太陽
自己則遠遁在墨西哥，在
心靈感應的叢林，等待他已預知後果的結局[102]。

100 我們剛好可留意到，到了這裡，美國之光成了美國電影業散發的迷人光芒。

101 如果我們撇開這些詩句令人不太舒服這點不談，它們的作用似乎是強化此詩的核心比喻構想：「白天十二小時」，如註釋89所述，同時用以吹噓貝納的性能力。鑑於《美國之光》有十二節，我們顯然可以推斷這首詩所描述的一個白天裡至少發生了六次性愛活動。這可能是虛構或誇大的講法，但任何人只要對愛滋病尚未引起關注的一九七〇年代舊金山同性戀圈子還算了解，這樣的數字絕非不可能，甚至也不算是太異常。

102 從市場街往柯尼街望去，貝納在這裡描述了在司法廳原址蓋起的假日酒店，一九五七年的最後幾個月在這裡，詩人勞倫斯．弗林蓋蒂和他的工作夥伴，城市之光書店的村尾重芳，因為出版艾倫．金斯堡的《嚎叫

看到對面華盛頓街上純粹以心傳心
的禪宗南苑，名字不像餐廳的地方，史耐德的
單手擊掌彈指一響，他削竹
為筷戳起小豬一塊，與他在一起的是消失的傑克[103]，傑克打字打出
一條褪色如灰絲帶的公路，
一路跑到佛羅里達和酒瓶老媽和關於越南的胡謅鬼扯，
然後成了黑豺人[104]。看到了，
就在傑克森街上，莫特．薩爾和狄克．葛瑞格里的妙語如珠裡
藏著拳頭，蘭尼．布魯斯的
眼睛像發黑的杓子一樣飢渴，他們都在「飢餓的我」夜總會外，
這就是永恆真理
令人嘆為觀止的表演廣告海報[105]。藍色火焰搖曳在神聖的頭骨燈籠中
懸掛在
城市所有後街的燈籠，而美國之光從好笑又古怪的眼窩中
噴湧而出，潑灑

詩意，吟詠著宿醉、風流韻事、暴怒脾氣，威士忌
抄寫員哀嘆丟失了

（承上註）與其他詩歌》而經歷了那場著名的審判，他們被以妨害風化罪被起訴。這對搭檔會「啃著自己拇指指甲」是理所當然：做為出版商，可能失去事業、自由或生計的是他們，而不是這首詩的作者。在審判期間，金斯堡本人正在墨西哥尋找傳說中的致幻劑鴉菓（yagé）或心電感應藥水，並聲稱自己一直都知道聽證會的結果注定對出版方有利，儘管弗林蓋蒂和村尾重芳對這件事的回憶似乎有些不同。

103 位於華盛頓街七四〇號的「南苑」是詩人、禪宗學者和環保運動家蓋瑞·史耐德最喜歡的唐人街餐館。傑克·凱魯亞克剛剛抵達舊金山時，史耐德就是帶傑克·凱魯亞克來這裡吃中國菜，還教他用筷子。

104 這句話是傑克·凱魯亞克晚年慘淡的總結。《在路上》獲得巨大成功之後，他後來所有的作品似乎都只被文學界視為《在路上》的註解，至少對它的作者來說是如此。凱魯亞克變得越來越抑鬱，酗酒問題也越來越嚴重。回去與他共生依賴、同樣酗酒的母親同住後，他的保守主義和反共主義變得更加明顯，最後他對越戰的支持使他與以前垮掉派的伙伴們（如強烈反戰的金斯堡）產生了裂痕。凱魯亞克冷酷排斥他的親生女兒簡，有部分也是因為他厭惡她那種「和平主義者」的嬉皮傾向。凱魯亞克最終於一九六九年去世，享年四十七歲，因此這裡將喪葬神阿努比斯喻為「黑豺人」，與美國之光的埃及神話氛圍保持一致。

105 傑克森街五九九號的「飢餓的我」夜總會是垮掉一代的成員們反覆出沒的主要表演場所之一，常駐表演的熱門藝人可說星光熠熠，有社會意識強烈的喜劇演員如薩爾、葛瑞格里，還有染上毒癮的蘭尼·布魯斯。

莎草紙[106]，某處自動點唱機在哼唱〈溫柔地愛我〉，讚頌
孟菲斯和
帝王峽谷。還看到了已死去的旅館房間外罩著靈魂外層，
那是在哥倫布街上，帕拉蒂斯踢掉
他的鞋子，睡在滷汁中，一大灘混雜醃泡了汽車、陶瓦、黑嬉皮
手稿和中國
搖籃曲[107]。戴著皇冠的屍體在我身後拖著腳步，我走過一個街區，剛好
經過地鐵的
地下世界開口，來到蒙哥馬利街，在那裡我走進了一本舊
金山的消逝之書。

拖著九個汗涔涔的靈魂分體[108]我一路穿越蘇特
布殊、板、加州、企李，
來到葬著泛美的陵寢下[109]，並將我越來越
小的凱比特[110]留在左邊。長著

人頭的鷹，警戒著閹雞，心之魂魄飛掠過
傑克森街[111]，翱翔在
消失黑貓的傷逝戀歌中，乘火炬的上升氣流飆飛，啊黑貓
一九六三年萬聖節搗蛋後倒閉，依然

---

106 這裡指的可能是一九七五年發生的事件，當時貝納顯然把康納．戴維的處女作《通往光明的美國》的手稿弄丟了，戴維留下稿件給貝納，希望這位受人尊敬的前輩作家參閱點評。戴維的作品有可能是註解79中提到的、無聊難讀如「屍體排成象形文字」的稿件之一。

107 這幾行令人想起位於哥倫布街三十九號、早已消失的貝爾飯店，凱魯亞克在《淒涼天使》中提到，這是他到舊金山時最喜歡的投宿地點。此處帶入「黑嬉皮手稿」似乎是想稍微提及曾住在貝爾飯店的黑人勞工作家艾爾．瑟伯烈。我們會發現，在《美國之光》中，提及女性、有色人種、下層階級和愛爾蘭血統的代表人物似乎都只是匆匆帶過，除非是艾倫．金斯堡的朋友。「帕拉蒂斯」當然是指凱魯亞克的《在路上》中總以自我為中心的主角薩爾．帕拉蒂斯。

108 根據古埃及形而上學，人類靈魂有九個獨立的組成部分，或稱九個分體。

109 在這裡，貝納開玩笑地將華盛頓街和蒙哥馬利街交叉一帶的泛美金字塔視為真的法老陵寢，誤認為名叫泛美的法老葬於此。

110 凱比特是人類靈魂中與影子相對應的部分。

111 巴，或稱心靈之魂，是古埃及靈魂的另一個組成部分，形象被描繪成一隻人頭鷹。從貝納在這裡提到的「閹雞」，以及第四節的開場白，我們或許可猜想象徵詩人心靈之魂的鷹顯然對雞特別喜愛。

瀰漫著幽靈和遐想，充滿了一流的飲者、問題
作家、史坦貝克的半套
狼人變身，未完成的福克納[112]。在這裡，奇怪的源頭，
石牆還不是
磚砌的，薩里亞在沉悶的艾森豪毛毛雨中將她華而不實的帝國
盡可能撐大，
上了煙燻眼妝的女王以假奶哺育毒蛇[113]。在那
層層洋蔥般紫色
歷史中，一路上有刻鑿的人物輪廓，跳康加舞一般排列在數十年
塵土中：加里·古德羅的悲慘
笑容，兄弟們無法呼吸[114]，黑鳥在低薪的籠子裡
歌唱[115]。不遠處，
斜坡的右邊，是委員會的戲劇，美麗的麥卡擼兒在那兒
被假口交害得他的機智調笑
垮臺失效，而真正的就在那條街十幾家脫衣酒吧裡上演[116]。

112 這幾行讚頌蒙哥馬利街七一〇號的黑貓酒吧，一九六三年這間酒吧在萬聖節之夜的臨檢突襲後終止營業。酒徒作家如威廉・薩羅揚、楚門・柯波帝和約翰・史坦貝克都曾是它的座上賓，這裡描繪史坦貝克變身成了眾所皆知酒精中毒的威廉・福克納。

113 黑貓酒吧之所以享有盛譽，除了做為嗜飲文人的避風港外，它還被公認是美國同志文化最早興盛發展的地點之一。早在一九六九年的格林威治村石牆暴動引發現代同志自豪運動之前，黑貓早在一九五〇年代就已是公開出櫃的同性戀者幾乎唯一的聚會場所，領頭人物是變裝藝人荷西・薩里亞。薩里亞會裝扮成諾頓皇后，以紀念自封為美國皇帝的舊金山怪人、空想家約書亞・諾頓。貝納早期在舊金山創作的詩集《諾頓之帝國》（釘頭出版社，一九七〇年）便是以諾頓為精神主軸。

114 譯註：原文 brothers smothering 以影射喜劇演員搭檔 Smothers Brothers，此處直譯。

115 貝納在此處回顧紫洋蔥俱樂部的輝煌歲月，它仍位於哥倫布街一四〇號，是個典型的舊金山地窖俱樂部，偉大藝人和藝術家如史莫瑟斯兄弟和金士頓三重奏早期都曾在此表演。此處提到的加里・古德羅是一位廣受歡迎的單口喜劇演員和影劇演員——他的電影作品包括一九七三年的《鋼鐵廠藍調》。他也曾在紫洋蔥俱樂部現身。在《城市之光》雜誌第三期封面上那張著名的垮掉一代團體照中，古德羅是站在最右邊，他戴著滑稽的帽子，臉上帶著大家公認的那張「悲慘笑容」。此處「黑鳥在低薪的籠子裡歌唱」指的是作家瑪雅・安吉羅，安吉羅是《我知道籠中鳥為何歌唱》的作者，一九五〇年代曾在紫洋蔥駐唱，此處貝納依舊一貫地對女性和有色人種輕描淡寫。

116 委員會劇院位於蒙哥馬利街八三六號，邁可・麥克盧爾原本希望一九六六年能在此上演他的劇作《鬍子》，該劇中有一小段模擬口交的情節，此前已有一家劇院因此收到歇業關閉的警告。結果，在委員會劇院的演出只表演了一晚之後就被終止了，這個街區原本擠滿了裸露酒吧和脫衣舞俱樂部。

首演之夜的芬尼安戰士們來討好
第八部分的自我本質，也就是我的名字[117]。亞布含在嘴裡，
雙重者緊隨我腳後跟，影子
踩在雙腳下[118]，我爬進蘋果藍的正午[119]，
在百老匯，敬畏之情襲來，
無語地跪下看著蒙哥馬利街一〇一〇號，在那裡
不敗的太陽[120]擠壓著
從皮下注射的聖徒瘋人院口交者中擠出一波
美國之光，從法蘭西斯．德雷克
那兒擠出摩洛克[121]，從我們血跡斑斑的破布
擠出星光熠熠的嚎叫，透特的朱鷺語，
然後，因褻瀆而神聖，在這片爵士樂狂熱的土地上，誕下他那些
鳥兒們的語言[122]。

背後打來的句法之風鼓起我的襯衫前側

如鼓起船帆，我前傾將我
三列槳座的戰船向百老匯停靠，朝向東方，它捲曲的
巨龍屋頂層疊而下

---

117 這裡所說「首演之夜的芬尼安戰士們」果然一如所料是麥克盧爾的愛爾蘭裔作家朋友們，他們在《鬍子》的第一晚（也是最後一晚）演出都到場了。用了「討好」一詞可能是特別用來指作家康納．戴維：該劇在委員會劇院公演是戴維第一次見到貝納，當時這年輕作家相當崇拜貝納這位文學偶像。這份熱情在貝納看來可能不過是想討好名人、渴慕聲名——名號，或稱仁，是古埃及靈魂的第八個分體。

118 靈魂的其他部分還有：亞布（ab）是心臟，卡（ka）是雙重者，而凱比特（khaibit），如前所述，是影子。

119 雷恩堡謎團的神祕關鍵詞「正午藍蘋果」在此被顛倒語序。這似乎與埃及學及本詩其他主題都無關聯，我們只能假設它被寫入此詩只是為了加強貝納每小時一節的詩歌結構。

120 由於艾倫．金斯堡《嚎叫》裡的詩大部分都是一九五六年在蒙哥馬利街一〇一〇號這裡寫出來的，我們不得不認定他就是「不敗的太陽」，是羅馬後期的太陽神無敵梭爾的英語轉譯。

121 鮑威爾街四五〇號的法蘭西斯．德雷克爵士酒店，當金斯堡在迷幻藥的影響下曾在此處得到靈感，看見摩洛克的幻象，《嚎叫》中最令人難忘的段落之一正是圍繞著摩洛克發展。

122 在這裡，貝納將《嚎叫》這本著作視同古埃及神祇透特的話語，透特的頭部像朱鷺，為文字與魔法之神，據說透特是先創造了「鳥兒們的語言」之後才創造人類語言。「鳥兒們的語言」這個詞也被煉金術士用來表示一種內涵特別豐富且充滿象徵意義的詩歌，可藉其傳達深刻的煉金術思想。

來到鮑威爾街和斯托克頓街[123]。進入哥倫布街的遠岸，
被壓抑的段落[124]
冒著泡泡一陣哆嗦，我曾在此，曾在斷斷續續的鑽石
雨中，站在眾神之間，
巨大的本索恩擋住後代[125]；與此同時，美國
之光，眼茫茫醉醺醺又淫亂濫交，
舔舐每一張聖人的臉，直到它們閃映著他唾沫吐出的
磷光。這裡的仰慕者有時
如燈魚群聚淺灘，來扯袖子或拉鍊，如果夠幸運，如果興致來，
如果還有剩的話[126]。但現在透過
它的前擋板，只見我的倒影，看來新奇有趣，穿著一件
引人注目
的夾克，霸占了櫥窗八開見方面積如墓碑，半
透明的，一種垮掉一代的本質，
象徵性地重疊在那個埋葬詞語的遠古墓地上[127]。我

修飾了
窗框圖片中的自己，接下來踅進小巷閒逛往
格蘭特大道去，躡手躡腳的夢境窄縫
布滿爛泥灰塵，在我無所不見的偵探法眼裡，見到瀟灑哥

123 三列槳座戰船是古代世界的三桅帆船，這幾行整體給人的感覺似乎是貝納在百老匯街左轉，前往唐人街。

124 這裡提到位於哥倫布大道二六一號、勞倫斯．弗林蓋蒂經營的城市之光書店，但並無讚美意味，自一九五三年成立以來，它一直是推動垮掉派文學的中心樞紐。然而，在其從事出版工作至今的三十二年中，從未出版過哈蒙．貝納的任何作品。

125 前面提到的《城市之光》雜誌第三期封面是小拉里．基南所拍攝的團體照，照片中許多垮掉派的領袖人物聚集在書店前合影，弗林蓋蒂在後排。在最右邊的加里．古德羅和他旁邊、戴白帽子的理查．布羅提根之間，我們可以看到年輕的哈蒙．貝納的一道眉毛和側分髮型。「本索恩」是艾倫．金斯堡嘲笑布羅提根時為他取的暱稱。

126 很明顯貝納已承認將城市之光書店用來做為潛在會面地點，他可能會和追捧他的文學狂粉約在這裡，因為從詩文描述移動的路徑看來，這間書店是詩人離家最遠的地方，《美國之光》詩中所描述的短途旅行完全是為了隨便找幽會偷歡的機會，此處自白使這種可能性大為增加。

127 在這裡，我們看到，貝納發覺城市之光書店櫥窗中唯一令他感興趣的東西是他自己的倒影。

漢密特[128]，點燃我
不抽的菸，臉藏在我沒穿著的上翻衣領後面，興奮坐在
某個沒心肝木乃伊的鍍金
箱子上穿過城市的噴砂插座，這座城裡的大人物
從脖子以上
都長一副動物模樣，每個人最後都被黑狗帶走了[129]。沿著
裂縫原路瞥了最後
一眼，伴隨著嗚嗚全能至尊的轟隆
響雷滾向明尼蘇達州的希賓
小子，他為思鄉的地下人歌唱[130]，我把罐子那
盛著我吸哩呼嚕響的
內臟的罐子帶到維蘇威，這樣我就可賭賭能否碰上火山塵暴，
這樣我能吃得比那吞噬死者的怪獸多[131]。
氣味濃郁到彷彿固著成形，番茄片岩戴上了無與倫比的莫札瑞拉

128　譯註：Samuel Dashiell Hammett（1894-1961），美國作家，「冷硬派」推理小說的開山宗師之一。漢密特曾定居舊金山，最知名的作品《馬爾他之鷹》（*The Maltese Falcon*）即是以此城地理環境與人情風貌為故事背景原型。

129　此段並不尋常，貝納以格蘭特大道和哥倫布大道之間的小巷為幌子，突然轉向，冒出帶有埃及風格的私家偵探黑色電影意象。有趣的是，在一九八二年，即康納．戴維去世六年後，戴維的喪偶伴侶發現了一份先前未曾發現的戴維小說草稿，這部被以為已經失蹤的小說，就是將於一九八六年由山林出版社發行的《通往光明的美國》。我們可以拿戴維結合了古埃及風與黑暗風的荒誕主義垮掉派小說的開頭段落與貝納這裡的詩行比較一下：「太陽是個埃及大混蛋，在布倫丹．奧傑蘇斯躲避它幾個月之後終於被它給抓到了。它像送貨卡車上掉下來的金木條一樣，穿過百葉窗埋了這個幾乎死了的可憐人，這人正睡在他用來當桌子、滿布咖啡漬的石棺上。他一驚醒便挺身而出，對抗戰鬥。『上啊，來啊他媽的，』他動作亂無章法，對著閃閃發光的入侵者瘋狂揮舞。但是宇宙現象級的兇殘對手對他來說實在太快，而且無論如何都是由光子構成的，布倫丹用強化火腿之類東西製成的拳頭只是穿過這些光子，沒有任何實際影響。儘管如此，他還是努力揮拳，痛擊他辦公室、臥室、廚房裡幾乎所有物品，要他自己老實說，有時還到浴室裡打過一輪，然後在放棄之前他絕望大喊：『我是為什麼又憑什麼活著？』。他坐在折疊式棺材的邊緣，找到一根沒打爛的菸，痛苦地接受了這個事實：自己只是一個小咖，一個可有可無的私家偵探，在托勒密王朝的舊金山執業，那裡的大人物脖子以上的部分都是野獸。當然，整座城市就是病態的迪士尼樂園。」

130　如果我們假設「喔全能至尊」是再次指涉金斯堡，而「希賓小子」是出生於明尼蘇達州希賓的巴布．狄倫，那麼這幾行指的就是金斯堡和狄倫在一九六〇年代中期在同一條小巷裡被拍到。此處未提及的邁可．麥克盧爾當時也在場。這裡所說的「滾雷」是指狄倫和金斯堡在一九七五年巡迴全美的滾雷歡笑歌舞秀。

131　就這首詩裡的時間進度來看，此處大約是下午一點鐘，貝納決定在維蘇威咖啡館吃午飯，就在哥倫布街二五五號，與城市之光書店隔著一條小巷。吞噬死者之怪獸是埃及的喪葬習俗的元素，有時被描繪成一條巨大的蟒蛇，像腸子一樣盤繞成圈，據說那些心臟在審判天平上比真理羽毛還重的亡者靈魂會被它吞噬。

起司如珠玉一般，我
將義大利麵條像繃帶一樣纏繞上我的叉子，快甩、輕彈
讓奶油的黃玉寶珠滴到我
群星閃耀的下巴上，然後是流出黃油的熱麵包、咖啡凍，
水晶般剔透的酒
在油膏敷塗過的喉嚨裡微澀收斂[132]。桌子上仍然迴盪著北
灘義大利無政府主義者的聲音，他們目光炯炯，
大罵墨索里尼；凱魯亞克喝得酩酊大醉，一頭霧水，錯過了
約會，
沒能與亨利．米勒共進晚餐；狄倫．托馬斯在為切爾西的結帳退場
進行淋漓盡致的排練，還有來自
下面街區那些女孩子氣的魁梧美人們的幻影，她們正使
勒努瓦的絲襪群
膨脹起來[133]。我，用字母的鎖骨，打開了用餐時間
的陵墓群，釋放它們

美味的記憶，美國之光自我的餐具中閃爍淫蕩的
光芒，滴落在
高腳杯的球狀側面，為了表示讚許，光照映在這本筆記本中
筆畫如沙舞[134]人形的
加密腳本上，照映在這支凡人結清賬單時用的金色
派克針筆上。吃飽喝足的我
從那香氣四溢的墳墓裡出來了，禁止入內者的名字
就刻在那兒

132 雖然貝納的餐點內容似乎在維蘇威平常的菜單上見不到，但我們不排除餐廳在為這樣一位聲望卓著的貴客供餐時可能會有些例外的安排，又或者他可能是在其他地方吃飯。

133 在這裡，我們回顧一下維蘇威咖啡館的悠久歷史：在三、四〇年代，整個北灘地區是義大利無政府主義者的避風港。一九六〇年，傑克·凱魯亞克在卡梅爾高地與亨利·米勒共進晚餐時喝得酩酊大醉，他那時大概很緊張，而狄倫·托馬斯則是一九五三年來訪美國時，在維蘇威喝得爛醉如泥，最終於在紐約的切爾西酒店喪命。咖啡館的老闆亨利·勒努瓦那時早已開始向附近的滑稽表演藝人出售絲襪。

134 譯註：二十世紀中葉流行於英國的歌舞雜耍表演。在法老圖坦卡門的墓被發現後，古埃及圖像成為時尚元素。沙舞即以阿拉伯服飾扮裝，多人模仿埃及墓葬畫中的側面姿勢，做出相同動作，有如立體圖畫。

門檻上，開頭的是此岸的粗暴格雷戈里
海盜，還有較不
知名的，如無恥的奧沙利文，這些吟遊詩人永遠被阻隔在外，他們的
名號如喔～茲曼迪亞斯[135]湮沒於砂土，
受塵埃磨損於我的出口旁[136]。曾經，赤裸、飢餓的那一代人裡
太陽般的中心人物坐在這裡寫作，身陷
他異性戀的暮色中，等待那些太晚出現的女孩，她們來不及
引誘他擺脫同志
宿命，來不及截斷他與靈魂伴侶聖彼得大帝連結[137]，天堂之門
在波西米亞的五旬節敞開，
舌燦火花，我切回格蘭特大道，
不知不覺來到蘇特街。

穿過它的子午線，垮掉一代的靈魂的展翼日輪開始
下降，移行

進入來世的運動，心臟發抖，在天平上與烏漆媽特黑的禿鷹真理
秤重比較時顫抖著；且畏懼
時間那毫無道理的審判之猿[138]。走上蘇特街，回到

---

135 譯註：不知為何將 Ozymandias 寫成 O'Zymandias，原本應該是埃及法老拉美西斯二世（Ramess II）的希臘文名字，也是英國詩人雪萊一首十四行詩的主題，論述帝王的傲氣野心與宏大功業皆會被遺忘。本書作者摩爾編寫的圖像小說《守護者》（*Watchmen*）中，也有重要角色以此為名。

136 那些因酒醉發瘋而被永久禁止入內的人，名字都被刻在維蘇威前門外的水泥台階上。這份名單上的「粗暴格雷戈里海盜」顯然指的是格雷戈里・科爾索，而「無恥的奧沙利文」是舊金山的街頭流浪詩人帕迪・奧沙利文，看到這裡，我們只能說，「又是愛爾蘭人」。讀者還可以注意那些鑿進維蘇威門口的名字中，有些貝納完全沒提到，甚至連帶有貶義的點名都沒有，例如詩人賈尼斯・布魯和垮掉派中幾乎獨一無二的有色人種作家鮑勃・考夫曼。

137 這家咖啡館也是一九五四年艾倫・金斯堡寫下〈在維蘇威等待希拉〉的地方，這首詩講述了他當時的女友希拉・威廉斯，此後不久他就與她分手，然後開始與彼得・奧爾洛夫斯基交往並創作了《嚎叫》。

138 到了這裡，大約下午兩點鐘。在這首詩的推進時間表中，我們看到貝納和整個垮掉派運動的精神都在衰退，彷彿對逐漸西沉的太陽充滿同情。當然，隨著這首詩走向其日落終點，《美國之光》似乎呈現出一種更黑暗、更遺憾的語氣。「心臟發抖，在天平上」一語再次取譬於死者心臟與黑色禿鷹羽毛（真理女神瑪特〔Ma'at〕的象徵）進行秤重比較的古埃及陰間審判概念。有時我們會發現狒狒，或者是透特以狗頭

過去，矗立著一家白宮
百貨公司，驅車精力在那裡唬弄他沒一起在路上的
未婚妻，用伍爾沃斯的廉價
訂婚戒指騙她，後來又被抓包他赤身裸體
在初升的太陽下躺晒，或者與他那些
極樂乘客談三角戀，喔，喔，喔，歐西里斯，我們這些俗氣如推銷員
的賤胚，赦免
我們的罪吧[139]。別因為我們殘忍、盜竊、欺騙、虛榮就把我們
送到嚴苛殘酷
盤結如腸的大蟒那兒，削價出售的殘骸會被那群蛇消化掉，別叫我們
進行否認自白，別追究是否吃掉
留給死者的蛋糕或者在火焰本該燃盡之前將它們撲滅[140]。
載滿了罪的靈魂
沉沒在它的尤利西斯[141]大道上，它正要回家，回到伊薩卡見保羅的
潘妮洛普[142]，穿越波斯特街，

（承上註）猿身的形象，在審判儀式現場主持，或至少現身出席，透特武斷且顯然沒道理可言的介入至少是公正無私的。此處給人一種感覺，貝納關心的是他——連帶地還有垮掉一代的藝文風潮——在經過足夠的時間沉澱後可能會得到什麼歷史評價和文學地位。

139 位於蘇特街和波斯特街之間的白宮百貨公司有個珠寶部門，一九四八年，尼爾．卡薩迪曾經承諾為他懷孕的女友卡洛琳買一枚結婚戒指，卡洛琳日後將會寫下她與凱魯亞克和卡薩迪一同生活的經驗，揭露其中內情。卡洛琳與卡薩迪和他的一個朋友約在店外會面，從她的視角位置，卡洛琳正好看見卡薩迪的朋友在隔壁的廉價商店伍爾沃斯買了戒指後從側門進入白宮，再從正面出現。這是一段艱難婚姻的開始，在兩人的婚姻期間，她還曾回到家中發現丈夫與房客艾倫．金斯堡躺在床上，後者很快就被趕了出去，後來她自己也趁卡薩迪不在家的那段時間與傑克．凱魯亞克發生關係。

140 「嚴苛殘酷且盤結如腸的大蟒」同樣指的又是是吞噬死者之怪獸，也許在這種情況下可視為文學評論家，他們將在作家死後對他或她的作品進行消化和評判。這些詩行的其餘部分均典出《亡者之書》中被稱為「否認自白」的章節，其中被審判的靈魂會發誓不曾犯下一長串罪行。貝納在這一長串列出的行為中，竟然對於「吃掉留給死者的蛋糕」或「在火焰本該燃盡之前將它們撲滅」感到特別不安，為何如此？也許最好留待日後某天再問。

141 譯註：Ulyssean avenue。指舊金山的格蘭特大道，此路名是為了紀念第十八任美國總統尤利西斯．S．格蘭特（Ulysses S. Grant, 1822-1885）。此處取譬自希臘史詩《奧德賽》（*Odyssey*）的故事，伊薩卡國王尤利西斯在長達十年的特洛伊戰爭結束後，又漂泊十年，歷盡艱險後才返回家鄉與妻子潘妮洛普團聚。

142 貝納在這裡從埃及模式轉變為希臘模式，在回家的路上變成了奧德修斯，喀里多尼亞街現在變成了伊薩卡島，而貝納的情人保羅．蘭斯曼則成了潘妮洛普。

經過范尼斯大道時想起這兒的鬼屋[143]，在這房子裡布拉哈格觀看事物
都用自己的
眼睛，傑斯和羅伯特在他們鬧鬼的舞廳裡幸福地結合[144]
在一起而沿富蘭克林街走下去，
莫里亞蒂的某個情人受了慫恿推搡，割了自己喉嚨後跨欄奔馳於
屋頂並將自己交給
重力，那場惡搞的馬戲跑錯了方向，現在鄧肯的棺材舞池中
隨音樂搖擺的是
幢幢鬼影[145]。美國那道光啊，同樣會投下美國暗影，剪影來自
毛衣、舊貝雷帽，在我這一代人泛黃的
朦朧半影之下，我
改變方向越過吉里街，從奧法雷爾街旁疾馳而過，接下來，我的頭
朝向後面看著我身後
的路途[146]，我哀悼的舟艇撞上了市場街最南端的
堤岸，我從那裡往西，前去骸骨之地。

143 這暗指位於富蘭克林街一三五〇號、宛如出自查爾斯·亞當斯畫筆下的一棟住宅，被稱為「鬼屋」。

144 上面提到的住宅，以前是一座富麗堂皇的豪宅，多年來這裡一直住著詩人菲利普·拉曼蒂亞和他的妻子、攝影師歌迪安·內斯比特與拍攝了《用自己眼睛看的這種行為》電影製作人斯坦·布拉哈格，以及長期合作夥伴，詩人羅伯特·鄧肯和畫家傑斯·柯林斯，在一九五〇年代誇掉的一代輝煌時期，他們是這座房子的主要住戶。

145 這些詩行呈現的，可說是垮掉的一代最可恥缺德的事件之一。一九五五年，尼爾·卡薩迪——《在路上》故事中的迪安·莫里亞蒂角色原型——說服他女友娜塔莉·傑克遜假扮他的妻子卡洛琳·卡薩迪，藉此從卡洛琳的帳戶中提領一萬美元。他打算將這筆錢拿去賭馬，賺更多錢，然後在卡洛琳發現之前將原來的金額存進她帳戶裡。彷彿一切都注定好了，「惡搞的馬戲跑錯了方向」，馬輸了。娜塔莉·傑克遜對與自己協助犯罪感到心煩意亂，儘管卡薩迪囑託傑克·凱魯亞克照顧她，但在十一月三十日，她割了自己喉嚨，然後跑過她在富蘭克林街一〇四一號公寓的鄰居家屋頂，一名試圖救她的警察追著她跑，最後她墜樓摔死。得知發生的事情後，嚇壞了的卡薩迪和凱魯亞克都聲稱不認識傑克遜。這齣悲劇放置在詩的此處，貝納這樣安排頗耐人尋味。貝納似乎處於懺悔心態並想尋求贖罪，但傑克遜的故事在此表現得好像貝納在為整個垮掉一代綜合的敗德行徑尋求寬恕，而不是他自己一個人犯下的任何罪行。貝納是否試圖以整體印象掩蓋具體情況？最後提到的「鄧肯的棺材舞池」指的是上述羅伯特·鄧肯以及他與傑斯·柯林斯在「鬼屋」（以前是豪宅的舞廳）合住的公寓。

146 這似乎想表示在《亡者之書》中某位神的象形文字形象，他的頭是前後顛倒的，被稱為「倒著走的人」。從這裡的上下文來看，它似乎僅表示貝納在開始返回市場街時，人正處於一種反思或回顧的情緒中。

精神相通的幽靈在宮殿的警戒線上擁擠不堪，電視
從一九六三年發出的
干擾模式劈啪作響，垮掉一代的阿蒙拿著他手寫的嚎叫
朝著天殺的琛嬷嬷，越南
蓋世太保情婦，而帶著騙子笑容的耍爛小子路也加入了
眾多東南亞勸戒大會中的
第一場[147]。在私人陰影遮蔽下，我向前走，途經
已面目全非的聯邦作家計畫龍蛇混雜處，雷克斯羅斯在那裡
描繪我們打字機的地形圖，
其帶有孔洞的大寫字母上撒了薄薄一層經濟大蕭條樣貌，但
其他部分面目模糊[148]，我拖著
頸背豎毛繼續往七二一號那兒去，製作黑白影像，
洩漏出的未來閃現，
晃蕩穿過一張著名的褪色五〇年代照片，那裡面
市場街的

電影院門口遮簷預告了「泰山」、「飛車黨」、「陌生人配著槍」，下方是
性感招搖、按喇叭的開車人卡薩迪，
和他的富蘭克林街自殺金髮妞臉貼臉，而我們
懷著反骨背叛，我無法[149]
言說的背叛。現在，帶著罪刑和悔恨，我的朝聖之旅推進了一
百個

147　如果我們假設「垮掉一代的阿蒙」是對艾倫・金斯堡進一步神化的說法，那麼這段話就是為了紀念一九六三年十月在市場街六三三到六五五號皇宮酒店外的示威活動，這場活動是為了抗議越南祕密警察首長的妻子瑹夫人來訪，這是金斯堡第一次參加政治抗議活動。當時一起參與的還有詩人路・韋爾奇，他喜歡稱自己是垮掉派中的騙徒。

148　在經濟大蕭條期間，美國聯邦作家計畫在市場街七一七號設有辦事處，詩人肯尼斯・雷克斯羅斯在那裡擔任編輯，負責該計畫裡美國指南系列的加州與舊金山部分。

149　在市場街上繼續走遠一點，貝納發現自己正穿過艾倫・金斯堡最著名的一張照片的背景——市場街上有許多電影院，七二一號曾經也是——照片中的尼爾・卡薩迪和悲慘的娜塔莉・傑克遜幸福地擁抱在一起，站在大廣告看板下方，上面貼著貝納此處詳細列出的電影預告，拍了這張照片後幾個月就發生了導致傑克遜死亡的事件。再一次，貝納似乎又過度對於廣義的垮掉派「反骨背叛」感到懺悔，而他自己與此毫無關係。

門牌號，到達了太平洋大廈，這地方，在悲痛欲絕的
往昔，這兒曾經是鐵道
火車工人兄弟會，從那時候開始，「在路上」換軌
跳到「在鐵路上」，並沿著
措辭狂野的路線運送那寂寞的汽笛[150]。過了第五街，一個
維克坦尼人的精神印記在
陰暗的下體護襠蒸汽中，眾人愛的摩托車邁克
在此將肌肉組織
注入四肢和語言[151]，所以我進入人行道散步模式
走在暴露在陽光下的
人行道上，直到第六街才像植栽插枝一樣停步佇立，看到美國之光
像一臺吱吱啞啞的壞掉收音機一樣刺眼
直射金門大橋，因此被閃瞎了雙眼，站在大道旁我又
想起了橋。

靈魂懸浮在藍天和海灣之間，在洶湧鼓脹、齊響合唱的
大風中，在高音震顫的
電報訊號中，複雜得讓人難以忍受，它們消散分解成簡易彈道、
軌跡中的無動力
物體以及尼羅河寬闊水面上無人聽見的噴濺水花。
鐵鏽橘紅顯現
在一圈圈如吊掛長襪般的鋼鐵上，未寫下的詩行漸行
漸遠，淡入沸騰的紫色
蒸汽中，前往不存在的遠方，那兒有下一個世界索薩利托。
那兒，我們在衡量與深思

150 位於市場街八二一號的舊太平洋大樓在一九四〇年代曾經是鐵道火車工人兄弟會的辦公室，當時尼爾・卡薩迪和傑克・凱魯亞克都在為南太平洋運輸公司工作。

151 邁可・麥克盧爾於一九五〇年代初到舊金山，曾在位於市場街九四九號的維克坦尼健身房工作。在業餘時間，熱愛摩托車的麥克盧爾會使用健身房的設施鍛鍊身體或寫詩。

的邊緣顫抖，既不像心臟那樣輕盈也無法重如
鴻毛，得到的結論使我們動彈不得，我們和世界最終
俱非真實。在絕望的迷霧中
尋求清晰事物，我們邁開漫長的一步，走出虛構的
歷史，邁向虛無縹緲的
真實，我們胸中那所有的撞擊躍動、所有的運行活動皆止息，
這樣的結局，我，請相信我，
未曾企求過，一種被誤判的節奏而我現在無法修正挽回[152]。
心境如此，那時
還有雙足行走的黑狗緊隨在後，我穿戴自製的鎖鏈腳銬，拖著
腳步，來到第七街拐角處，又被灰狗巴士站那令人難以想像的
空蕩蕩模樣
攔住，幽靈管弦樂隊發出沙啞引擎聲，煞車嘆息聲，回音
低盪旋繞
在天空般遙遠的屋頂下。汽油、小便、香菸、

152

這種突如其來、從金門大道跳到金門大橋的飛躍式聯想需要細細分析。一方面，在整部《美國之光》中，貝納所經過或甚至想到的地點主要用來做為詩歌靈感狂熱發想的源頭，而且也據此得到理由書寫與這些地點相關的垮掉一代歷史，提供了這首詩的大部分內容。然而，在詩的這一節，有大約一半似乎根本沒有特別指涉垮掉的一代，相反地，它似乎是針對金門大橋成為人們自殺首選地點的沉思冥想，詩在此處再次透露出懺悔的氛圍，以及我們在前面的詩節中已留意到的那種曖昧不明的內疚感。如果我們將「尼羅河寬闊水面」一語以及將羽毛與心臟秤重比較的暗示都忽略，那麼這段文字對於古埃及的指涉程度也不如我們在前幾節所見。儘管如此，在橋另一邊的索薩利托在此被當作「下一個世界」，這樣的概念可以與康納・戴維的《通往光明的美國》第十章中的這段文字進行比較：「奧傑蘇斯痛得大吼，自顧自地嚎叫，用力將他後腦杓甩向朝他而來的古埃及典儀權杖，表明自己一點也不怕。一片漆黑的昏迷吞沒了他，但很快又將他嘔出來，他臉上露出難以置信的驚恐表情。越來越沮喪的他想起來，自己坐在一輛福特石棺的後座上，身上綁著棕黃色繃帶，正被兩個長著狗頭的傢伙開車載著，迅速猛衝過黃金命運大橋，他們正咬著他很可能就要爆裂的頸背。『你們這些陰間當差的怎麼老是些狗？』他說得一副事不干己的樣子。『你們有地獄犬；有阿努比斯；還有冥王。我一直認為狗是一種比較陽光的動物。我可以問一下，你們要帶我去哪嗎？把我裹得密不透風的，好像我全身都受傷了一樣？』抓捕他的這些狗竊笑著，用鬆軟的舌頭和可怕的牙齒回答，『你喔一定會往來世那兒去的，小鬼，一直到神聖的索薩利托和下輩子去，就你的情況呢，下輩子更像是後來才臨時補上的。』布倫丹嗤笑一聲，『啥，索薩利托不過是天主教徒編的童話吧。在我看來，這是對死亡的比喻，故意講得遮遮掩掩罷了。』『隨你便吧，』惡棍們粗聲粗氣地說，然後將他的頭塞回另一支禮儀權杖裡。黑暗再次吞噬了他，但這次帶著憂慮的鬼臉。」

洗手間裡的愛和美國之光將老天使的眼皮撬開，
那淒涼老天使
剛從西雅圖過來；透過塵封的地下室窗戶，對著裡面
輪班的工人眨眼，教人分心，
那些工人因幸福而疲憊，詩歌世界運行的樞軸與
神槍手艾德多恩，在此皆奴隸，用
行李建造墳墓，就像我們所有人一樣，喔，又一次到了那裡，無罪
無咎在我們無瑕的早晨[153]。

棺材引導的腿我拖著，行屍走肉一個，繼續跋涉於范
尼斯大道，五點鐘
的晦濁溼氣沿著遙遠的林蔭大道毛手毛腳，灰濛濛，
布滿蠕蟲。在殘影中
費爾摩的幽靈朦朧如殘像，自記憶模糊的暗沉濃霧向外凝視，感恩
至死，頭上套著

專輯封面的頭蓋骨；還搭配它兒子們的頌歌[154]。我意欲搭乘一輛
街軌電車如棺材承載著這屍體
向西去，這片腐爛金箔得以安息，我在那兒登上顛簸起伏且
嘎嘎作響的我的
墓床，從左側的雕像底座向外瞥了一眼失落的
瓦倫西亞，此時我們跨越街道，
跟蹤一顆受傷的太陽直到它被地平線的鋒刃劃破動脈，噴湧鮮血[155]。

---

153 這一段將以前位於第七街和市場街的灰狗巴士站重現，《淒涼天使》中提到傑克·凱魯亞克從西雅圖旅行後到舊金山後，首先到達這裡。「詩歌星球的樞軸」推測應該是再次對艾倫·金斯堡推崇致敬，一九五六年他在灰狗巴士站的行李部門工作，當時他找不到像凱魯亞克和卡薩迪那樣的鐵路工作。卓越的黑山派詩人艾德·多恩那時候也在同一部門工作，但輪班時間不同。

154 這些台詞隱約指涉的似乎就是愛用埃及元素的死之華樂團、他們的專輯《太陽頌歌》（*Anthem of the Sun*）和他們裝飾著骷髏頭的唱片封套，藉此在古埃及色彩下重新塑造位於范尼斯大道和市場街附近的費爾摩西殿堂。

155 此處滿載著葬禮的豐富意象和田納西·威廉斯的典故，我們應該可推知，此時貝納搭上了舊金山歷史悠久的有軌電車，這條路線將把他帶到第十六街的西端。

那裡是
運轉手他老婆漫長而無奈的等待之處，一九四八的冬天，自由街一〇九號，
且擔負著嬰兒，一直等到
那落跑的父親從丹佛及其他地方開車回家，他帶著他
迷戀的伙伴傑克，他
是在背後的路徑接他上車的，那艱苦的垮掉行旅就此
開始，而來到這裡它就此
消失[156]。在那條路上，書的墳墓也曾一度蓬華生輝，
絆腳的流浪漢廢柴，像漸弱的鼓點、更輕的節拍，那
光采來自一個愛熱鬧的老粗和
破敗的星球此後就
被遺棄了[157]。在漸漸昏暗的斜坡上，我的送葬馬車滑了下來，
陷入運載太陽的燃燒
船艇拖曳的尾流，麥柯蘋、珍珠、葛雷諾，每條經過的街道
都是一段儀式，引渡我們肉身凡胎

進入稍後的笛布斯、多洛雷斯，在第十六街我下車
走向聚攏的
黃昏，美國之光像雄糾糾的無賴流氓如今奄奄一息掛在
防火梯上，已經離開那個高高的
壁架，你剛才看見它在那兒，此時舊金山的努特彎身化為

156 一九四八年一整個冬天，卡洛琳・卡薩迪——此處被貶稱為「運轉手他老婆」——正是在她位於自由街一〇九號（如這裡提到的）的公寓裡，帶著剛出生的嬰兒，等待身為丈夫和父親的尼爾結束他到丹佛和東海岸的旅行，等著他回家。尼爾在二月初終於回到家，還帶著剛結識的新朋友傑克・凱魯亞克，他們倆剛剛完成了橫越美國的史詩般公路之旅，這趟旅程後來成為《在路上》的故事。寫到這裡，貝納突然陷入憂鬱，似乎將這個區域詮釋為垮掉一代的夢想前景的發源，也是那夢幻美景的終結之處，為何這樣看待它，可能只有詩人自己才清楚。

157 這裡指的是曾經位於瓦倫西亞街五一八號的「廢棄星球」書店，這是一家略顯破舊的文學書籍專賣店，但深受喜愛且頗有地位，常光顧的客人中，格雷戈里・科爾索大概一定要算在內，正如貝納在這裡所主張的那樣，但更廣為人知的是偉大的傑克・米雪林。米雪林老是在此流連，他浪跡街頭，勉強營生僅夠糊口，尤其晚年更是如此，他是值得學習的詩人、畫家和爵士詩歌的早期倡導者，曾與查理・明格斯一起演出，被許多人視為極少數真正名副其實的垮掉派人物之一，在詩中此段被貝納蔑稱為「絆腳的流浪漢廢柴」。

槌球門框在迷霧籠罩的
星空下，棺材船發出一聲沉悶雷鳴，日落
入地底，遁入麗景公園下[158]。

返家的最後一英里回到喀里多尼亞街，縞瑪瑙落定在記事本般
飲墨區塊和門廊過道
黑黝黝的，美國之光在槍口一閃的火花中是藍色的，在迎面
而來的大燈中像
捕蠅紙那般黃，涉過池塘街，在沒有任何繁榮可言的
街道，鬼祟纏身般
停頓下來[159]。這裡是路的盡頭，這裡橋已不在，這裡

158 更多埃及裝飾品：努特是古埃及的夜空女神，在圖畫中經常延伸至天空中彎成拱形。在麗景公園下運行的日落鐵路線經過調整後成為引用在此的意象，傳達出古埃及的概念，即當載著太陽的船艇完成穿越白天天空的航程後，接下來必須開始其穿越地下世界和夜晚十二小時的航線；正如此處字面意思：「日落入地底」。

159 如果貝納的一天和這首詩的長度分別為十二小時和十二節，那麼我們或許可以推斷出這趟圍繞垮掉一代歷史的散步行旅發生在一九七九年三月十六日左右，當時太陽應該在早上六點十八分升起並在下午六點十八分落下。事實上，貝納在「沒有任何繁榮可言的街道」上「鬼祟纏身般停頓下來」，指的似乎是繁榮街，正如註釋85中指出的那樣，從一九六九年到康納．戴維於一九七六年去世為止，作家戴維和他的伴侶都住在這裡。在此更進一步深研戴維生平或許正合適，因為這位在此詩中未透露姓名的年輕作家似乎是貫穿貝納詩歌的隱藏暗流。一九四一年，康納．戴維出生於芝加哥，一九六四年夏天來到舊金山時，他還是個二十出頭的英俊年輕人，毫不掩飾自己對垮掉一代文學成就的迷戀，尤其是哈蒙．貝納的作品，發表於一九五九年的作品《哈林黃金》，給當時十幾歲的戴維留下了深刻印象。來到舊金山的戴維住在北灘的榛子街附近，很快就與邁可和喬安娜．麥克盧爾成為朋友，而且也透過他們認識許多其他文學圈名人，尤其是麥克盧爾的朋友柯比．道爾和理查．布羅提根。有一回和這兩人一起喝酒到深夜，還聽到道爾有感而發地聊著，在古蘇美文明當一名詩人有多慘，得隨身攜帶黏土板來速記靈感，這場談話快結束時，話題已經發展到上古時代的世界大概也有私家偵探，也是得背著笨重的黏土板到處跑，這個概念在戴維心中播下種子，在將近十年後發芽，成為他第一本書《通往光明的美國》的題材，可能也激發了理查．布羅提根在一九七七年出版的《巴比倫之夢》，這是本讀來相當愉快的小說。如註釋116和117所述，一九六六年戴維去看了邁可．麥克盧爾的劇作《鬍子》，那是在委員會劇院僅有的一次公演，在那裡他認識了哈蒙．貝納。一九六九年，戴維搬進了他新女友位於繁榮街的公寓，恰好隔不到幾條街之外就是貝納和保羅．蘭斯曼在喀里多尼亞街十五號的住處。一九七五年，在打完《通往光明的美國》初稿後，戴維把它借給貝納，熱切希望他心目中的文學偶像能給予評論建議。這篇評論卻始終沒有出現，戴維最終鼓起勇氣問這位前輩作家對手稿有任何想法，貝納起初聲稱自己一定是把它弄丟了，後來又質疑一開始戴維是否真的曾將作品借給他。戴維相信他此生唯一的一份作品就這樣消失了，他變得越來越心煩意亂且憤怒難抑，有一次在柯尼街剛好遇見貝納、還與他對質，註釋106中提過此事。最後，由於作品顯然再也回不來，戴維陷入了抑鬱的漩渦中，他沒發現記錄原始草稿的手寫筆記本掉進他的寫字台，後來才被他喪偶的伴侶發現。一九七六年三月十六日，戴維從金門大橋跳下，結束自己的生命，奇怪的是，這似乎正好是貝納本詩的紀行日期。

是我們
中斷夜半嚎叫的地方，法老王的獵犬在此咬斷骨頭好
吸吮爵士軟膠。在這裡，我們
心臟的重擔，被掠奪的捲軸，如今在倒塌的亞歷山大圖書館
成為引燃的
火種[160]。夜晚的灰燼在我的頭髮上，我滾動這靈魂如糞球經過
桑切斯街，越過教堂街所在的
骷髏糖地區，最後來到哀傷聖母這兒
來到她哭盡淚水的小溪邊[161]，
在難以穿透的酒紅夜色中發亮如白化症患者。在這裡做夢的
死者，米沃克、歐隆尼，正在狩獵
在這片土地上快活著；那些墨西哥總督或指揮官；
戒嚴委員會
恐怖管制的受害者和其他烈士，我們是夢境幻影，
在他們滿布蜘蛛網的睡眠中遮覆那些

骨頭眉毛[162]。在這裡，我也受到斥責辱罵，科格林天主教徒從那
悲慘的教堂投下火石般的
歇斯底里，刺痛我耳朵，那禽鳥的尖叫仍在耳邊響起，
縈繞不散，致敬遭拒絕而

---

160 根據註釋156，貝納聲稱凱魯亞克之路始於卡洛琳．卡薩迪在自由路的公寓，如果本節開頭的「路」等同於這條路，那麼貝納似乎認為繁榮街是垮掉的一代夢想達到終點的地方——或者，也許更準確地說，是哈蒙．貝納的垮掉派文學夢想結束的地方。同樣，如果「橋已不在」語指的是康納．戴維的自殺，如上所述，那麼這位年輕作家之死或許與貝納認為他個人的垮掉派文學夢想在此破滅不無關係。最後一行的「心臟的重擔」表示貝納的心情沉重，這行似乎指的是亞歷山大圖書館的經卷手稿被焚一事，這是中世紀黑暗時代開始的象徵，當然，除非貝納指的是某些其他「被掠奪的捲軸」可能已經在火焰中消失。

161 這幾行指的是多洛雷斯布道所和毗鄰的多洛雷斯布道教堂，位於第十六街，原本的布道所是舊金山現存最古老的建築，最初是以附近的一條小溪來命名，此溪流以西班牙文名為 Arroyo de Nuestra Señora de los Dolores，意思是「哀傷聖母溪」。

162 許多舊金山的名人都葬在這個布道所中，其中包括協助建造多洛雷斯布道所的數千名美洲原住民，他們分別來自米沃克族和歐隆尼族；第一任墨西哥總督；舊金山要塞的第一任指揮官；戒嚴委員會恐怖管制的受害者，以及貝納可能在這幾行想到的任何「其他烈士」。

悔罪不被接受，想抓住真理羽毛般的飛機尾跡已經來不及[163]。
良心消逝在戰爭中，我
硬撐著走過葛雷諾街和洛喜戲院，在戲院那兒美國之光
變成了《女人的煩惱》或《橡皮頭》[164]
那樣扭曲著，我滿腦子想著被迴避的百合花、遭驅逐的
悼詞，以及法蘭奇鳥羽
狂亂豎起在墳墓前[165]。回到家發現愛情和燈光
皆已熄滅，在臨終的床上我才
明白我們的名字和時日和朝代如塵埃；我們的時代是
偶然的沙塵聚散。

163 在這裡，貝納有點虛偽地提到了康納·戴維的葬禮，這場葬禮於一九七六年四月十一日在多洛雷斯大教堂舉行。詩中提到天主教廣播演說家，臭名昭著的反猶太主義者，科格林神父，似乎是在暗示貝納不得參加戴維的葬禮——他的確被排除——因為貝納是猶太人，但事實並非如此：當貝納不請自來時，戴維的伴侶方因喪偶心碎，此時又大發雷霆，大聲指責貝納粗心、冷漠導致了戴維的自殺，並要求將詩人趕出教堂之後才進行儀式。她的譴責可能正是這裡所敘述的「火石般的歇斯底里」和「禽鳥的尖叫」。

164 譯註：*Female Trouble*，一九七四年美國的獨立製作電影，為一黑色喜劇，由約翰·沃特斯與人共同編導製作。描述一名女孩蹺家又未婚懷孕遭到拋棄後，不斷誤入歧途，終至無法挽回自己的人生。*Eraserhead*，一九七七年的美國超現實主義肉體恐怖電影，由大衛·林區自編自導。內容講述一名男子在一片荒涼的工業世界中照顧自己嚴重畸形孩子，過程中經歷各種夢境和幻覺。電影的超現實主義意象和性暗示形成明顯的主題元素，視覺與聽覺效果強烈。

165 這顯然是指上述事件。「法蘭奇鳥羽」是指康納·戴維的伴侶，她將貝納趕出戴維的葬禮，且後來又找到戴維丟失的書稿，並加以整理，準備在明年由希爾伍德公司出版，她就是克拉拉·法蘭西斯·「法蘭奇」·博德（Clara Frances 'Frankie' Bird）。

8

還有，最後，還是閉嘴安靜吧

「穿過樹枝的風笑得真是不懷好意，不是嗎？不管怎樣，我對這事頂多就這麼想。你說呢？怎樣？」

『』

「好啦，別一副臭臉嘛。不得不說我們的處境是很糟，但至少我們還能彼此作伴聊聊天，不是嗎？我覺得，要是得自己一個人撐過這種折磨，應該會痛苦得無法忍受。」

『』

「好吧，如果你現在沒心情，我就不逼你了，不過我覺得這樣真可惜。我們一行人從布萊克利出發，到現在就剩咱倆了。真的還不到十四天嗎？我已經感覺不到時間流逝，我還以為過了好幾個月。」

『』

「你不打算改變心意，我看得出來。你顯然完全沒心情說話。那，如果我自己想把話說出來，你應該不會有意見吧？」

『』

「這就對了！我們這對老搭檔就該像這樣愉快地出來走走。每當想到我們一起看過的風景，我簡直就一陣暈眩。那是多麼美好的一天，我們在布萊克利的老教堂遇到彼此。現在回想起來，那時我們有五、六個人，不過你也想像得到，還有很多其他人也出來觀看絞刑。那時候是——我想想，那時候是十月吧，那些地方沒什麼新鮮事，這算是稀有奇觀。有一個老人，從他的表情來看頭腦應該不太正常，他興奮地歡呼鼓掌。還有個小男孩，他吸氣呼氣時綠色的鼻涕在鼻子底上上下下，你記得吧？現在想想，還有一隻只有三條腿的狗，它在人群的邊緣吠叫，一瘸一拐、走來走去。曾有過那樣的時候呢，是吧？我敢肯定，他們不會在匆忙間就把我們這半打人都給忘了。」

『五個，我們有五個人。』

「啥？那啥？樹枝摩擦好像是橡樹在嗤嗤笑，除了那之外，我好像還有聽見什麼？」

『　　』

「伙計，別生氣嘛。來，再說一次，我們在患難中應該有兄弟情誼的。你剛才說什麼呢？我聽不清楚。老實講，我身體狀況不行了。」

『五個。我是說，在布萊克利教堂那時我們有五個人。好了閉嘴，不要再胡說八道了。』

「你是說五個？啊，可能是那樣。我啊，幾乎被刑罰逼瘋了，既不相信自己的回憶，也不相信自己的感覺。東西是在閃爍還是歌唱，我都分不清了。」

『喔，我也好不到哪裡去好嗎？所有一切都給人一種隨時要作怪的感覺，就像快要沸騰起來的熱牛奶。爛泥巴和水坑、柵門和蕁麻野地，讓人非常鬱悶，那些東西本質就帶著某些惡意。我討厭它們。我們兩個都一樣，再不久就要掛了，我相信就是這樣。』

「我和你一樣這麼認為。可以說我更肯定是這樣。我悲痛到腦子都要腐爛長蛆了。一開始和我們在一起的那些夥伴呢？當時我們有六個人，我記得你這樣說。」

『你去死啦，是五個啦。我們有五個人。我講完還沒過一分鐘。我們五個人在教堂那兒。欣克利鎮的羅傑，他是警長。是他說我們應該進去，就是他害我們惹上麻煩的。如果現在他在我旁邊，哼，我一定把我們死命扛的這玩意兒放下，撲上去把他掐死。』

「他不是我們之中早就掛了的那個嗎？據我所知已經有一、兩人自行了斷。」

『不，如果是那樣的話，我大概就不會那麼氣了。當他聽到我們的判決時，臉色變得像百合花一樣蒼白。他說這會要了他的命，然後沿著國王公路直奔多佛，他從那裡逃往法國。但——就是他！是他說我們應該進去把那個無賴拖出來的。當時我反對，而且我說這樣做會惹上帝發怒，結果他把我銬起來，說如果我不這樣做，萊斯特伯爵會先發火。』

「你是對的。就是進去教堂毀了我們所有人。我記得當時我心裡想，『來這裡對我一點好處也沒有』，但我還是進去、而且做了。」

『是啊，是啊，我們做了，而且再也無法回頭。所以，如果你不介意，我想——』

「啊，我的記憶就像一個孔洞特大的篩子，所有的思緒都細小得很。好，所以如果我沒聽錯的話，你所說的警長羅傑逃跑了，然後我們有五個人。」

『對，什麼？不，不，他走後只剩我們四個人。我——約翰．哈朋——從班伯里來的。還有也來自那地方的威爾．泰特。和我們在一起的還有貝德福的羅伯，以及彼得伯勒的馬丁。我也不認識這個馬丁。那可能就是你嗎？』

「是的！是，有可能！但是仔細想想，我從沒去過彼得伯勒，也不記得人們是否叫我馬丁。我恐怕要神智不清了。你能不能看一眼然後告訴我你覺得我像誰？」

『靠我這副爛眼睛最好頂個屁用。我現在眼睛看到的一切都像被下咒似的，彷彿透過蜘蛛網看到一樣，所有東西都花花的，像蒙上什麼圖案。這眼珠子從外頭看起來又大又緩，內裡卻小得多，還一直瘋轉。我們走的這條小路都結凍了，硬梆梆，在我看來到處都是漩渦和暗流，就好像流不動的水面。漂亮到令人恐懼，要不是那兩傢伙老騎著馬跟在我們後面，我早丟下身上揹的東西逃了。我敢打賭，他們還在那裡。你能從你那邊看見他們嗎？』

「不，我的眼睛沒問題，但我脖子僵硬，頭沒辦法轉動。不過我聽得見他們的聲音，就像你猜的那樣，他們在後面策馬小跑，離我們有一小段距離，還抱怨我們身體臭。是說你眼中那些跡象和奇景，能再多講些給我聽嗎？你有沒有想過你可能是聖徒呢？」

『聽你這麼講之前我自己不這麼認為，現在我反而不確定了。聖徒所見的異象不應該全是羔羊和天使嗎？我見到的只有醜陋的生物在樹皮裡咆哮，我們經過的池塘有一大堆長得像皮囊的閃亮亮怪獸湧出來，有的像黏糊糊的軟爛甲蟲，也有像蟹爪的疙瘩骨頭，表面長著許多眼睛，看起來兇惡得很。我們頭頂上一團團的那些，我知道只是冬天的雲塊，可在我眼裡就成了巨大蠕蟲的糾纏線球，它們像城鎮一樣大，懸掛在裸露的天空。它們不斷在蠕動的繩結裡進進出出，盲目亂竄的身軀像砲塔一樣粗，一節一節都緊實飽滿，表皮是粉灰色，它們的側面映射出潤溼的光澤。一切事物的顏色都讓人頭皮發麻，整個世界都顯得比蝸牛更複雜。我沒辦法想像自己是聖人，但也不能解釋這種到處都星光點點的恐怖景象。』

「我聽說過——雖然是聽那些不信神的人說的。當聖徒用連枷皮鞭抽打自己，鞭在還沒痊癒的皮肉上，會讓瘟疫病毒從皮膚破裂的地方侵入，這就是為什麼他們會看到那些東西。如果真是這樣，那你被鞭了這麼多次，再加上揹著滿是病菌臭蟲的重擔。我會說，在我看來，你根本活像個聖徒。我猜羔羊和天使遲早要來，只是時候未到。」

『你講的可能不無道理。我以前沒聽過這種說法，不然就是我忘了。要是真是這樣，我們的判決和它規定的內容就殘酷得很有道理了。名叫修的那個老主教那時候說，我們應該被剝個精光，然後帶到布萊克利，全戴著手鐐腳銬，去把那個人挖出來——』

「就是你從教堂拖出來吊死的那個人？」

『對，就是那個人。我們要把他挖出來，然後把他扛在我們赤裸的肩膀上，走遍那個郡所有的教堂，到了每座教堂，在帶著血淋淋的背和那具臭死人繼續往前走之前，我們要都被鞭子抽一頓。假如你說的是真的，那麼林肯郡的修簡直就是要我們所有人死，只不過他想先讓我們發瘋。難怪欣克利的羅傑要那樣子死命逃跑，寧可流亡。不過我剛剛說了，堅持要我們進聖殿去搗亂的可是他。』

「嗯，聖殿。聽說上帝特別在意這個，不然就是他的部屬很重視。在一般情況下，我發現最好別讓教會對某件事感到不安，因為他們老是將事情看得很嚴重糟糕。」

『憑我們現在這麼慘就看得出來吧。教會凌駕在一切之上，萊斯特伯爵和他的手下在教會面前連吭一聲都不敢。怎麼，亨利國王[166]不就是因為謀殺湯姆．貝克特[167]才被鞭打嗎？他

166 Henry II（1133-1189），自一一五四年開始擔任英格蘭國王，直至一一八九年去世，是金雀花王朝首位國王，任內實行司法改革，企圖收回教會權力。

167 Saint Thomas à Becket（1118-1170），亨利二世的密友和顧問，一一六二年亨利二世為了在教會裡安插盟友，舉薦他擔任坎特伯里總教區總主教。其後貝克特反對亨利二世對教會的干涉，請求教宗介入處理，觸怒了亨利二世。一一七〇年，四名支持英王的男爵騎士在坎特伯雷大教堂刺殺貝克特。教宗立刻將貝克特封聖，並威脅將亨利二世開除教籍。亨利屈服，赤身走到坎特伯雷，讓僧侶鞭打自己，以示懺悔。

大概也被幻象騷擾吧，他的幻覺肯定比我的好，才符合他的身分地位嘛。他不會隨處見到這些骨碌碌轉啊轉的頭骨，也不會把地上晃動的草看成落地的鳥兒正冷得打顫。他應該不會在每一座山丘上都看到絕望的巨人，巨人把頭埋在膝蓋之間坐了很久很久，久到野草和荊棘都沿著它的脊椎長出來。我猜，國王應該比較常看到繡花或獅子之類的那些。』

「國王還是亨利嗎？我不太留意新聞時事。」

『不，亨利不當王已經十年了，現在是理查，人稱獅子心[168]，在最近的十字軍東征中討伐異教徒薩拉丁[169]。我們的第三次東征，我想，這回肯定會了結掉這樁鳥事。』

「十字軍東征已經三次了嗎？我的老天，這世界總有事發生，老是不得安寧，我覺得人實在太邪惡，這世界一定很快就要完蛋，我們到最後都要面對末日審判。」

『當然會那樣。我期待明年就來，到時候曆書紀年全部都會變成一二開頭而不是一一。大家都知道，萬事萬物天生自然就是設計成十二個一組，就像十二個月變成一年一樣，所以很可能主希望就在那一天處理掉我們。一二〇〇，我敢肯定，將會是歷史的午夜，雖然我們都活不到那時候，別想聽到那喪鐘響了，我估計是聽不到。』

「我完全認同，不管我到底是誰，你似乎比我更有學問。」

『嗯，也是。我們剛剛正在討論你是我們中的哪一個，還沒確定就離題去聊別的，也許我們可以一起動腦想想這個問題，看看這樣子能不能得出答案。』

「那我精神就來了。我記得你說你是從班伯里來的約翰．哈朋，所以我們就從名單上刪掉這個人，如果你顯然是另一個人，我就不可能是你。你提到的另一個班伯里人呢？他會不會和我是同一類人——或剛好就是我？」

『威爾．泰特嗎？我不這麼認為。我們都還是小孩子的時候，我會和他一起到班伯里綠園玩，就算是那時候，他的嗓音也比你現在低沉。反正他已經死了。我不敢發誓肯定，但現在想起來，他也許是我們之中第一個走上絕路的。』

「喔……他啊，我現在想起來了！我們到杇屯附近的那時候，想偷逃跑的是他嗎？」

『那傢伙就是威爾。他說他再也受不了鞭子，再一下子就要死掉了。』

「他給自己的結局好嚴肅啊，我忍不住要讚嘆他真帶種。」

168　Richard I（1157-1199），中世紀英格蘭王國的國王，因驍勇善戰而被譽為「獅子心」。理查一世積極參與第三次十字軍東征，曾因擊敗薩拉丁率領的穆斯林大軍而一戰成名。

169　Saladin（1137?-1193），埃及埃宥比王朝（Ayyubid dynasty）的第一位蘇丹及敘利亞的第一位蘇丹，因為戰績彪炳以及其對敵方異教徒慷慨的態度，有著騎士精神的形象，獲得敵對的基督教君主尊敬。

『呃，大概是他認為那樣還比較好吧。他脫離道路、還沒跑遠時，跟在後頭的其中一個人騎馬追上，用狼牙棒敲他的頭——我覺得那比鞭打還慘一百倍。而且還不算乾淨俐落的結束呢。在威爾的尖聲鬼叫停止前，我好像聽到很多次重擊聲，夭壽多的。』

「你之前說過他的聲音比我低沉。」

『欸，被毆這麼多次一定很痛，我想低沉嗓音也不容易那樣痛苦喊叫吧。不過，現在我們確定你既不是我也不是威爾·泰特，這不是就快解開你的難題了嗎？我應該這麼想——喔幹！』

「哇怎麼啦？你絆到東西嗎？」

『欸，我踩到下雨積水的坑洞，空氣裡到處都霧濛濛的，根本是迷宮，害我沒注意到水坑。所有東西都像纏了蜘蛛絲，我可不想撞上那隻大蜘蛛。我和你都希望能快點從這場磨難解脫，但這實在是阻礙重重。』

「這個嘛，你講得沒錯，還有很長一段路要走嗎？你覺得？」

『啥，走回布萊克利嗎？不，我想是不可能。我記得在我們身後的某個地方看過一塊里程碑，也可能是一根剛好被塗記的柱子。那上頭好像寫說是兩英里——嗯也可能是三英里。總之那數字不是開玩笑的。』

「那麼我們這趟悲慘的遊行到了布萊克利就結束？」

『最好是。到了布萊克利，我們得把我們從布萊克利教堂拖出來的那個人重新安葬，這樣至少不必再揹著這個重死人的爛貨。然後他們會要我們步行到林肯郡，再鞭我們一頓，最後才釋放我們，不過情況很明顯，現在爬的這座山，要是我們還到得了山頂，那算夠好運了。我倒是很訝異你竟然不記得我們得到的判決，那時候我們都被狠狠嚇呆了。』

「直到把人吊死為止的部分，我大多記得一些。在那之後，我的記憶就模糊了，或者根本完全空白。接下來我只知道，我們一起踏上了這段旅程，從那以後就一直持續這樣。你還有看到什麼異象嗎？有沒有比較美麗、比較神聖一點，能讓你好受一些？」

『如果硬要我老實講，我會說，如果還來異象，它們更糟。就我感覺，我們經過的這片耕地似乎沒一會兒就變成一片全是泥土的海洋，田壟和犁溝就像翻攪的黑色波浪。這片泥土的滾滾洪流中有骷髏游動，它們在骯髒的浪花中跳躍、潛水，就像咧嘴笑的魚。它們像張開鰭一樣，展開裸露的肋骨——它們真的這樣做了，而且空洞的眼睛還有泥土吸進去又噴出來。不僅有男有女，還有更大的馬骨架，寒冷的土地埋到胸口上，它們泡在土中狂奔，鬃毛就像枯草，鼻息噴出來的全是甲蟲。在我看來，這一切都和聖潔扯不上邊。如果這些是異象，那麼它們比我們拖著的這個渾身破爛混帳更討厭，還比較像是折磨。』

「所以你沒看到天使，聽起來恐怕是骷髏。」

『我不認為天使可能有骷髏，祂們肯定是由靈魂組成的。』

「那祂們的眉毛、下巴和鼻子怎麼能有突出的輪廓，而不是所有的臉都像溼麻袋一樣鬆垮垮？為什麼祂們的胳膊和腿在微風中都不會晃來晃去？」

『聽你這麼說，我可以理解你怎麼推想的。但我的意思是，我認為天使不會死。』

「大概吧，但骷髏也不會死啊。」

『我……我們能不能把話題繞回去，好好搞清楚你究竟是彼得伯勒的馬丁還是貝德福的羅伯？我沒有力氣也不夠格去談論天使的內在材質。』

「你這麼想知道的話。我想到一個方法可以區分祂們，這剛剛才從我腦中蹦出來的：哪個人生了病，吐了一灘黑色玩意兒；哪個人摔斷腿，被我們留在溝裡？」

『哎，你說得好！這個方法明白簡單。現在讓我回想一下……我知道的是，嘔吐得很厲害的是羅伯。他吐了什麼我看不出來，但他很快就死了。至於彼得伯勒的馬丁，現在想想，他看起來是我們當中年紀最大的，而且已經很虛弱。我幾乎可以肯定是他在路邊絆倒，摔到溝裡，就在我們失去威爾・泰特不久後。他跌下去的時候腿斷了，跟在後面的那些人說我們該把他留在那裡。我還記得他大聲哀號懇求，求我們用最快速又不會招來野生動物啃食的方法殺了他。我覺得他那樣想似乎很有說服力，也很有道理，至少到了我們離他很遠、都快聽不見他的地方我都這麼覺得。好了！那現在怎麼樣？這樣來來回回，總算拼湊出我們那道謎題的答案了吧。』

「我們討論推理的技巧令我大吃一驚。」

『我也一樣。儘管處境艱苦，我們還是很有頭腦的。』

「是，我們有頭腦。所以呢，我到底是我們之中的哪一個？」

『好吧，你是……我們不是剛剛才確定了嗎？』

「我不覺得有。我們的大部分談話都在聊我『不是誰』。我不是欣克利的羅傑，根據你的說法，他人在法國。我也不是來自班伯里的約翰．哈朋，因為那個人是你，而我相信你。威爾．泰特的腦袋被砸了，而彼得伯勒的老馬丁也求人砸了他的腦袋。貝德福來的羅布則是嘔吐的那個。我承認我的加法算數很糟糕，也可能是我漏了某個人。」

『我這邊嘛，我想不出任何人。沒有了，除非你碰巧就是……』

「是？除非我碰巧就是什麼？你解開困擾我們的謎團了嗎？」

『我……我寧可不說。』

「喔，別這樣啦！你不是故意吊我胃口吧？」

『我想……我想我最好不要再跟你說話了。』

「那樣哪有比較好？我覺得我們這樣共患難，已經變成親密朋友和忠實夥伴了。」

『　』

「哎喲喂呀，不要又回到那樣子啦，一聲不吭一直走一定會讓你發瘋的。」

『　』

「好吧。如果這就是你的回答，那我們兩個就來玩這種遊戲吧。」

『　』

「　」

『　』

「　」

致謝

我第一個要感謝的就是愛倫坡，他從自己痛苦掙扎的一生中抽出時間，發明了短篇小說——這仍然是年輕作家學習說故事這門手藝的最佳形式，當他們年紀漸長，被長年繁重的文字書寫壓得彎腰駝背，這仍然是最萬用、最好上手的工具。

收錄在本書的故事中，〈假想的蜥蜴〉是我第一次認真嘗試寫短篇小說，我在一九八七年為Ace Books出版的共享世界故事輯《利亞維克》（*Liavek*）第三集寫了這篇故事，為此我要感謝艾瑪・布爾和威爾・薛特利，他們編輯了這一系列故事，並提供這座虛構城市為故事發生的舞臺。雖然有點遲了，我也要對超棒的劉易斯・弗雷說聲謝謝，因為他的專輯《一些心情》（*The Humors Of*）中有首歌〈詩意少年〉（Poetic Young Man），裡面的一句歌詞啟發了故事的核心詭計：身分盜竊。

〈一點也不神奇〉寫於二〇二〇年，收錄在《不確定性》（*Uncertainties*）第五卷，

（*Swan River Press*, 2021），感謝令人敬畏的強人布萊恩・蕭爾斯，他致力於怪談小說集的編選與出版，使都柏林豐富多元的愛爾蘭奇幻文化保留下來。

〈重點在地點〉完成於二〇一九年，最初是為一部科幻小說選集供稿，這本選集是由我心愛的北安普頓藝術實驗室（Northampton Arts Lab）發行，負責的編輯是傑出的唐娜・史考特。當然無可否認的是，由於大疫橫行，咳嗽聲滿街，藝術實驗室的營運陷入（一點也不誇張的）一片混亂，這本書可能永遠不會出現，但我還是要感謝唐娜和藝術實驗室的所有夥伴，他們仍舊堅守崗位，無論我們到底處境多糟。

我發行過一本很精美又絕對夠嗆的地下雜誌《邏輯碰撞》（*Dodgem Logic*），〈冷讀〉是一篇應景的鬼故事，我寫來發表在二〇〇九年聖誕節特刊。我有許多秉持無神論和理性主義的朋友，雖然他們那種一切證據說了算的思考方式很無聊沒勁，令人沮喪，但我在這裡把主角塑造成一個冒牌的通靈騙徒，這樣他們就能好好享受一則超自然力量報復的恐怖故事。

二〇一九年從量子真空中的某個點冒出〈不太可能發生的超複雜高能狀態〉這篇故事，這是我為麥可・穆考克的《新世界》（*New Worlds*）最近一次重新面世而寫的，令人敬重的彼得・克勞瑟任職於 PS Publishing，還好有他，這本刊物才能再次復活，我由衷感謝且敬愛他。

其餘四篇故事都是為了諸位手上這本故事集寫的，完成於二〇二一年二月到八月間。〈靈光〉的靈感來自我二〇〇五年的慘痛經驗，那次去海邊度假，我誤入歧途，我必須感謝我的妻子梅琳達．捷比寬宏大量，並為我自己威脅要點火燒人道歉，那個打扮成卡通動物的度假營地服務人員一點錯也沒有，他或她大概只是試著要逗我開心。親愛的老婆，你知道我不是認真的，我只是揮揮打火機引人注意而已。

至於塞在這書中的這頭外硬內軟的大傢伙，〈我們所能瞭解的雷霆俠〉*是在二月到四月之間一湧而出，就像劃破膿皰一樣大爆發，我喜孜孜自認為它帶有一種春天的氣息。除了那些從事漫畫編輯的人們和他們毫無防備的時刻之外，我必須感謝艾迪．湯特姆和史蒂芬．葛蘭特，他們提供了一些有趣的謠言，還有備受懷念的漫畫家阿奇．古德溫的相關資料，我記得他們說這是「額外加料」。我還必須感謝這幾十年交情的好朋友，完美的凱文．歐尼爾，稱得上是他那一代最優秀的漫畫家，那些令人毛骨悚然的恐怖漫畫老古董要到哪裡挖出來，他都知道。

梅琳達對自己故鄉的城市掌故如數家珍，且深深記得它不斷流變的反文化風氣，如果沒

＊編註：中文版經作者同意，改收錄於下冊。

有她的幫助，我不可能寫得出〈《美國之光》評註賞析〉這篇。我還要感謝了不起的凱文・伶，他出版了《垮場景》雜誌（*Beat Scene*）這本大無畏的英勇刊物，我以前自認為對這波文學運動還滿懂的，讀了它才知道還有好多新知供我不斷吸取。大家都來訂一本吧。

這本集子的最後一篇，〈還有，最後，還是閉嘴安靜吧〉，是最晚完成的一篇，藉著這篇故事向喬・布朗致謝真的再適合不過了，這位好友兼合作夥伴同時也是我簽約僱傭的奴隸，他對我有浩大恩情。喬為了這篇故事搜遍地方小報上的古老文章和歷史文獻，為「雷霆俠」的故事挖出一些調查聽證會紀錄，並在我需要時為我提供了無數罕有人知的冷僻掌故軼事。他就是能找到這些玩意兒，好像他有某種超乎想像的魔鏡。

我還要感謝我的第一位文學出版經紀人，Watson, Little 的詹姆斯・威爾斯，感謝他工作時精明幹練又忠實誠懇，品味無可挑剔，聖誕節還送我們家超香的爽身粉。還要感謝保羅・貝格利、丹尼爾・洛德和布魯姆斯伯里出版社的所有優秀員工，感謝他們的關心和熱情，感謝他們讓這次新體驗變得如此愉快舒適。

一如既往，要感謝我同行的語言精煉師們伊恩・辛克萊爾、布萊恩・凱特林和麥可・穆考克，感謝他們源源不斷的啟發和鼓勵；也對超級好手麥可・巴特沃斯和已故的戴夫・布里頓致敬；並感謝現代世界，我的想像再怎麼荒謬可笑，它都辦法領先我好幾步。

最後，我要感謝我最愛的人，他們為我的寫作和生活提供動力：感謝我的女兒莉亞與安珀，她們在我寫〈假想的蜥蜴〉時就開始纏在我身邊，她們和「雷霆俠」打過交道而且並不討厭。她們、她們的丈夫和那四個美妙得不可思議、活像是從歐洲民間故事走出來的小孫子照亮了我的生命。前面已提過的梅琳達・捷比也是如此，這集子裡大部分的故事她都是最早熱切捧讀的人，她一直是災難現場第一個給回應的，疫情大流行期間，任何人都會希望身邊有個如她這般的溫暖伴侶。我還要向柯斯緹・諾柏表達我的關懷和感激之情，她顯然一直很期待這本故事集。我真心希望她能從中得到樂趣。

此外還要感謝將這篇致謝文從頭到尾讀完的超級少數讀者。老實說，我自己讀書通常都會把這部分跳過，所以非常感謝你們這麼用心。

艾倫・摩爾

北安普頓

二〇二二年一月

國家圖書館出版品預行編目 (CIP) 資料

靈光：美漫大師艾倫・摩爾第一本小說集／艾倫・摩爾（Alan Moore）著；黃彥霖、林柏宏譯. -- 初版. -- 臺北市：小異出版：大塊文化出版股份有限公司發行, 2023.08
面； 公分. --（SM；37）
譯自：Illuminations
ISBN 978-626-97363-2-4（全套：平裝）

873.57　　112009658

Trans+

Trans+

Trans+